# 노벨 문학상을 읽으며

정태성

도서출판 **코스모스**

# 노벨 문학상을 읽으며

정태성

도서출판 코스모스

# 머리말

　많은 경험이 우리의 삶을 깊이 있게 해주고 인간을 이해할 수 있게 해 줍니다. 하지만 우리는 모든 것을 경험할 수는 없습니다. 보다 나은 삶을 위해 오늘을 살아가는 우리가 배울 수 있는 경험은 문학을 통해서도 가능합니다.

　문학은 인간과 삶에 대해 많은 것을 보여줍니다. 수많은 인물들의 삶과 사건에서 우리는 간접적으로나마 우리의 삶에 대해 생각해 볼 수 있습니다.

　비록 만들어진 이야기일지라도 그 안에는 작가의 인간과 인생에 대한 충분한 이해를 바탕으로 쓰여진 것이기에 우리는 이를 통해 다양한 인간의 모습과 삶의 다른 면을 경험할 수 있습니다.

　글은 작가의 손을 떠나고 나면 나머지는 독자의 몫입니다. 독자는 작가의 글을 읽고 나름대로 인간과 삶에 대해 생각하며 또 다른 세상을 바라보게 됩니다.

　틈틈이 노벨 문학상 수상자의 글들을 읽고 나름대로 생각해 보았습니다. 이해나 받아들이는 것이 다를 수는 있으나 인간과 삶에 대한 또 다른 면을 보기 위한 노력이었습니다. 훌륭한 작가의 글이나 책을 직접 읽는 것은 또 다른 행복이었습니다.

2021. 12.

글쓴이

# 차례

# 차례

# 차례

삶과 문학을 생각하며...

# 1. 쉴리 프뤼돔(프랑스, 1901)

쉴리 프뤼돔은 1839년 프랑스 파리에서 태어나 기술자가 되기 위해 과학 기술 전문학교에 입학한다. 시력에 문제가 생겨 기술자가 될 수 없어 공장 직원으로 근무하다 법학을 공부한다. 그 후 시를 시작하였고 1865년 첫 시집 "구절과 시"를 출간한다. 1881년 아카데미 프랑세즈 회원으로 선출되었고, 1901년 첫 번째 노벨 문학상을 수상한다.

〈물가에서〉

흘러가는 물가에 둘이 앉아
흐르는 물을 바라보리
구름이 허공을 스쳐 가면,
둘이서
스치는 구름을 바라보리

지평선 위 초가지붕에 연기 솟으면,
솟는 연기를 바라보리

근처에서 꽃이 향기 품으면,
그 향기가 몸에 배게 하리

꿀벌들이 나무 열매에 꾀면
우리도 그 맛을 보리
귀 기울인 나무숲에 어떤 새가
노래하면 우리도 귀를 세우고….
물이 소곤거리는 수양버들 아래서
물의 속삭임을 우리도 들으리

이 꿈이 이어가는 동안은,
시간의 흐름을 안 느끼리
차라리 스스로를 못내 사랑하는
깊은 정열만을 가슴에 간직하고
번거로운 세상에 다툼질엔 아랑곳없이
그것들을 잊으리

그래서 여즘나는 모든 것 앞에서
홀로 행복해 지칠 줄을 모르며,
사라져 가는 모든 것 앞에서
사라질 줄 모르는 사랑을 느끼리

물가에 앉아 있으면 마음이 평안하다. 흐르는 물을 바라보면 삶도 그렇게 자연스럽게 흘러가 주길 바랄 뿐이다. 그렇게 둘이 물가에 앉아 하늘과 구름을 바라본다.

어느 집에선가 저녁을 준비하느라 피워 올린 연기는 가정의 평안함을 알려준다. 누군가를 위해 식사를 준비하는 따뜻한 마음이다. 주위의 꽃향기마저 감미롭다. 그 향기를 둘이서 함께 맡는다.

꿀벌과 새가 날아다니는 평화로운 오후 둘이 함께 삶을 이야기한다. 꿈같은 행복이 계속되기를 바랄 뿐이다. 시간이 여기서 멈추어 서길 바라고 싶다.

세상이 어떻게 돌아가는지 관심 없이 오로지 삶을 관조하며 살고 싶다. 많은 것이 사라져 가지만 사라지지 않는 영원한 것도 존재한다. 영원한 것을 위해 오늘 내가 존재하고 있는 것인지도 모른다.

# 2. 테오도어 몸젠 (독일, 1902)

〈로마의 역사〉

테어도어 몸젠은 19세기의 가장 권위 있는 문헌학자이자 역사 가였다. 그는 1858년부터 1885년까지 베를린 훔볼트 대학에서 고전문학 교수로 일했다. 특히 로마의 역사에 대해 관심이 많았 던 그는 "로마의 역사"라는 방대한 책을 저술한다.

로마 건국부터 카이사르의 사망까지를 서술한 몸젠의 로마사는 보다 실증적이고 객관적인 역사적 사실을 바탕으로 쓰였다고 평 가받는다. 노벨상 위원회는 "특별히 로마의 역사라는 그의 기념 비적인 저서를 참조하여, 현존하는 위대한 역사 서술의 대가에게 이 상을 드립니다"라는 이유로 몸젠에게 1902년 노벨 문학상을 수여한다.

몸젠이 로마사에 관심을 가졌던 것은 그것이 문명의 시발점이 기 때문일 것이다. 몸젠은 "위대한 문명도 한계를 갖고 있어 끝 에 이르기 마련이지만, 인류에게는 한계란 결코 있을 수 없으며, 한계에 이르렀다 싶을 때 인간에게는 더 넓은 의미에서, 그리고 더 높은 의미에서 새로운 목표가 주어지기 때문"이라고 말한다.

우리가 역사를 읽는 이유는 바로 이러한 점 때문이 아닐까 싶다. 한계를 알고 그 한계를 어떻게 극복해 나가느냐는 것을 이해하는 것이 바로 역사를 읽는 이유라 할 것이다.

로마가 유럽을 지배하게 된 이유는 그 역사의 흐름에서 찾아볼 수 있다. 로마는 이탈리아계의 부족을 통일하는 과정에서 문화공동체를 만들어 나갔다. 이것은 그 내부 조직의 견고한 틀을 이루었고 이로 인해 다른 부족에 비해 빠르게 성장해 나갈 수 있었다. 재산권이 보장되고 시민들의 주권도 보장되었기에 자유로운 시민 공동체가 주인이 되는 국가 체계가 형성되기에 이르렀던 것이다.

이에 로마인들은 법에 복종해야 함을 알게 되었고 국가의 결정을 스스로 따르게 되었다. 법 앞에서 평등함이 어느 정도 보장됨과 더불어 외국인에 대해서도 관대하며 개방적인 분위기였기에 강력한 힘이 모아질 수 있었다. 이러한 것은 시민 의식의 성숙과 더불어 이루어졌기에 로마는 크게 성장할 수 있었다.

행정 담당자가 집행하고, 원로원이 국가의 최고의 지위를 가지고 있었으며, 예외적 결정에는 시민 공동체의 동의가 필요로 하는 체계가 있었기에 지도자가 변하더라도 로마는 흔들리지 않고 오랫동안 존재할 수 있었으며 그것을 바탕으로 한 강력한 국가의 힘으로 인해 유럽을 지배할 수 있었던 것이다.

# 3. 비에른스티에르네 비에른손
## (노르웨이, 1903)

1832년 노르웨이 크비크네에서 태어난 비에른스티에르네 비에른손은 어릴 때부터 문학에 소질이 있었다. 대학을 다닐 때 헨리크 입센과 교류하며 신문을 창간하기도 했다. 1857년 희곡 〈전투와 전투 사이〉와 〈양지바른 언덕〉을 발표하며 노르웨이 신문학의 기수가 된다. 스칸디나비아 연합운동과 청년민주당 창당에 있어서 주도적 역할을 하면서 그의 작품은 사회주의적 경향을 띤다. 1875년에 문학 이외의 일에서 벗어나 작품 활동에만 전념하기 위해 망명 생활을 택한다.

노벨상 위원회는 1903년 "시적 영감의 신선미와 보기 드문 시적 영혼의 순수함으로 인해 항상 기품있었던, 그의 고귀하고 격조 높으며 다재다능한 시에 감사하고자 이 상을 드립니다."라는 이유로 비에른손에게 노벨 문학상을 수여한다. 그의 시 〈그래 우리는 이 땅을 사랑한다〉는 현재 노르웨이의 국가로 사용되고 있다.

〈그래 우리는 이 땅을 사랑한다〉
1.
그래, 우리는 이 땅을 사랑한다,

그 모습이 드러나면
바위투성이에, 풍랑에 닳아 있어도
수많은 사람들의 집이 되는 이곳을.
사랑한다, 사랑하고 생각한다,
우리의 아버지와 어머니를.
그리고 이 땅 위에 꿈을 늘어놓는
전설이 깊어져 가는 밤을.


2.
하랄이 그의 영웅들의 군대로
결속시켰던 이 나라.
에위빈드가 노래할 때
호콘이 지켜냈던 이 나라.
올라프는 이 나라에서
그의 피로 십자가를 칠했고,
스베레는 마침내
로마에 대항할 수 있게 되었다네.


3.
농부들은 군대가 전진할 때면
그들의 도끼를 날카롭게 갈았고,
토르덴숄드는 우리가 집으로 돌아갈 수 있도록

해안을 따라 천둥같이 질주하였다네.
여자들까지도 남자들처럼
일어나 맞서 싸웠고,
다른 이들은 그저 울 수밖에 없었으나
이제는 그 슬픔도 끝을 맺으리라!

4.
물론, 우리는 많지 않지만
우리는 적지도 않았고,
우리가 때때로 시험을 받았으며
위태로워지기도 했었다네.
우리는 패배를 선언하게 되느니
차라리 우리의 땅을 불태워버리리라.
그저 기억하라, 저 밑의 프레드릭셸드에서
무슨 일이 있었는지!

5.
우리가 극복해 온 어려운 시간들,
결국 그것들과는 작별을 고했네,
다만 최악의 고통 속에서
푸른 눈의 자유 또한 태어났네.
그것은 우리 아버지에게 주었다네,

굶주림과 전쟁을 견뎌 낼 강함을.
그것은 자신의 명예에 죽음을 고하고는
화해를 가져다주었다네.


6.
적군은 갑옷의 얼굴에 닿도록
그의 무기를 멀리 던졌지만,
우리는 서두르는 그를 보며 의문에 휩싸였네,
그는 우리의 형제였으니.
수치 속에서 우리는 추방 당하여
남쪽으로 가게 되었었지만,
이제 우리 세 형제는 연합하였고,
앞으로도 영원히 그리하리라!


7.
집과 오두막의 노르웨이인이여,
그대의 위대하신 신에게 감사하라!
그는 이 나라를 지키길 원했네,
모든 것이 어둡게 보였음에도.
아버지가 싸웠던 모든 싸움에
어머니는 눈물을 흘렸네,
주님은 조용히 움직이셨고,

우리는 권리를 쟁취하였노라!
주님은 조용히 움직이셨고,
우리는 권리를 쟁취하였노라!


8.
그래, 우리는 이 땅을 사랑한다,
그 모습이 드러나면
바위투성이에 바다의 풍랑을 맞아도
수많은 사람들의 집이 되는 이곳을.
그리고 우리 조상들의 투쟁이
승리를 위해 다시 일으켰듯
우리 또한, 그것이 필요할 때면,
평화를 위해 진을 치리라!
우리 또한, 그것이 필요할 때면,
평화를 위해 진을 치리라!


　　우리는 우리가 태어난 이 땅을 얼마나 사랑하고 있는 것일까?
이곳에서 나고 자랐고 나중에는 여기서 나의 뼈를 묻어야 한다.
살아 숨 쉴 수 있는 공간이 주어진 것만 해도 어쩌면 다행인지 모
른다.
　　우리는 우리를 낳아서 길러준 부모님을 얼마나 생각하며 살아가
고 있을까? 우리는 부모님으로부터 받은 것을 기억조차 못 하는

지도 모른다.

　이유 없이 사랑해야 할 대상이 있는 것만도 얼마나 큰 행운이 아닐까? 조건 없이 받고 조건 없이 사랑할 수 있다는 것은 축복이 아닐까 싶다. 많은 것을 바라기보다는 이미 받은 것을 기억하고 지금 내가 사랑할 대상을 위해 나는 무엇을 할 수 있는지 생각해 보는 것은 어떨지 싶다.

# 4. 프레데리크 미스트랄 (프랑스, 1904)
## 호세 에체가라이 (스페인, 1904)

프레데리크 미스트랄은 1830년 프랑스 남부 마이얀에서 태어났다. 아비뇽 왕립학교를 거쳐 엑상프로방스 대학에서 법학사를 취득하였다. 프로방스 출신이었던 그는 프로방스 지방의 언어와 문화를 위해 평생을 바쳤다. 그의 시에는 프로방스 지방의 신화와 전설을 비롯해 다양한 민속적인 요소들이 나타난다. 그는 1904년 "자연의 풍광과 프로방스 지방 사람들의 고유한 영혼에 덧붙여 프로방스어에 대해 매우 의미 있는 언어학적 작업을 충실하게 반영한, 그의 시적 작품이 지닌 신선한 독창성과 진실한 영감을 인정하여 이 상을 드립니다."라는 이유로 노벨 문학상을 수상한다.

〈미레유〉

나의 가엾은 뱅상이여,
당신은 눈앞에 무엇을 보고 있습니까?
당신을 실망시키는 말 한마디 '죽음',
그것은 무엇입니까?

그것은 마지막을 알리는 종소리와 함께
사라져가는 안개입니다.
밤의 끝을 일깨우는 하나의 꿈에 불과합니다.

아니요, 저는 죽지 않습니다!
가벼운 발걸음으로
이미 저는 배 위로 올라가고 있습니다.
안녕, 안녕!
이미 우리는 바다 위에서 위대하게
승리하고 있습니다!
화려하게 출렁이는 평원 '바다'는
천국의 길입니다.
왜냐하면 광활한 푸르름은 쓰라린
심연 주변에 있는 모든 것을
자극시키기 때문이지요.

아... 물결이 우리들에게 고개를 끄덕이듯이!
하늘에 있는 수많은 별들 중에서
두 개의 마음을 가진 친구들이 자유로이
서로 사랑할 수 있는
하나의 별을 나는 발견할 테니까요!

미레유는 부유한 농장주의 딸이다. 가난한 광주리 장수의 아들인 뱅상과 사랑에 빠지지만, 아버지의 반대로 성모 마리아 성지를 향해 순례의 길을 떠난다.

　미레유가 사라지자 그녀의 아버지 라몽은 딸을 찾기 위해 인부들을 동원한다. 도중에 열사병에 걸린 미레유는 성지에 간신히 도착하기는 하지만 쓰러지고 만다.

　미레유를 찾아 나선 부모가 그녀를 발견했을 때는 그녀는 뱅상의 품 안에서 죽어가고 있었다.

　사랑하는 사이에는 서로가 가엾게 보이는 법이다. 마음이 모든 것을 받아들이고 품을 수 있기 때문이다. 그 무엇이 사랑을 가로막을 수 있을까? 이 세상 한번 밖에 살지 못하는 현실에서 진정한 사랑을 하는 것이 그리도 힘든 것일까? 마음을 주고받을 수 있는 사람을 만나는 것도 힘든데 만나고 나서도 마음껏 사랑을 나눌 수 없는 고통은 얼마나 클 것인가?

　사랑하는 두 사람은 저 높은 밤하늘의 별이 되어 영원히 바라보며 살아가는 것이 더 나을지도 모른다.

〈거리의 가수〉

 1832년 스페인의 수도 마드리드에서 태어난 호세 에체가라이는 마드리드 콤플루텐세 대학을 졸업하고 토목공학 기술자로 일했다. 40세가 넘어 작품 활동을 시작하였지만 60여 편의 희곡을 쓰며 19세기 후반 스페인의 대표적인 극작가가 된다. 1904년 "다수의 훌륭한 작품을 통해, 개인적이고 전통적인 방식으로 스페인 희곡의 위대한 전통을 다시 되살린 점을 인정하여 이 상을 드립니다."라는 이유로 노벨 문학상을 수상한다.
 〈거리의 가수〉는 가난한 여인 앙거스 티아스에 관한 이야기이다. 앙거스는 집안이 너무 가난하여 거리에 동냥을 하러 나선다. 거리에서 그녀는 부유한 신분을 감춘 청년 페페와 알게 된다. 둘은 서로 좋아하나 페페의 부유한 집안을 알게 된 앙거스는 페페의 손을 뿌리치고 달아난다. 자신의 신분을 감추고 앙거스에게 접근한 것은 자신의 최소한의 자존감마저 무시했다고 그녀는 생각했다.
"페페 : 내가 당신을 속여왔단 말이오?
 앙거스 : 그걸 몰라서 물으세요?
 페페 : 어떻게 속였소?
 앙거스 : 모든 점에서 다 그렇죠. 처음 나를 만났을 때 당신은 자기가 누구라는 걸 말했어요? 안 했죠. 안 했어요! 처음에 당신은 나와 같은 계급의 사람, 먹을 것을 벌기 위해 나처럼 일을 하

지 않으면 안되는 가난한 사람처럼 행세했어요. 당신은 내 순정을 노리개로 삼았어요. 당신은 가면을 쓸 필요가 없었죠. 당신은 얼굴이 가면이니까요. 언제고 그랬어요. 어디 아니라고 부정할 수 있겠어요? 못할 거에요. 어디 한 번 해보세요. 당신의 지위, 당신의 돈, 당신의 이름을 감춘 일이 없었노라고 말해 보세요! 그렇죠. 당신의 이름마저도!

그 이름은 아직도 내 목에 걸려요. 정말 그건 치욕이었어요!"

앙거스는 자신이 확신했던 사랑이 깨진 것에 슬퍼하지만 시간이 지나 앙거스와 페페는 다시 진실된 모습으로서 사랑을 하게 된다.

진정한 사랑은 진실 속에 존재한다. 거짓은 또 다른 거짓을 낳게 되고 우리의 아름다운 감정마저 상처를 입힌다. 비록 일부러 거짓말을 하지는 않더라도 맑고 깨끗한 순수한 마음이 사랑의 깊이를 더하게 할 수 있다. 어떤 조건 없이 그 사람 자체에 대한 사랑이 진정으로 진실한 사랑일 것이다.

# 5. 헨리크 시엔키에비치 (폴란드, 1905)

〈쿠오바디스〉

1846년 폴란드 볼라오크셰이스카에서 태어난 헨리크 시엔키에비치는 바르샤바 대학에서 인문학을 공부할 때부터 작품 활동을 시작하였다. 1880년경부터 역사소설을 발표하여 성공을 거두었다. 제1차 세계 대전 중 폴란드 독립운동과 국제 적십자사 활동에도 참여하였다. 1905년 "서사시 작가로서 그가 지닌 탁월한 장점 때문에 이 상을 드립니다."라는 이유로 노벨 문학상을 수상하였다.

"네, 바다와 같은 푸른 눈이었어요. 저는 마치 바다에 빠진 것처럼 그녀의 눈 속에 풍덩 빠져버렸죠. 믿어주세요. 삼촌! 에게해도 그렇게 푸를 수는 없을 거예요. 바로 그때 플라우티우스의 어린 아들이 달려와 제게 무엇인가를 물었지만, 저는 그 애가 무슨 말을 하는지조차 알아들을 수 없었어요."

비니키우스는 부상을 당해 플라우티우스 집에 며칠 동안 머물게 된다. 그곳에서 그는 운명의 여인 리기아를 만나게 된다. 그는 자신의 모든 것을 바쳐 그녀를 얻으려는 결심을 하게 된다.

"리기아의 두 팔이 절망으로 축 늘어졌다. 이젠 방법이 없었다. 플라우티우스 가문의 파멸이냐, 아니면 자신의 파멸이냐, 둘 중 하나를 선택해야만 했다. 연회장에 갈 때만 해도 비니키우스와 페트로니우스가 자신의 귀가를 황제에게 청해 줄 것이라는 한 가닥 희망이 있었으나 이제 그녀는 황제를 부추겨 자신을 아울루스의 집에서 끌어낸 장본인이 바로 그들이라는 것을 알게 되었다. 모든 가능성은 사라졌다. 리기아를 이 난관에서 구해 줄 수 있는 것은 오로지 기적과 신의 권능뿐이었다."

리기아는 비니키우스가 자신을 정부로 만들기 위해 네로 황제에게 자신을 오게 한 사실을 알고 절망하게 된다. 순수한 마음으로 비니키우스에게 관심이 있었던 그녀였지만 이제 황제와 비니키우스로부터 탈출하여 혼자 살아가기로 마음을 먹는다.

"비니키우스 역시 이 사건을 어떻게 받아들여야 할지 도무지 납득이 가지 않았다. 마음속으로는 킬로와 마찬가지로 놀라움을 금치 못했다. 이 사람들이 자기에게 친절을 베풀고, 자기의 습격에 대해 복수는커녕 오히려 자상하게 간호까지 해준 것은 한편으로는 그들의 신앙 때문이기도 하고, 리기아의 덕택도 있었겠지만, 필경 자기가 지체 높은 귀족이라는 점도 영향을 미쳤을 것이라고 생각했다. 그러나 킬로에 대한 그들의 태도는 지금까지 그가 살아온 방식으로 보면, 인간으로서 남을 용서할 수 있는 한계를 초월한 것이었다."

비니키우스는 리기아가 크리스천임을 알게 되고 놀란다. 하지만 리기아를 통해 그리스도를 믿는 이들의 사랑을 알게 되고 리기아를 진정으로 사랑의 대상으로 인식하기에 이른다.

"저는 리기아가 어디에 살고 있는지 알고 있습니다. 그러므로 직접 그곳에 찾아가서, 만약 제 영혼이 그리스도교를 따르게 되면 저를 남편으로 받아들일 수 있는지 물어볼 수도 있습니다. 하지만 그보다는 사도님께 먼저 부탁드리고 싶습니다. 아무쪼록 저와 리기아를 만날 수 있게 허락해 주시든지, 아니면 사도님께서 저를 그녀에게 직접 에려다 주십시오. 안티움에 가면 언제 돌아오게 될지 알 수가 없습니다. 게다가 황제 곁에 있으면 그 누구도 당장 내일의 운명이 어떻게 될지 장담할 수 없다는 것을 부디 헤아려주셨으면 합니다. 페트로니우스 삼촌께서도 그곳에 가면 제 생명이 결코 안전하지 못하리라고 말씀하셨습니다. 그러니 출발하기 전에 제발 리기아를 만나게 해주십시오. 이 두 눈으로 마음껏 그녀를 바라보고 제가 저지른 모든 잘못을 잊고 저와 함께 행복을 나눌 의향이 있는지 물어보고 싶습니다."

비니키우스는 베드로를 통해 그리스도를 마음으로 받아들이게 됨을 고백한다. 그는 로마군의 장군에서 이교라 할 수 있는 크리스천이 되고 리기아를 평생의 동반자로 삼게 되기를 간절히 원한다.

황제 네로는 로마에 불을 지르고 그 원인이 크리스천에게 있다고 누명을 씌운다. 리기아를 비롯한 수많은 크리스천은 체포당하고 처형될 운명에 놓여진다. 비니키우스는 리기아를 구하기 위해 직접 로마로 가서 리기아가 갇혀 있는 감옥에 스스로 들어간다.

네로는 모든 크리스천을 죽이려고 원형 경기장에 나타난다. 하지만 비니키우스를 비롯한 크리스천은 그 위기에서 벗어나고 오히려 네로는 황제의 자리에서 쫓겨나고 스스로 목숨을 끊게 된다.

쿠오바디스는 초기 기독교 당시의 상황을 소설화한 작품으로 진정한 사랑과 종교에 대한 깊은 사색을 던져주는 작품이다. 우리는 삶이라는 인생길에서 어느 방향으로 가는 것이 현명한 것일까? 그 길을 찾지 못해 헤매게 될 경우에는 어떻게 해야 하는 것일까? 참된 인생의 길은 어디에 있는 것일까?

〈등대지기〉

　〈등대지기〉는 젊은 시절 스페인 전쟁에 참전했다가 미국으로
건너가 많은 우여곡절을 겪는 사람의 이야기이다. 그는 한곳에
정착하고 싶어 등대지기라는 직업을 택한다.
　"노인의 주름진 얼굴에는 새로 얻은 직업에 대한 기쁨이 파도처
럼 여울지고 있었다. 그리고 바로 그날 밤부터 무인도의 암벽 위
에 세워놓은 등대에서는 스칸빈스키 노인이 켜놓은 등댓불이 칠
흑 같은 바다를 향해 찬연히 빛나기 시작했다. 스칸빈스키 노인
의 칠십 평생 삶은 그야말로 파란만장 그 자체였다. 산에서 바다
에서 들에서 혹은 전쟁터에서 서너 번의 죽을 고비를 넘기는 것
은 물론이고 온갖 우여곡절을 수없이 겪으며 살아왔던 것이다.
그의 인생은 마치 풍랑을 만나 파선 당한 대양의 일엽편주처럼
온갖 시련과 고난의 여정이었다."
　고향인 폴란드를 떠나 수많은 일을 겪으며 타지로 떠돌아다녔
던 노인인 이제 자신의 말년을 위해 더 이상 돌아다니고 싶지 않
아 등대지기로 직장을 얻게 된다. 1년 365일을 섬에서 등대만 지
켜야 하기에 이제는 더 이상 방랑의 길을 걷지 않아도 되는 것이
다.
　"이윽고 밤이 왔다. 여느 때 같으면 등댓불이 켜져 있어야 할 시
간이었다. 그는 두 눈을 감은 채 고향 꿈을 꾸고 있었다. 그의 머
릿속에는 여러 가지 고향 생각이 어지럽게 떠올랐다. 그러나 어

머니, 아버지의 모습만은 보이지 않았다. 그는 일찍 부모를 여의었기 때문이다. 하지만 마을의 풍경만큼은 마치 어제 가 본 듯 선명하게 그리고 생생히 아른거렸다."

어느 날 섬에 우편물 하나도 도착하는데 이것은 조국 폴란드의 소식을 알리는 잡지였다. 고향을 떠난 지 40년 조국이 너무 그리워 그 잡지를 읽기 시작한 노인은 등대에 불을 밝히는 것도 잊고 고향에 대한 소식을 읽느라고 정신이 없었다. 결국 그날 노인은 등대에 불을 밝히지 못한 채 고향 소식을 읽다가 잠이 들어 버리고 말았다. 다음 날 아침 노인은 등대를 밤새 밝히지 못한 책임으로 면책되고 만다. 등대지기라는 새로운 직장을 잃은 노인은 다시 방랑의 길을 나서야만 했다.

삶은 끝없는 길을 걸어가는 나그네 길인지 모른다. 그 길에서 우리는 많은 것을 경험하게 된다. 이제는 삶에 지쳐 쉬고 싶어도 마음대로 되는 것이 아니다. 삶은 마치는 그 순간까지 영원히 끝없이 걸어야 하는 그러한 길과 같다.

# 6. 조수에 카르두치 (이탈리아, 1906)

　조수에 카르두치는 1835년 이탈리아 토스카나주 발디카스텔에서 태어났다. 피사 대학 문학부에서 공부했다. 1856년 성미니아트 중학교 교사로 재임했고 볼로냐 대학의 이탈리아 문학 교수가 된다. 이후 많은 저술을 남기며 문학 활동도 왕성히 하였다. 노벨상 위원회는 "그의 깊은 배움과 비판적인 연구를 고려했을 뿐만 아니라, 그의 시적 걸작들의 특성인 창조적인 에너지, 문체의 신선함 그리고 서정시적인 힘까지 모두 인정하여 이 상을 드립니다."라는 이유로 1906년 그에게 노벨 문학상을 부여한다.


〈추억의 눈물〉

짙은 등황색 꽃을 피울
그대의 가냘픔 순이
부러져 버린 석류나무는

외로운 앞마당 고요히 내린

유월의 따스한 햇살로
이제 온통 푸른 기운을 되찾았네

그대는 내 줄기 위에서
쓸모없는 삶으로 흔들리어
메마른 외톨이 꽃이라오

차고 검은 흙 속에 묻힌 그대에게
태양조차 일깨우지 못하네
기쁨을 줄 사랑을

　사랑했던 사람은 항상 추억 속에 존재하기 마련이다. 그가 이
세상을 떠났을지라도 그것은 변함이 없다. 지금 옆에 있는 사람
이 소중하다는 것을 잘 알지 못하는 것이 인지상정인지도 모른
다. 하지만 내 곁에 있는 사람은 언젠간 떠나기 마련이다.
　지금 내 옆에 있는 사람에게 사랑을 줄 수 있을 때 마음껏 주어
야 한다. 비록 그에게 많은 단점이 있을지 모르나 좋아했었다는
그 사실은 변하지 않는다.
　시간은 어김없이 흐르고 꽃은 시들며 떨어진 꽃잎은 다시 돌아
오지 않는다. 태양의 에너지가 아무리 강렬하더라도 이미 지나간
시간은 돌이킬 수 없다.
　오늘을 살아야 한다. 지금 이 시간, 현재 내 옆에 있는 사람, 지

금 내야 해야 하는 일이 가장 소중할 뿐이다. 후회나 미련은 아무
런 의미 없는 단어일 뿐, 그 단어가 나와 함께 하지 못하게 함이
나의 최선이 아닐까 싶다.

# 7. 러디어드 키플링 (영국, 1907)

〈정글북〉

1865년 인도 뭄바이에서 태어난 러디어드 키플링은 6살 때 자신을 낳아준 부모가 아닌 영국의 수양부모 밑에서 성장한다. 대학을 졸업하고 인도에서 저널리스트로 활동을 하다가 미국인 캐롤린 밸러스티어와 결혼하여 미국 버몬트에서 거주하면서 쓴 소설이 바로 정글북이다. 키플링은 이 작품으로 1907년 노벨 문학상을 받는다.

〈정글북〉은 모글리라는 어린아이가 정글에 고아로 홀로 남겨진 채 늑대의 무리에서 성장하면서 스스로 자신의 정체성을 찾아가는 모험이 담긴 이야기이다. 인간으로서는 정글에 홀로 있었지만 수많은 도전을 두려움 없이 이겨내는 과정을 겪으며 모글리는 성장한다.

우리의 삶은 어쩌면 혼자인지 모른다. 주위에 누군가는 있지만, 영원히 내 곁에 남아 있는 사람은 없다. 모글리는 비록 정글에서 인간으로서는 혼자였지만 어떤 것도 두려워하지 않았다. 어려움이 다가오면 헤치고 나갔으며 결코 포기하지 않은 채 자신의 길을 걸어갔다.

우리의 삶도 마찬가지일 것이다. 인생은 실로 정글과도 같다. 그 정글 속에서 우리는 홀로 내던져졌다. 모든 문제를 해결해야 하는 것이 나 자신일 뿐이다. 내가 그 정글 속을 헤쳐가며 해결하지 못한다면 삶은 그것으로 끝날지도 모른다. 그러한 것을 다 극복하고 나면 또 다른 나로 태어날 수 있다. 그리고 새로운 나로, 성장한 자아의 모습으로 또 다른 길을 가야만 한다.

"잘 들어라, 내가 가장 사랑하는 사람의 아이야, 그 누구도 너를 이곳에 붙들어두지 않을 것이다. 고개를 들려무나. 누가 감히 정글의 관리자에게 의문을 품을 수 있겠니? 나는 네가 어린 개구리였을 때 저기 하얀 조약돌 밭에서 노는 것을 지켜보았고, 너를 위해 갓 잡은 젊은 황소를 대가로 지불한 바기라 또한 마찬가지였다. 너의 보금자리 어머니 락샤도 보금자리 아버지도 죽었으므로, 이제 너를 지키는 자는 우리 둘뿐이지. 옛날의 늑대 무리는 죽은 지 오래고, 쉬어 칸이 어디로 갔는지는 네가 잘 알 게다. 우카일라는 돌들과의 전투에서 죽었고, 그때 너의 지혜와 힘이 아니었다면 두 번째 시오니 무리 또한 죽고 없었을 게다. 결국 늙은 뼈들만 남았어. 무리를 떠나야 하느냐고 묻던 사람의 아이는 이제 없어지고, 자신의 길을 바꾸기로 결정한 정글의 관리자가 우리 앞에 있다. 누가 감히 사람에게 그의 갈 길에 대해 의문을 제기하겠느냐?"

모글리는 정글에서 많은 일을 경험하고 나서 자신의 정체성을

찾았게 된다. 그러는 과정에서 그는 성장했으며 진정한 어른이
되어 또 다른 새로운 길을 나서게 된다.

# 8. 루돌프 크리스토프 오이켄 (독일, 1908)

〈종교에 돌아가라〉

1846년 독일에서 태어난 루돌프 크리스토프 오이켄 종교철학자로 바젤대학과 예나 대학에서 교수 생활을 했다. 유물론에 반대하여 신 이상주의론을 주장했다. 생철학적인 형이상학을 수립하였고 종교철학에 대한 많은 글을 남겼다. 1908년 "그의 삶에 대한 이상주의적인 철학을 담고 있는 여러 작품에서 드러나는, 진리를 위한 그의 진지한 탐색, 그의 사상이 지니는 통찰력, 그의 폭넓은 상상력 그리고 따뜻하고 힘 있는 표현을 고려하여 이 상을 드립니다."라는 이유로 노벨 문학상을 수상한다.

〈종교에 돌아가라〉는 오이켄의 종교에 관한 일반적인 수상록으로 그의 종교에 대한 생각을 이 책에서 엿볼 수 있다.

"오늘날 삶의 움직임은 아주 종교에 반대되는 방향으로 흘러가고 있으며 종교에 대한 부정이야말로 시대정신을 지닌 것이라고 생각할 수 있다는 사람들이 있다. 그러나 이러한 사람은 이 시대를 피상적으로 관찰한 사람들에 불과하다."

살아가면서 종교에 대해 깊이 생각해 보는 사람은 그 인생에 있어 더욱 가치 있는 삶을 살아갈 가능성이 크다. 하지만 현대인들은 정신적인 가치보다는 물질적인 가치를 더욱 중요하게 생각하는 경향이 심하다. 진정으로 종교에 대해 관심을 두는 사람은 얼마나 될까? 사회가 점점 인간적인 면이 사라지고 있는 것도 이와 무관하지 않을 것이다.

"삶의 깊이를 더하기 위하여, 눈에 보이는 세계가 제공하여 주는 것보다 더 깊은 내면적인 연관을 찾아 세우기 위하여 종교에 대한 요망이란 지울 수 없는 것이다. 오늘날 정신생활에 있어서 여러 가지 구조상의 변화가 일어나고 있다."

현대인들은 종교에 대해 점점 관심이 없어지고 있으며 삶의 의미나 가치보다도 물질적인 성취에 더 많은 목표를 두고 있다. 아무리 물질적인 것을 많이 얻었더라도 삶의 깊이를 모른다면 별 소용도 없을 것이다. 종교는 우리의 삶의 깊이를 더해준다. 오이켄이 말하고자 함은 바로 종교가 인간의 삶을 더욱 풍요롭게 해준다는 것이다.

"그러나 종교에 돌아간다는 것이 결코 종교의 낡은 형태로 환원한다는 것을 의미하지 않는다. 이러한 낡은 변함 없는 형태를 우리가 다시 취하기에는 현대 문명을 통하여 삶의 상태가 너무나 많은 변화를 받아왔다. 종교가 그 근원으로 정력적으로 돌아가면 돌아갈수록 그리고 인간 정신의 영역에서 시간과 영원을 구분하고 영원한 것이 새로운 효과를 낳게 하고, 현재의 참다운 요구에 대하여 밀접한 열매 많은 관계를 맺게 하면 할수록 그만큼 빨리 종교는 인간의 영혼을 되찾아올 것이다."

어느 시대이건 어느 종교이건 문제가 있기는 마련이다. 인간이 완벽하지 않기 때문이다. 하지만 종교의 문제점만을 보고 현대인이 종교를 외면한다는 것은 알지 못하는 더 깊이 있는 무언가를 놓치게 될 가능성도 있다. 인간의 행복이나 삶의 가치는 물질적인 것보다는 정신적인 것이 더 많은 비중을 차지한다. 종교는 우리의 영혼을 더 아름답게 만들어 줄 수 있으며 삶의 아픔과 고통에 대해 위로를 받을 수도 있다. 그러한 많은 것을 포기한 채 그냥 종교를 외면해 버린다는 것은 인생의 소중한 한 부분을 잃어버리게 되는 것일 수 있다.

# 9. 셀마 라겔뢰프
## (스웨덴, 1909, 문학부문 여성 최초 수상자)


〈닐스의 모험〉


　1858년 스웨덴 모르바카에서 태어난 셀마 라게를뢰프는 어릴 때 다리를 절었기 때문에 집에서 가정교사를 통해 교육을 받았고, 스톡홀름에 있는 여자고등사범학교를 졸업한 후 교사가 되어 학생들을 가르치면서 글을 쓰기 시작했다. 그녀는 설화나 영웅담에 기초한 소설을 주로 썼는데 1906~1907년에 쓴 〈닐스의 신기한 여행〉은 어린이들에게 모험을 통한 도전과 용기를 북돋아 주는 소설로 큰 인기를 얻었고 1909년 "고상한 이상주의를 인정하며, 그녀의 글쓰기에서 나타나는 생생한 상상력과 영감이 넘치는 인식을 고려하여 이 상을 드립니다"라는 이유로 여성 최초로 노벨문학상을 수상하였다.

　〈닐스의 신기한 여행〉에서 주인공 닐스는 시골 농부의 아들로 태어났는데 장난기가 심하고 심술궂어 부모의 속을 태운다. 어느 날 말썽꾸러기 닐스는 꼬마 요정을 잡으려다가 요정의 마법에 걸려 엄지손가락만큼 작아진다. 마침 집에서 기르던 거위 모르텐이 기러기 떼의 유혹을 받아 여행을 떠나고 싶어 하자 닐스는 이를 말리려다 거위의 목에 매달린 채 하늘로 날아오르게 된다. 이 날부터 닐스는 기러기 떼와 함께 많은 곳을 여행하면서 여러 가지 일들을 겪게 된다. 닐스는 기러기와 함께 다니는 동안 갖가지 모험과 예상치 못한 일들을 만나게 되고 이러한 일들을 겪으면서 점점 착하고 어진 소년이 되어 간다. 또한 옳지 않은 일에는 과감하게 맞서는 용기도 갖게 된다.

"생각해 봐, 너희들은 커다란 땅을 가지고 있어. 그러니까 너희들은 몇 개의 암초섬, 몇 곳의 습지와 호수, 그리고 몇 군데의 황량한 바위산과 외딴 숲은 우리 약한 동물들이 평화롭게 살아갈 수 있도록 내버려 둘 수도 있어야겠지."

자연 뿐만 아니라 인간 세계에도 어쩔 수 없이 부와 권력의 차이는 있을 수밖에 없다. 하지만 적어도 못 가진 자가 어느 정도 살아갈 수 있는 공간은 배려되어야 할 것이다. 가진 것 없고 약한 이들을 위한 조그마한 배려라도 존재할 수 있는 세상은 불가능하지 않다. 마음이 문제일 뿐이다.

소설에 보면 슬픈 이야기도 많이 있다. 자식들이 모두 제 살길을 찾아 외국으로 떠나고 홀로 남아 외롭게 농장을 지켰던 할머니의 쓸쓸한 죽음, 사냥개 카르와 사슴 그로펠의 우정과 죽음, 오사의 가족이 겪은 커다란 재앙과 용감했던 소년 릴레 마츠의 죽음, 이들이 죽음을 보며 닐스는 자연의 섭리와 사람의 운명에 대해 경험하면서 점점 삶에 대한 깊은 의미를 깨닫게 되고 그런 슬픔 속에서도 용기와 희망을 가지고 살아가야 함을 배우게 된다.

그리고 여행이 끝나가게 되면서 닐스는 장난꾸러기 소년에서 착한 소년으로 성장하게 된다.

우리의 현재는 바로 성장을 위해 존재하는 것이 아닐까? 어릴 때나 나이가 많이 들었거나 그런 것과는 상관없이 항상 그 자리에서 보다 나은 모습으로 배우고 성숙해 가는 것이 바로 인생이 아닐까 싶다.

# 10. 파울 요한 루트비히 폰 하이제 (독일, 1910)

〈카프리섬의 결혼식〉

1830년 독일에서 태어난 파울 요한 루트비히 폰 하이제는 대학을 졸업한 후 작가 생활을 시작하였다. 120편의 단편소설을 비롯해 장편소설과 희곡도 썼다. 1910년 "세계적으로 알려진 단편들의 작가이며 소설가, 극작가, 서정시인으로서 오랜 기간 창작활동을 해온 그가 드러낸 이상주의에 물든 예술성의 완성에 대한 헌사로서 이 상을 드립니다."라는 이유로 노벨 문학상을 수상한다.

〈카프리섬의 결혼식〉은 사랑보다 물질을 택하는 안기오리나라는 여성과 이로 인해 마음의 상처를 받는 레오포그트에 대한 이야기이다.

"하지만 화가란 아주 슬픈 족속들이에요. 안기오리나가 아리스티데에 대해 얘기했을 때 나는 당신을 잊고 그와 결혼하라고 했어요. 행복을 거부하지 말라고 했죠. 이렇게 아름다운 옷을 입고 있는 안기로리나가 인형처럼 예쁘지 않나요? 그것은 모두 아리스티데가 지불한 거예요. 그의 과일 장사는 캔버스에 그리는 서

툰 당신의 그림보다 훨씬 더 이익이 많을 거예요. 그런데도 안기리오나가 당신을 기다렸다면 그것이야말로 바보 같은 짓이죠"

레오프그트와 안기오리나는 결혼을 하기로 약속했다. 레오프그트가 그의 어머니를 모시러 독일에 갔다 오는 3주 만에 안기오리나는 돈 많은 아리스티데와 결혼을 하고 만다. 사랑보다 돈을 택한 안기로리나에게 레오프그트는 심한 절망을 느낀다. 하지만 이미 안기오리나는 다른 남자의 여자였다. 레오프그트가 할 수 있는 것은 아무것도 없었다. 가난한 화가의 삶은 그렇게 운명의 힘 앞에서 너무나 무력했다.

사랑은 어쩌면 순수하지 않은 것인지도 모른다. 그 조건에 의해 사람의 마음마저 변하는 현실을 무시할 수는 없지만 진정으로 누군가를 좋아한다면 모든 조건을 다 넘어서야 하는 것이 아닐까? 자신에게 이롭고 도움이 되면 그 사람이 좋고 그렇지 못하다면 그 사람을 버리는 현실이 안타까울 따름이다.

# 11. 모리스 마테를링크 (벨기에, 1911)

〈파랑새〉

벨기에의 플랑드르 겐트에서 1862년에 태어난 모리스 마테를 링크는 대학에서 법률을 전공했으나 글쓰기를 좋아했다. 그는 1885년 변호사 생활을 그만두고 본격적으로 문학의 길로 들어선다. 1886년 그는 파리에서 만난 젊은 시인들과 함께 〈라 플레이아드〉라는 잡지를 창간했고 그의 첫 산문 〈무고한 자들의 학살〉을 발표한다. 이후 희곡 〈말렌 공주〉, 〈빈자의 보물〉, 〈파랑새〉를 쓰면서 작가로서 널리 알려지게 된다. 1911년 노벨상 위원회는 "다방면에 걸친 그의 문학적 활동을 인정하여 이 상을 드립니다. 특히 그의 희곡 작업에는 풍부한 상상력과 때때로 동화를 가장하여 드러나는 시적 공상과 신비로운 방식으로 독자의 느낌과 그들의 상상력을 자극하는 깊은 영감이 드러나 있습니다."라는 이유로 그에게 노벨 문학상을 수여한다.

희곡 〈파랑새〉에서 치르치르와 미치르는 성탄절이 다가와도 크리스마스트리를 장식조차 할 수 없을 정도로 가난한 집안의 남매이다. 크리스마스이브 갑자기 찾아온 어느 할머니 딸의 병을 고치기 위해 행복을 가져다준다는 파랑새를 찾아 길을 나선다. 집에 있던 개, 고양이, 설탕, 불, 빵, 물이 정령이 되어 그들과 함께 여행을 떠난다. 추억의 나라, 밤의 궁전, 행복의 나라, 미래의 나라를 떠돌았지만 결국 파랑새를 찾지 못하고 돌아온다.

"인간이란 참 묘한 존재들이란다. 요술쟁이들이 죽은 뒤로 인간은 제대로 보질 못해. 게다가 자기 눈이 보이지 않는다는 사실을 의심조차 안 하지."

우리는 지금 접하고 있는 것을 얼마나 정확하게 보고 있는 것일까? 내가 생각하는 주위 사람의 모습은 진정한 그 사람의 모습일까? 나의 편견과 선입견으로 인해 진실된 그 사람의 모습을 보지 못하고 나의 철저한 주관적 시각으로 그 사람을 보고 있는 것은 아닐까? 우리가 인식하고 있는 사실이나 현상들은 진정 정확한 모습인 것일까? 나는 객관적으로 그러한 것들을 제대로 파악하고 있는지 의심해 볼 필요가 있다.

치르치르와 미치르는 결국 파랑새를 찾지 못하고 집으로 돌아온다. 집에 돌아온 그들은 자신의 집에서 기르던 산 비둘기가 파랑새임을 그제서야 깨닫는다.

"우리가 그렇게 찾았던 행복은 멀리 있지 않아. 어쩌면 행복은 우리 가까이에 있는지도 몰라."

진정한 지혜는 보이지 않는 것을 볼 수 있는 것이 아닐까 싶다. 세상을 바라보는 나는 얼마나 많은 것을 보며 살아가고 있을까? 내가 보고 있는 것이 정확하지도 않고 볼 수 있는 것보다 보지 못하고 있는 것들이 훨씬 더 많다는 것을 알고는 있기나 한 것일까? 왜 나는 내가 알고 있는 것을 그렇게 확신하고 고집을 피우며 살아가고 있는 것일까? 열린 마음을 갖는다는 것이 그리 어려운 것일까?

우리가 추구하고 있는 것은 아주 가까이에 있는 것인지도 모른다. 그런 것을 알지 못한 채 그동안 너무 멀리 있는 것만을 바라고 추구해왔던 것은 아닐까? 우리들에게 너무나 당연한 것들에 대해 그동안 소홀했던 것은 아닐까? 니체는 우리들에게 익숙한 것에 대해 다음과 같이 말한다.

"우리는 익숙한 것들을 너무 소홀히 여긴다. 어떤 사람들은 살기 위해서 먹고, 정욕 때문에 아이를 낳는다고 말할 정도다. 그들은 현재보다 더 나은 멋진 삶은 여기가 아닌 어느 먼 세상에 있는 것처럼 말한다. 우리는 이제 현실의 삶을 확고히 지탱하고 있는 모든 것들에 흔들림 없는 믿음의 시선을 보내야 한다. 이런 태도만이 우리를 제대로 살게 만들기 때문이다. (방랑자와 그 그림자, 니체)"

# 12. 게르하르트 하우프트만 (독일, 1912)

〈직조공〉

1862년 독일의 슐레지엔에서 태어난 게르하르트 하우프트만은 예나 대학에서 자연과학을 전공한 후 1889년부터 작품 활동을 시작한다. 그의 희곡 작품은 현실을 최대한 재현하는 것으로 예민한 사회적 주제도 과감히 무대에 올렸다. 그는 1912년 "무엇보다 그의 풍부하고 다양하며 눈에 띄는 극 예술 분야에서의 창작활동을 인식하여 이 상을 드립니다."라는 이유로 노벨 문학상을 수상한다.

〈직조공〉은 그의 대표작으로 1844년 슐레지엔 지방을 중심으로 일어난 직조공들의 폭동에 대한 이야기이다. 온순하고 겁많은 직조공들이 자신의 제품을 가지고 와서 품삯을 받곤 했는데 직물 검사원이 갖가지 트집을 잡아 임금을 깎으려 하면서 직조공들의 불만이 쌓여가기 시작한다. 직조공들의 삶은 너무나 비참했고, 아무리 일을 열심히 하고 세월이 지나도 지독한 가난에서 벗어날 수가 없었다. 참다못한 그들은 공장주의 착취에 대항해 폭동을 일으키고 그 과정에서 무고한 사람들이 목숨을 잃게 된다.

"파이퍼 : (천을 저울에 올려놓으며) 여전히 날림으로 만들어 왔군. (이미 새 천에 눈을 돌리며) 이 꼴 좀 봐! 이쪽 끝은 넓고 저쪽은 좁잖아! 이쪽 실이 엄청 단단히 짜여있고, 저쪽 끝은 체발에 온통 뜯겼잖아! 일 인치에 실 일흔 가닥이 채 들어가 있지 않다니, 나머지는 어디에 있는 거야? 이게 도대체 어떻게 된 거냐구! 정말 큰 일이야."

직조공들은 다름대로 최선을 다해 일을 했지만 공장주는 이윤을 더 남기기 위해 직물 검사원으로 하여금 어떻게든 흠을 잡아 임금을 아끼려 한다. 이로 인해 직조공들은 가난의 굴레에서 벗어나는 것은 꿈을 꿀 수조차 없다. 이는 개인적인 문제가 아닌 사회 전체적인 문제가 되어 갈 수밖에 없는 현실이었다.

"바우메르트 부인 : (계속 탄식하며 울먹이는 목소리로) 이젠 앞뒤에서 붙들어 줘야만 기동을 한단다. 앓느니 죽지, 성가신 짐만 되고 있으니... 이따금 하나님께 어서 데려가 주시라고 기도한단다. 오, 주여, 주여, 너무나 가혹합니다. 모르긴 해도... 생각하면 알 일이지... 난 평생을 열심히 일하며 살아왔어... 내 몫만은 꼭 해냈단 말야. 그런데 이젠 (애써 일어나려고 하지만 안 된다) 아무것도 할 수 없으니... 사람 좋은 남편과 착한 아이들을 바라보고만 있어야 하다니... 저 계집애들 얼굴 좀 봐라! 핏기 한 점 없이 창백한 종이쪽 같잖아. 먹고살기 위해 하루종일 그 지긋지긋한 베틀 앞에 앉아 있어야 하니, 이게 나이 어린 처녀애들이 할 짓이냐! 이게 대체 무슨 꼴이냐! 저 애들은 베틀 발판에서 평생

발 한번 떼지 못할 거야. 뼈빠지게 일하고도 변변한 옷 한 벌 사입지 못할 것이 뻔하지. 사람들 앞에 나가는 것도, 교회에 나가 위안을 받는 것조차도 어림없는 일이야. 허수아비 같은 저 모습들을 누가 열다섯, 스무 살의 젊은 아가씨들로 봐주겠느냐!"

직조공들의 가족은 갈수록 가난으로 인해 삶은 궁핍해지고 삶에 대한 희망마저 잃게 된다. 아무리 일을 한다고 하더라도 미래가 보장되지 않는 사회의 암울함이 사라질 가능성은 전혀 보이지 않았다.

"비간트 : 평화적으로! 어떻게 평화적이 될 수 있겠는가? 프랑스 혁명이 평화적이었던가? 로베스 피에르 같은 자가 부자놈들에게 그저 따귀나 한 대 찰싹 때리고 말았던가? 거두절미하고 단두대로였지. 모두 단두대로 보냈다구! 감이 익어 절로 입안에 떨어지는 게 아니야!"

젊은이들을 중심으로 직조공들은 결국 공장주에 대항하여 폭동을 일으키게 된다. 서로의 타협점을 찾을 수도 없었고 그에 대한 노력이 허사라는 것도 알았기에 최후의 수단 밖에 남아있지 않게 되었던 것이다. 하지만 그 와중에도 평생을 자리를 지키고 있었던 한 노인은 자신의 자리를 지키려 노력한다.

"힐제 노인 : 싫어! 모두가 미쳤어! 하늘에 계신 아버지께서 날 이 자리에 앉히셨어. 안 그렇소, 임자? 우린 바로 여기 앉아 우리가 맡은 일을 계속하는 거야. 백설이 새까맣게 타버리는 한이 있어도.

(한 바탕의 총격소리, 힐제 노인이 치명탄을 맞고, 일어서려다 베틀 위에 털썩 쓰러지고 만다.)"

평생을 직조공으로 살아왔던 힐제 노인은 폭동의 와중에서 경찰이 쏜 총에 맞아 사망하게 된다. 자신의 모든 인생을 직조공으로 살아왔지만 그의 양측에 의한 희생양이 되어 버리고 말았던 것이다. 그의 삶의 대가는 무엇이었을까? 성실하게 자신의 할 일만 열심히 하면서 살아온 그가 무슨 잘못이 있길래 그렇게 비참하게 죽어가야만 했던 것일까? 그렇게 삶을 마무리하게 되는 것이라면 인생은 너무 허무한 것이 아닐까? 서로를 위하지 않는 사회는 비극만이 존재할 뿐이다.

# 13. 라빈드라나트 타고르 (인도, 1913)

영국의 저명한 시인이었던 예이츠는 1912년 우연히 인도의 어느 무명 작가가 쓴 시의 원고를 보고 감동하여 이를 출판사에 추천하여 출간할 수 있도록 한다. 이 시집의 서문은 예이츠가 직접 썼는데, 이것이 바로 "기탄잘리"였다.

이 시집의 저자는 라빈드라나트 타고르였는데, 그는 1861년 인도에서 캘커타에서 태어났다. 그는 어렸을 때 학교생활에 적응하지 못했고 학교 성적도 바닥이었으며 12세 때 히말라야의 벵골 여행을 다녀온 후 14세에 학교를 포기한다. 그리고 그는 시를 쓰며 지내다 17세에 영국으로 유학을 떠났지만 1년 반도 못되어 다시 학교를 떠난다. 귀국 후 그는 자신의 길이 문학에 있음을 알고 시와 소설을 쓰는 데만 몰두한다.

22세인 1883년 결혼을 하였는데 그의 아내는 나이가 10살밖에 안 된 소녀 바바타리니였다. 타고르는 그녀와의 사이에 자녀 5명을 낳았고, 문학 작품을 하며 농민 공동체 일에 힘쓰다 아내와 부친 아들과 딸을 연이어 잃는 불행을 겪는다. 게다가 재정적인 문제가 심화되면서 공동체 사업과 그때까지 나온 저서의 판권도 모두 잃어버리게 된다.

이때 그는 자기 내면의 아픔을 벵골어로 시를 쓰게 되었고, 이 것을 영어로 번역한 것이 바로 기탄잘리였다. 1913년 노벨상 위원회는 "시적 사상과 완성된 솜씨와 함께 서구 문학의 일부분인 영어로 표현된, 그의 깊게 민감하고 신선하며 아름다운 운문"이 라는 평가와 함께 타고르에게 아시아인으로는 최초로 노벨 문학 상을 수여한다.

〈기탄잘리〉

1.
당신은 나를 무한한 존재로 만들었습니다.
그것이 당신의 기쁨입니다.
이 부서지기 쉬운 그릇을 당신은 비우고 또 비워,
언제나 새로운 생명으로 채웁니다.

이 작은 갈대 피리를
언덕과 골짜기로 가지고 다니며 당신은
그것에 끝없이 새로운 곡조를 불어넣습니다.

당신의 불멸의 손길이 닿으면
내 작은 가슴은 기쁨에 넘쳐 한계를 잊고,

말로 표현할 수 없는 언어들을 외칩니다.

당신이 주는 무한한 선물을
나는 이 작은 두 손으로밖에 받을 수 없습니다.
영원의 시간이 흘러도 당신은 여전히 채워 주고 있으며,
내게는 아직 채울 자리가 남아있습니다.

91.
오오, 생애 최후의 마무리인 죽음이여
나의 죽음이여
여기 다가와 내게 속삭여주오!

날마다 나는 그대 오기를 기다렸소.
그대 있기에
내 인생의 기쁨과 아픔을 견디어 왔소.

나의 존재,
나의 소유
나의 희망과 나의 사랑 그 모든 것은
언제나 고요한 깊이로 죽음 향하여 흘러갔소.
그대가 마지막 한 번의 눈길을 보내오면
내 생명은 영원히 그대 것이 될 것이오.

꽃은 엮어지고
신랑을 위한 화환의 준비는 되었소.
혼례가 끝나면 신부는 제 집 떠나
인적 없는 밤
다만 홀로 신랑 집으로 갈 것이오.

101.
한평생 나는 노래하며 님을 찾아왔습니다.
문전에서 문전으로 날 인도한 것은 노래였으며
또 그 노래로 내 세계를 찾아
거기 손길이 닿을 수 있었습니다.

내가 지금껏 배운 것은
모두 나의 노래가 가르쳐준 것입니다.
노래는 나를 비밀의 오솔길로 이끌어주고
내 마음의 지평선 위에
많은 별을 가져다 보여주었습니다.

내 노래는 온종일
기쁨과 고통의 나라의 신비로 날 인도하고
기어이 내 나그네 길 끝나고 해 저물 때
어느 궁전의 문전으로 끝내 나를 끌려온 것입니까?

103.
나의 님이시여
다만 일심으로 님께 귀의하여
내 모든 감각을 펼쳐
님의 발아래 엎드리어
이 세상에 닿게 하소서.

아직 다 내리지 않은 소나기를 머금고
옅게 내려와 걸려 있는 7월의 비구름이듯
님의 문전에 내 마음 모든 것 바치게 하소서.

모든 내 노래의
그 다양한 선율도 함께
단 한 줄기 흐름으로 모아
침묵의 바다로 흐르게 하소서

고향 그리워 밤낮의 가림없이
산속 옛 둥지로 날아가는 학의 무리처럼
님께 인사드리고
내 온갖 생명 바쳐
영원한 고향으로 배 떠나게 하소서.

기탄잘리라는 것은 신에게 바치는 송가라는 뜻이다. 타고르는 이 시집에서 인간과 신과의 관계를 사랑하는 사람 사이에 오고 가는 마음을 빌려 연작시의 형태로 표현하였다.

이 시집에서 사용되는 영어 단어인 "Thou, Thy, Thee"들은 '님'이란 뜻이며 나의 몸을 정결하게 하고 나의 악함을 씻어내며 님을 향한 나의 사랑을 완성하겠다는 내용이다.

타고르의 시에는 그의 개인적인 삶의 고통이 다분히 스며들어 있다. 사랑하는 사람들을 먼저 보냈기 때문이다. 특히 그의 딸과 막내 아들의 죽음을 그는 감당하기 힘들었는지도 모른다. 그 아픔이 시로 승화된 것이 아닌가 싶다. 그가 작시, 작곡한 '자나 가나 마나(Jana Gana Mana)'는 인도의 국가가 되었다. 오늘날 그는 간디와 더불어 인도의 국부로 추앙받고 있다.

타고르는 우리나라가 인도와 같은 운명이었던 피지배 국가였기에 그의 아픔을 너무나 잘 알았고 최남선 등 우리나라의 작가들과의 인연도 있어 한국에 대한 시를 남긴 것으로도 유명하다.

〈동방의 등불〉

일찍이 아시아의 황금 시기에
빛나던 등불의 하나인 코리아
그 등불 다시 한번 켜지는 날에
너는 동방의 밝은 빛이 되리라.

마음엔 두려움이 없고
머리는 높이 쳐들린 곳
지식은 자유스럽고
좁다란 담벽으로 세계가 조각조각 갈라지지 않는 곳
진실의 깊은 속에서 말씀이 솟아나는 곳
끊임없는 노력이 완성을 향해 팔을 벌리는 곳
지성의 맑은 흐름이
굳어진 습관의 모래벌판에 길 잃지 않는 곳
무한히 퍼져나가는 생각과 행동으로 우리들의 마음이 인도되는 곳

그러한 자유의 천국으로
내 마음의 조국 코리아여 깨어나소서.

# 15. 로맹 롤랑 (프랑스, 1915)

〈베토벤의 생애〉

　로맹 롤랑은 1866년 프랑스 클람시에서 태어났다. 그는 파리 고등사범학교에서 역사학을 공부하고 후에 이 학교와 파리 대학교의 예술사, 음악사 교수가 된다. 그는 소설과 희곡을 쓰면서 〈장 크리스토프〉등 많은 작품을 남기게 된다. 1915년 노벨상 위원회는 "그의 문학적 창작이 지닌 숭고한 이상주의와 그가 인간 존재의 서로 다른 유형들로 묘사한 진리에 대한 사랑과 공감에 대한 헌사로서 이 상을 드립니다"라는 이유로 그에게 노벨 문학상을 부여한다.

　〈베토벤의 생애〉는 롤랑이 제일 존경했던 베토벤의 예술가적 삶에 대한 이야기이다.

　"아마도 그것은 넋이 고뇌에 젖어 버리기에는 시간이 걸리는 까닭이다. 넋은 극진히도 기쁨을 요구하는 것이기 때문에 기쁨이 없을 때는 그것을 스스로 창조해 내지 않으면 안 된다. 현재가 너무도 참혹할 때, 넋은 과거의 추억으로 산다. 행복하였던 시절은 일시에 사라지는 것이 아니다. 그 광채는 그 시절이 지나가 버린 뒤에도 오랫동안 꺼지지 않고 빛을 던진다. 빈에서 외롭고 불행하게 지냈던 베토벤은 고향의 추억 속에 피난처를 구하였던 것이다. 당시의 그의 음악 사상은 모두 그러한 추억을 지니지 않은 것이 없다."

예술의 깊이는 삶의 경험과 비례하는 것일까? 베토벤의 삶은 결코 평탄하지 못했다. 사랑 또한 마찬가지였다. 그의 순수한 사랑은 모두 실패로 돌아갔다. 고뇌속에서 많은 시간을 보낼 수밖에 없었다.

"1801년 그의 정열의 대상은 줄리에타 기차르디였던 듯하다. 그는 〈월광〉이라고 불리는 그 유명한 소나타를 이 여성에게 바침으로써 그 자신을 불멸화하였다. '나의 생활은 지금까지보다는 퍽이나 평온하게 되었다.' 이렇게 그는 베겔러에게 편지를 썼다. '나는 한결 사람들과도 잘 어울리고 있다. 이 변화는 어느 정다운 소녀가 이루어 준 것이다. 그녀는 나를 사랑하고 나도 그녀를 사랑하고 있다. 2년 이래 처음으로 이와 같은 행복한 순간을 가져 본다.'

하지만 이 행복한 순간의 대가는 쓰라린 것이었다. 첫째로 이 사랑은 그로 하여금 자신이 불구자라는 것의 비참함과 사랑하는 사람과 결혼을 불가능하게 만들고 있던 자신의 불안정한 생활 상태를 더욱더 뼈저리게 느끼게 하였다. 그리고 줄리에타는 경박하고 유치하고 이기적인 여자였다. 그녀는 참혹스럽게 베토벤의 마음을 괴롭혔다. 그리고 1803년 11월에 갈렌베르크 백작과 결혼해 버렸다. 이 같은 정열은 넋을 유린시킨다. 베토벤의 경우처럼 넋을 파멸시켜 버릴 위험성이 있다."

이 시기가 베토벤의 일생에서 가장 절망스러운 시기였다. 당시 그는 유서마저 써 놓은 상태였다. 그는 이러한 참혹한 운명에 대항할 힘마저 없었는지도 모른다. 그저 비통한 고뇌에 쌓여 울부짖기만 했을 것이다.

"그리하여 사랑은 그를 저버렸다. 1801년에는 다시금 그는 외로워졌다. 그러나 드디어 그에게 명성이 왔다. 그리고 또 자기의 힘에 대한 자각도 생겼다. 바야흐로 그는 혈기 왕성한 나이에 이른 것이다. 이제는 아무것도 꺼릴 것 없이, 사회도, 인습도, 세인의 공론도 돌아볼 것 없이, 세차고 거센 자기의 기질대로 행동하였다. 무엇을 두려워하고 무엇을 삼갈 필요가 있으랴? 사랑도 야심도 이제는 없다. 자기의 힘, 다만 이것만이 그에게 남아 있다. 자기 힘의 자각에서 오는 기쁨, 그 힘을 사용하고자 하는 거의 남용하고자 하는 욕망이 있을 따름이다."

베토벤 그는 자신의 운명을 받아들일 수밖에 없었는지 모른다. 자신의 한계를 알았고 삶의 끝을 경험했기에 극복할 수 있었다. 그로 인해 그 위대한 예술가는 우리에게 가슴 깊은 울림이 있는 음악을 남겼는지 모른다.

# 16. 베르네르 폰 헤이덴스탐 (스웨덴, 1916)

1859년 스웨덴에서 태어난 베르네르 폰 헤이덴스탐은 어릴 때 병약하여 남유럽에서 요양을 하며 시를 쓰다 1887년 귀국한다. 귀국 후 시집 〈순례와 방랑의 세월〉을 발표했다. 초기 그의 탐미적 경향은 고전적 이상주의로 성숙하며 스웨덴 문단의 거장으로 대성한다. 1916년 노벨 문학상을 수상하였다.

〈 The Pilgram's Christmas Song〉

Autumn torrential rain and the sun of the steppe
bleached pilgrim costume.
Up I rose, when the rooster crowed
early in the morning wake.
Hundred miles
towards Sweden
the roads rose, and only towards evening
tired I rested;
night shelter

was served on the straw by the stove.

Crusader tales and pilgrimage
sought the idea right.
Soon in the door a rural herd
silently heard me tell.
The women leaned
close together
arm in arm in listening joint.
The sparks squirted
high out of the flame,
which licked the wood of the stove.

Adventures on the lost path,
many pilgrimage memorabilia
carelessly interpreted, but I was silent
the fire, which falls on my mind.
Self—torturing
holy brother
is not hidden under the coat I wear.
Not the shiny one
Mrs. Mother of God

the queen of my ideas is.


Wandered through I have allen
the land of the shadows, the desolate.
Far in the desert among thistles and bones
I talked to the dead.
Healthy and vibrant
I went close to them,
smiled and sobbed along with them.
Followed them trembling,
got them dear,
searched the home of the shadows for a home.


The shadows touched my forehead — and nice
an ancient world rose from the grave.
Nineveh's daughters wrapped in green
around the pilgrim's staff.
The stars flared
biblically clear.
Slowly hissing string playing.
The shadows shattered
wonderful

kingdom of beauty captivated my soul.

I listen to the mussel shell of the cover,
roars the Archipelago.
Echoes of tympanum and cymbal
thunder at the waves.
Virgos robbing
without remorse
frustrate centaurs in flying tramp.
Abyssal
wild songs
laugh in time with the trampling of the hooves.

Unfaithful I fled the land of shadows,
longed for life again,
the bustle of streets and the fire of lamps,
however − my fate was written.
The undulating of life
cities and countries
attracted by the murmur I went through,
but the persecutors
the hands of the shadows

was obscured over my gaze.

The young people around me greet freely
other waking times.
Stranger I stand in their midst.
Like a ghost I walk.
Today's warrior
crowd spans
the bow of the word of tendons and steel;
dreamy silence,
arm on friends,
wanders the son of shadows without a goal.

I can never, as in the past, be happy
the questions of the moment discuss;
thoughts grope day and night
at the bottom of the gorge of the shadows,
where not panting
the torch sends
the glow of life, but an underground.
Never among jokers
brothers and relatives

I will sit at the table cheerfully.


The screaming cranes fled clean.
White upholstery and pillows
the flakes bed around the slab and stone.
The narrow windows of the huts
glimta immiga.
The sparrow in hunger
looking for the sheaf at the farmer's shed.
Deep out of fog
autumn evening sings
the arrow at the front in winter and Christmas.


Voices from childhood, to you
snowy paths lead me,
but you do not reach my heart anymore,
just mumble in my ear.
Quiet, blissful,
atoning
voices, vain call I.

〈순례자의 크리스마스 노래〉

가을 집중호우와 스텝의 태양
표백된 순례자 복장
수탉이 울 때 나는 일어났다
아침 일찍 일어나
백마일
스웨덴 쪽으로
길이 우뚝 솟아 저녁때에야 비로소
피곤해서 쉬었다
난로 옆에 있는 야간 피난처.

십자군 이야기와 순례
그 아이디어를 제대로 찾으려 했다
곧 문에서 시골의 무리는
내가 말하는 걸 조용히 들었다
여자는 몸을 숙였다
함께 옆에서
팔짱을 끼고 청취할 수 있다
불꽃이 튀었다
불길이 치솟아 오르자
난로의 나무를 삼켜 버렸지

잃어버린 길에서의 모험,
많은 순례 기념품
무심코 통역했지만, 나는 침묵했다.
불길이 내 마음에 와 닿는다.
자가고문
거룩한 형제
제가 입는 코트 밑에 숨겨져 있지 않다
반짝이는 거 말고
하느님의 어머니
제 아이디어의 여왕은

난 알렌이 있어
어둠의 땅, 황량한 곳
먼 사막의 엉겅퀴와 뼈 사이
죽은 자들과 애기했어
건강하고 활기찬
그들에게 가까이 갔더니
그들을 따라 웃으며 흐느꼈다.
떨고 있는 그들을 따라갔다
그들을 소중히 여겼지
집을 찾기 위해 어둠의 집을 뒤졌다

그림자가 내 이마에 닿았어 - 그리고 멋있었다
고대 세계가 무덤에서 솟아났다
녹색 옷을 입은 니네베의 딸들
성지 순례자의 지팡이 주변에서
별이 빛났다
성경은 깨끗하다
천천히 쉬익 하는 현악기 연주
그림자가 산산조각 났다
기막힌
아름다움의 왕국은 내 영혼을 사로잡았다

나는 커버의 홍합 껍데기를 들었다
군도를 포효하고 있다
고막과 심벌의 메아리
파도 소리를 지르다
처녀자리가
사정없이, 무자비하게
비행기에서 센타우루스족을 좌절시켰다
애비살
야성적인 노래
발굽을 밟고 웃었다

내가 불성실하게 어둠의 땅에서 도망쳤으니
다시 삶을 갈망했고
거리의 소란과 램프의 불길,
하지만 내 운명은 쓰여 있었다
인생의 굴곡
도시와 나라들
내가 들었던 잠음에 이끌려서
하지만 가해자들은
어둠의 손
내 시선이 가려졌다

내 주변의 젊은 사람들은 자유롭게 인사한다
깨어 있는 다른 시간들
낯선 나는 그들 가운데 서 있다.
귀신처럼 걷는다
오늘의 전사
군중의 범위가 넓다
힘줄과 강철이라는 단어의 활,
꿈같은 침묵,
친구들에게 팔짱을 끼고
그림자의 아들을 목표 없이 떠돌고 있다.

나는 과거처럼 결코 행복할 수 없다
토론하는 순간적인 질문들;
밤낮으로 고뇌하는 생각
어둠의 협곡의 밑바닥에서
숨을 헐떡이지 않는 곳에
횃불이 켜졌다
생명의 광채는 있지만, 지하에는 있다.
장난꾸러기들 사이에선 안 된다
형제와 친척들
저는 즐겁게 테이블에 앉을 것이다

비명을 지르던 두루미들은 깨끗이 달아났다
흰색 실내 장식 및 베개
석판과 돌 주위에 박힌 조각 침대
오두막의 좁은 창문들
이민자
배고픈 참새
농부의 헛간에서 볏단을 찾고 있었다
안개 속 깊은 곳
가을 저녁이 노래한다
겨울과 크리스마스에 앞에 있는 화살

어릴 적부터 너에게까지
눈길들이 나를 이끈다
하지만 넌 더이상 내 심장에 닿지 않아
그냥 내 귀에 대고 중얼거려
조용하고 행복하며
속죄의
목소리, 헛소리


　순례와 방랑의 길은 언제 끝이 날까? 어디로 가야할 지도 어디서 머물러야 할지도 모른 채 길을 가야만 하는 운명은 삶의 고통 그 자체일지도 모른다.

　우리는 누구나 각자의 인생의 길에서 순례자일지 모른다. 계획된 대로 갈 수도 있지만 전혀 예상치 않은 길로 갈 수밖에 없기도 하고, 원하지 않은 길을 어쩔수 없이 가야하는 경우도 있다.

　끝내고 싶지만 끝낼 수도 없는 운명, 나를 반겨주은 따뜻한 집에서 온전히 평안한 마음으로 쉴 수 있는 날을 과연 올 수 있는 것일까?

　순례자의 길은 고단하고 힘들 수 밖에 없다. 그래도 노래를 불러야 할 것이다. 나 자신을 위해서라도.

# 17. 카를 아돌프 겔레루프 (덴마크, 1917)
## 헨리크 폰토피단 (덴마크, 1917)

〈카마니타와 바시티〉

  1857년 덴마크에서 태어난 카를 겔레루프는 신학을 공부했으
나 작가의 길로 들어서서 당대를 비판적으로 묘사하고 부르주아
지의 편협함을 희화하고자 노력하는 작품 활동을 하였다. 1927
년 노벨 문학상을 수상한다.

  〈카마니타와 바시티〉는 산골 마을에서 부유한 상인의 아들로
태어난 카마니타가 어느 날 도시로 가는 사절단과 함께 처음으로
상인으로서 일을 시작하고 그 도시에서 만난 바시티와 사랑하게
되는 이야기이다.

  "며칠 후, 나는 부모님께 작별을 고하고 넓은 세계에 대한 가슴
벅찬 기대감을 안고 성문을 나섰다. 여행의 하루하루는 그야말로
축제와도 같았으며 표범이나 호랑이를 쫓기 위해 밤마다 피우는
모닥불에 고관대작들과 둘러앉아 있을 때는 그야말로 요정의 나
라에 와있는 듯한 느낌이었다."

  상인이 되기 위해 처음으로 집을 떠나 길을 나선 카마니타, 그는
아버지의 뒤를 이어 장사에 있어서 성공을 할 꿈에 부풀어 있다.

"한잠도 못 이루고 밤을 보낸 나는 홀로 방 안에 틀어박혀 있었다. 그리고 완전히 그녀의 환상에 사로잡힌 마음을 달래기 위해 벽에 걸린 반듯하고 얇은 화판에다 그녀가 춤을 추며 황금의 공을 던졌을 때 내가 마지막으로 보았던 그녀의 아름다운 모습을 옮겼다. 나는 마치 카코라가 아름답고도 부드러운 노래를 부르며 달빛만 먹고 살아갔듯 음식을 조금도 먹을 수 없었으며 단지 아름다운 그녀의 얼굴에서 발산되는 광선에 의지했다."

카마니타는 어느 날 축제에서 바시티를 발견하고 한 눈에 사랑에 빠져 버린다. 그는 전에 없었던 새로운 세계를 경험하며 바시티를 생각하느라 정신이 없을 정도였다.

"나는 이토록 대담한 말로 그녀에게 맹렬히 달려들었다. 마침내 그녀는 눈물 젖은 뺨을 내 가슴에 파묻으며 자신 역시 마찬가지이며 만약 수양동생이 그 그림을 제 때에 가져오지 않았더라면 자신은 틀림없이 벌써 죽고 말았을 것이라고 말했다."

카마니타와 바시티는 운명적인 사랑이었다. 카마니타가 사랑하는 만큼 이미 바시티도 카마니타를 사랑하고 있었다. 둘의 사랑을 위해 이제는 결단을 해야 할 때가 되었다. 카마니타가 다시 집으로 떠나야 할 시간이 다가왔던 것이다.

"나는 부끄러움에 몸을 떨면서도 도저히 함께 갈 수 없다고 버텼다. 그러자 대사는 호통치던 목소리가 위협조로 바뀌더니 나중에는 애원하기까지 하였다. 하지만 사랑의 열병에 빠져 버린 나에게 대사의 그 어떤 말도 들려올 리 만무했다. 드디어 대사는 노발대발하며 떠나가고 말았다. 나는 견딜 수 없는 무거운 짐에서 해방된 듯했고 내 사랑에 완전히 몸을 맡기고 말았다."

카마니타는 아버지의 대를 이어 거상이 되려는 꿈을 바시티를 위해 포기한다. 바시티와의 사랑보다 중요한 것은 없다고 생각했고 이를 위해 자신이 가지고 있던 모든 기득권을 포기했다. 그리고 카마니타와 바시티는 둘이 새로운 출발을 하게 된다. 진실된 사랑은 어떤 조건이나 이익을 뛰어넘는 것이 아닐까?

〈어부〉

1857년 덴마크의 프레데리시아에서 출생한 헨리크 폰토피단은 공학을 공부했으나 전공을 바꾸어 문학 활동을 시작했다. 그의 단편소설과 장편소설은 덴마크의 신고전주의를 대표한다. 허위나 권력 남용에 대해 비판하는 글을 주로 썼으며 1917년 노벨 문학상을 수상한다.

〈어부〉는 험한 바다 생활을 하는 한 어부와 어린 소녀에 관한 이야기이다.

"그런데 메리는 겨우 열 일곱 살이었다. 그녀의 과거란 그녀가 떠나와 버린 집안 사정 때문이었다. 그녀의 아버지는 주정꾼에다 놈팽이여서 한두 번이 아니라 여러 번 고주가 되게 취해 가지고는 그녀를 학대하고 반쯤 죽이는 것이었다. 또한 어머니는 방탕한 늙은 아낙이어서 스스로 딸에게 자기의 직업을 가르쳐 주었다. 그러나 메리는 아직 어린애였기 때문에 어떤 생활 속에 자신이 이끌려 들어가는지 거의 아무것도 알지 못했다."

어부는 불쌍한 어린 소녀인 메리를 그의 부모로부터 떼어 놓기 위해 그 소녀를 데리고 배를 운행한다. 하지만 그 배는 조난을 당하기에 이르고 구조 회사의 도움 없이는 헤어나올 수가 없었다. 구조 회사는 막대한 비용을 요구하게 된다.

"자유로운 그녀의 시간은 지나가서 그의 명령을 실행에 옮겨 그녀를 다시 고난과 기아와 더러움으로 가득찬 옛 소굴로 돌려 보낼 것이다. 그러면 그녀는 다시 아버지에게 학대를 받고, 어머니에게서 용기거리를 받을 것이다. 다음날 아침 투우 브라더스 호가 사운드에 입항하였을 때 메리는 갑판 위에 없었다."

선장이었던 어부는 메리를 보호해 주고 싶었지만, 배를 살려야 했고 그 배를 기반으로 살아가는 다른 어부들의 가족의 생계도 생각해야만 했다. 결국 소녀는 다시 어두움의 세계로 돌아가야만 했다. 돈이라는 것이 인간의 삶을 좌우하는 세상은 그렇게 암울할 수밖에 없었던 것이다.

## 18. 1918년 노벨 문학상 수상자는 없음


## 19. 칼 슈피텔러 (스위스, 1919)


〈이마고〉

　1845년 스위스 리스탈에서 태어난 칼 슈피텔러는 대학에서 야
콥 부르크하르트와 빌헬름 봐케르나겔 교수로부터 영향을 받고
창작의 길로 들어선다. 교사와 신문 편집인 등 여러 가지 직업을
하며 작품 활동을 계속하였고 1919년 스위스 출신으로는 처음으
로 노벨 문학상을 받았다.
　〈이마고〉는 주인공 빅토르와 다른 남자와 결혼하여 살고 있는
토이다와 관계된 진정한 사랑에 대한 이야기이다.
　"내 너희들에게 말하지만 많은 사람들은, 내가 죽은 뒤, 언젠가
는 마음속에서 갈망하며 원하리라. 내가 사랑하였던 것처럼 사랑
받기를, 그리고 저들은 그러한 사람이 그러한 사랑으로 찬양한
자들을 질투하리라."
　빅토르는 현실의 사랑에서 배반당하고 결국 사랑하는 여인을
떠나지만 진정한 사랑을 알게 된다. 무엇 하나 부족함이 없어 보

이는 토이다 남편의 "결혼에는 가짜 사랑만이 존재한다."라고 이야기하는 것과는 정반대였다.

"프소이다가 이마고로 바뀌었던 바로 그 순간에 그녀는 틀림없이 그에게는 성스러운 빛 속에 감싸여 나타났을 것이다. 왜냐하면 이마고는 실제로 상징적인 종족의 초감각적인 존재이기 때문이었다. 그녀는 그의 엄격한 부인의 고귀한 딸이며 그의 인생에서 가장 축복스러웠던 시간을 노래했던 성스러운 가수였다. 빅토르의 사랑은 종교로 탄생했던 것이다. 그리고 오, 기적이여! 그가 신성하게 여기는 것이 그의 가까이에, 볼 수 있고 닿을 수 있는 곳에 살고 있지 않은가."

사랑은 대상의 문제일지 모른다. 내가 좋아하던 그리고 좋아했던 사람도 언젠간 나를 배신하고 떠날 수가 있다. 하지만 진전한 사랑의 존재는 항상 나의 곁에 머무를 것이다. 이마고가 그런 대상이었다.

"그는 그의 영혼의 모든 종족들을 불러 모았다.

애들아, 즐거운 소식이 있다. 너희들은 이제 그녀를 사랑해도 좋다. 아무런 조건도 유보 조항도 없이, 한계도 장벽도 없이 사랑해도 좋다. 더 강할수록 더 내면적일수록 그만큼 더 좋다. 왜냐하면 그녀는 고귀하고 그리고 그녀는 선하기 때문이다."

사랑은 얼마나 진실되고 깊어질 수 있는 것일까? 주인공 빅토르는 그러한 사랑은 무엇인지를 알게 되었고 결국 자신이 꿈꾸던 사랑의 대상 이마고를 만날 수 있었다.

# 20. 크누트 함순 (노르웨이, 1920)

〈그란 중위의 죽음〉

크누트 함순은 1859년 노르웨이의 가난한 농부의 아들로 태어났다. 시골의 황량하고 신비로운 자연 속에서 그는 목동, 구두 수선, 행상인 등 많은 직업을 전전하며 살아가야 했다. 1890년 〈굶주림〉이라는 소설로 이름을 알리기 시작한다. 그 후 많은 작품을 남기며 1920년 노벨 문학상을 수상하게 된다.

〈그란 중위의 죽음〉은 단편소설로 한 인간의 삶에서 우연히 일어난 일이 어떻게 그의 삶의 굴곡이 되어 가는지에 관한 이야기이다.

"토마스 그란은 무뚝뚝한 나이 말투를 조롱하듯 내 말을 따라 했다. 그가 자꾸만 흉내를 냈기 때문에 나는 그가 이상하게 여겨져 그만두게 했다. 그 후에도 나는 그가 뭔가 웃음거리를 만들어 내어 조롱하는 것을 여러 번 본 적이 있다. 그럴 경우, 나는 그를 결코 용서하지 않는다. 왜냐하면 그는 언제나 나의 적이었기 때문이다."

주인공에 비해 토마스 그란은 너무나 잘난 사람이었다. 주인공은 항상 그란에 대한 열등감이 있었다. 그 열등감은 서서히 분노로 자리를 잡기 시작한다.

"어느 날 갑자기 나의 방 창밖에서 그란이 웃으며 지껄이는 소리가 들려왔다. 그는 마끼와 큰 소리로 말하고 있었는데, 온갖 유혹의 말로 그녀를 달래고 있었다. 마끼는 분명 자기 집에서 이리로 온 것이다. 그리고 그란은 그녀를 기다리고 있었다. 그들은 나의 창문 앞에서 만난다는 것을 조금도 개의치 않는 모양이었다."

주인공과 마끼는 결혼할 사이였다. 그란이 마끼를 처음 본 순간부터 마끼에게 접근하기 시작하고 마끼 또한 주인공보다 외모나 체격등 모든 면에서 뛰어난 그란을 좋아하게 된다. 이것이 결국 커다란 사건의 발단이 되고 만다.

"나는 총을 들어 그의 얼굴에 겨누고 방아쇠를 당겼다. 뿌린 씨는 거두지 않으면 안 된다. 이제 그란 일가에서 더 이상 그 자의 행방을 찾을 필요는 없다. 이미 죽은 사람을 찾아내는 자에게는 이러이러한 상금을 준다는 허망한 광고에 나는 그저 배꼽이 아플 지경이다."

주인공과 결혼하기로 한 마끼는 결코 그란과 밤을 함께 보내게 된다. 주인공의 인내심을 한계에 이르고 말았다. 결국 그는 그란을 숲속에서 총으로 쏘게 된다.

삶에는 많은 우연이 존재하기 마련이다. 그 우연이 우리를 행복하게도 하지만, 불행하게 만들기도 한다. 우리의 선택 또한 완벽할 수가 없다. 인간은 원래 불완전한 존재일 뿐이다. 그러한 우연과 선택이 우리의 인생을 어디로 인도하게 될지는 아무도 모른다. 우리는 그저 삶의 한 가운데에서 살아가고 있을 뿐이다.

# 21. 아나톨 프랑스 (프랑스, 1921)

〈푸른 수염의 일곱 아내〉

1844년 프랑스 파리에서 태어난 아나톨 프랑스는 어릴 적 서점을 운영하던 환경으로 책을 가까이 할 수 있었고 중학교 때부터 시를 쓰기 시작하였다. 훌륭한 문체와 다양한 지식을 바탕으로 한 명문장은 그를 세계적 작가의 반열에 오르게 해주었다. 단편, 장편소설을 계속 발표하였고, 당대 최고의 프랑스 문인으로 인정받았다. 1921년 "인간에 대한 깊은 연민, 고귀한 품격, 진정한 프랑스적 기질을 추구한 빛나는 문학적 성과"라는 이유로 노벨 문학상을 수상한다.

〈푸른 수염의 일곱 아내〉는 아나톨 프랑스의 단편소설이다. 부유한 귀족이었던 베르나르 드 몽라구는 대인 관계에서는 순진했다. 푸른 수염의 몽라구의 별명이다. 자신의 영지에서 풍요로움을 누리면서 살았지만 아내 복은 없었다. 무려 6번의 결혼을 했지만, 그와 결혼한 여자들은 결혼 후에 도망치거나 죽었다. 7번째로 허영심이 가득한 쟌느와 결혼한다. 하지만 쟌느는 몽라구가 모르는 애인이 있었고 그녀는 몽라구의 재산만 바라보고 시집을 온 것이었다.

"어떤 귀부인을 처음으로 만나면 그는 말을 거느니 차라리 죽고 싶어질 정도였다. 설사 마음에 드는 여성을 만나도 그녀 앞에서는 우울한 침묵을 지키곤 하였다. 그의 감정은 단지 눈을 통해서만 나타날 뿐이었다. 그러한 수줍음으로 인해 그는 온갖 종류의 불행을 맛보아야 했다. 무엇보다 그것은 겸손하고 다소곳한 여성들과의 성실한 교제를 방해했고 뻔뻔스럽고 대담하기 그지없는 여자들에게 걸려들면 여지없이 유혹당하고 마는 결과를 가져왔다."

푸른 수염의 사나이 그는 자신을 객관적으로 돌아볼 필요가 있었다. 자기에게 어떠한 문제가 있는지 그러한 것을 어떻게 해결해 나갈 수는 없는지 스스로 물어보고 고치려고 노력해야 했다.

"삐에르와 콤은 즉시 푸른 수염에게 달려갔는데, 그때 푸른 수염은 슈바리에의 칼을 빼앗아 그를 무릎 밑에 깔고 있었다. 그런데 그들 형제는 비겁하게도 뒤에서 푸른 수염의 목을 칼로 찔렀고 숨이 끊어진 후에도 마구 난도질을 했다. 푸른 수염에게는 유산 상속인이 없었다. 결국 그의 미망인인 잔느가 모든 재산을 물려받게 되었다."

자기 자신이 누구인지도 모른 채, 자기의 문제를 해결하지도 못한 푸른 수염을 결국 일곱번째 아내에 의해 목숨과 재산 모든 것을 잃어버리고 만다.

우리 모두에게는 다 각자의 문제점이 존재하기 마련이다. 하지만 그러한 자신의 문제를 스스로 해결하는 사람은 그리 많지 않다. 무엇보다 중요한 것은 자신에 대해 알고, 문제가 무엇인지 인식하고, 그러한 자신의 문제를 먼저 해결하는 것이 중요한 것이 아닐까 싶다.

# 22. 하신토 베나벤테 (스페인, 1922)

〈친구 미망인의 남편〉

1866년 스페인에서 태어난 하신토 베나벤테는 법학을 공부하다 중퇴한 뒤 극단을 조직하여 프랑스, 영국, 러시아, 미국 등을 다니며 직접 희곡도 쓰며 공연 활동을 하였다. 그의 작품은 대화에 중점을 둔 기지와 풍자가 특징이며 1922년 노벨 문학상을 수상한다.

〈친구 미망인의 남편〉은 남편이 죽고 나서 재혼한 한 여인의 남편에 대한 이야기이다.

"카롤리나 : 천만에요. 오히려 그분은 남보다 먼저 기쁜 일에 주동이 되어야 할 사람이 나라고 말해 주었어요. 플로렌쵸는 언제나 파트리치오의 제일가는 숭배자였죠. 그분들의 정치 이념은 서로 같았어요. 어떤 일에 서나 뜻이 맞았어요.

쥬리타 : 내가 감사를 받을 건 없어요. 당신이 이제껏 한 것만으로 충분하니까. 오늘날까지 당신은 그분의 추억을 잘 간직해 왔죠. 다시 결혼은 했지만, 딴 사람 아닌 바로 고인과 가장 절친한 친구하고 한 게 아니요? 당신의 행동은 내가 알고 있는 미망

인들과는 전혀 달라요. 예를 들자면 베니테즈 부인 같은 여자 말이요. 그 여자는 자기 남편이 이 지방에서 제일 증오하는 바로 그 적과 이년 동안이나 같이 살림을 했죠. 결혼할 생각도 않고 말이에요. 결혼을 했대도 그 여자로 봐서는 참 도리에 닿지 않는 일이었을 거에요."

죽은 남편의 동상이 세워진다는 것에 재혼한 남편은 오히려 아내가 그 일에 앞장서서 일해야 한다고 말한다. 평범한 사람이었다면 아마 질투가 나서 그러한 일을 하지 말라고 했을 것이지만 그녀의 재혼한 남편은 다른 것처럼 보였다.

"플로렌쵸 : 이런 이야긴 할 게 아니지만. 괴벽이 있었지. 물론 위대한 인물의 괴벽이지만 대단한 괴벽이었어. 훌륭한 인물들이 대개 그렇듯이 그 사람도 자신을 과대평가하고 있었거든. 그러니까 고집이 이만저만이 아니었단 말야. 뭐 한가지 취미에 맞는 일을 하고 있을 땐 아무리 재간이 있어도 그걸 그만두게 할 수가 없었어."

재혼한 미망인의 남편은 알고 보면 전 남편의 일을 도와주라고 했던 것이 아내를 위한 것이 아니었다. 자신의 돋보이게 하기 위한 것이었다. 진실한 마음을 숨긴 채 오직 자기의 영화를 위한 그런 눈속임이었다.

인간은 순수한 마음을 지키기가 쉽지 않다. 모두 자신을 위한 이익에 관심이 있을 뿐이다. 겉으로 착해 보이는 것도 다른 사람을 위한 것이 아닌 자신을 위한 것일 뿐이다. 아름답고 깨끗한 영혼을 가진 사람을 만난다는 것은 그리도 힘든 것일까?

# 23. 윌리엄 버틀러 예이츠 (아일랜드, 1923)

〈이니스프리의 호도〉

예이츠는 왜 호수가 있는 조그만 섬으로 가려고 했을까? 그가 지금 있는 곳을 떠나려 하는 이유는 무엇일까? 지금 있는 곳에서 계속 지내는 것이 더 익숙할 텐데 왜 떠나고 싶어 하는 것일까? 굳이 꼭 떠나야만 할 필요가 있는 것일까?

우리가 어디를 떠나는 것은 떠나고 싶어 떠날 수도 있지만, 떠나고 싶지 않아도 떠날 수밖에 없는 경우도 있다. 중요한 것은 지금 내가 있는 이 자리에 더 이상 있을 수가 없다는 것만은 확실하다. 만약 지금 있는 곳이 완벽하다면 떠나고 싶은 마음도 들지 않을 것이고, 떠날 수밖에 없는 상황이 없을 것이기 때문이다.

떠남은 새로움이다. 새로운 것을 찾아 지금 있는 곳을 떠나는 것이다. 과거에 얽매여 있는 것으로부터 탈피하기 위해 과거를 떠나 새로운 지금으로 그리고 더 새로운 미래로 떠나야 한다. 나를 잡아매고 있는 것으로부터 과감히 끊고 나아가야 한다.

지금 있는 곳에 희망이 없기에 새로운 곳을 찾아 그곳으로 가야 한다. 내가 지금 있는 곳은 나를 너무나 힘들게 하고 지치게 하는

것들이 많아 모든 것을 내려놓고 그냥 가야 한다. 다만 내 마음만
이라도 평안해질 수 있는 곳이 있다면 아무것도 바라지 않고 그
곳으로 가야 한다.

〈The Lake Isle of Innisfree〉

William B. Yeats

I will arise and do now, and go to Innisfree
And a small cabin build there, of clay and wattles made:
Nine bean—rows will I have there, a hive for the honey—bee
And live alone in the bee—loud glade.

And I shall have some peace there, for peace comes drop—
ping slow,
Dropping from the veils of the morning to where the crick—
ets sings;
There midnight's all a glimmer, and noon a purple glow,
And evening full of the linnet's wings.

I will arise and go now, for always night and day
I hear lake water lapping with low sounds by the shores:

While I stand on the roadway, or on the pavements grey,
I hear it in the deep heart's core.


〈이니스프리의 호도〉

　　윌리엄 예이츠

나 이제 일어나 가리라, 이니스프리로 가리라
진흙과 나뭇가지로 만든 작은 오두막을 짓고
아홉 고랑 콩밭을 일구며 꿀 벌통 하나 두고
혼자서 살으리 벌들 잉잉대는 공터에서

거기서 조그만 평화를 얻으리
평화는 천천히 내려오는 것,
아침의 베일에서 귀뚜라미 우는 곳까지
한밤엔 온통 반짝이는 별빛,
한낮엔 보라색의 꽃빛,
저녁엔 방울새의 날개 소리 가득한 곳

나 이제 일어나 가리,
밤이나 낮이나

호숫가에 철썩이는 물결소리 들리나니
한길 위에 서 있을 때나
회색 도로 위에 서 있을 때면
내 마음 깊숙이 그 물결 소리 들리네


조그만 밭 하나 갈고, 꿀벌을 치고, 귀뚜라미 소리, 새의 날갯
짓 소리만 듣는 것으로도 삶은 만족할 수 있다. 거기에다 조용한
호숫가를 거닐면 더 이상 바라는 것은 없으리라. 삶은 진정 아무
것도 아닌데 우리가 우리의 삶 그 자체를 복잡하게만 만들었을
뿐이다. 단순한 것이 아름답다는 것을 왜 이제야 깨달았을까?

나를 힘들게 하는 것을 하나씩 없애야 한다. 나의 삶의 무거운
짐들을 하나씩 내려놓아야 한다. 내가 생각했던 것, 내가 목표로
했던 것도 가만히 생각해 보면 아무것도 아니었다. 그저 그러한
것들이 나를 힘들게만 했을 뿐이다.

나의 남아 있는 시간은 이제 호젓한 마음으로 더 이상의 많은 것
을 추구하지 않은 채 오늘을 만족하며 살아가는 것이리라. 노력
해서 얻는 것이 있다 하더라도 그것이 엄청난 것은 아니다. 그저
나의 마음이 평안한 것보다 더 중요한 것은 없다. 호숫가에 앉아
물소리를 들으며 이제 나의 시간을 온전히 나를 위해 살아가리
라. 나의 삶은 한번밖에 주어지지 않으니, 모든 것을 내려놓고 호
숫가의 조용하고 평안한 물처럼 그저 나의 마음의 평화를 위해
남아 있는 시간을 보내리라.

〈수양버들 공원에 내려가〉

 1865년에 아일랜드의 더블린에서 태어난 윌리엄 예이츠는 처음엔 화가가 되려고 하였으나 10대 후반 자신이 쓴 시에 대한 평판이 좋아 시인의 길로 들어선다. 1923년 아일랜드인 최초로 노벨 문학상을 받았고, 자신의 조국인 아일랜드의 독립을 위해 헌신했다. 그는 아일랜드 독립을 위해서는 아일랜드인들의 결집이 중요하다고 생각하여 고대 아일랜드의 전설적인 영웅을 소재로 한 극작품을 써서 더블린의 극장에서 공연할 수 있도록 하였다. 그는 초자연적인 신비 세계를 추구하여 무녀와 결혼하기도 했지만, 그의 작품은 무엇보다 그의 서정시가 최고가 아닐까 싶다.
 청년 시절 그는 사랑했던 모드 곤에게 청혼을 했으나 거절당한다. 곤은 급진적인 사회운동가 여성이었다. 그녀는 예이츠의 시

세계를 이해하지 못했고, 온건한 사회참여를 하려는 예이츠와 맞지 않았다. 하지만 예이츠의 마음에는 항상 곤이 있었고, 그는 50살이 될 때까지 무려 30년 동안 곤에게 계속 청혼을 하나 결혼엔 실패한다. 예이츠는 나중에 만약 곤이 청혼을 받아들였다면 자신은 그저 평범한 시인에 머물렀을 것이라고 말했다. 그의 서정시는 바로 이런 사랑의 아픔에서 비롯된 것일지 모른다.

〈수양버들 공원에 내려가〉

월리엄 예이츠

수양버들 공원에 내려가
내 사랑과 나는 만났습니다

그녀는 눈처럼 흰 귀여운 발로
버들 공원을 지나갔습니다

나뭇잎 자라듯 쉽게 사랑하라고
그녀는 내게 말했지만

나는 젊고 어리석어서

곧이듣지 않았습니다

들녘 강가에서 내 사랑과
나는 서 있었고

내 기운 어깨 위에
그녀는 눈처럼 흰 손을 얹었습니다

둑 위에 풀 자라듯 쉽게 살라고
그녀는 내게 말했지만

나는 젊고 어리석었던 탓
지금은 눈물이 넘칩니다


　이 시의 대상은 분명 모드 곤이었을 것이다. 그녀는 예이츠에게
나뭇잎 자라듯 쉽게 사랑하라고 말한다. 하지만 예이츠는 그러지
못했다. 더 많이 사랑했기 때문이다. 하지만 모든 것은 자연스럽
게 물 흘러가듯 해야 한다. 사랑에도 욕심이 생기는 순간 자연스
러워지기는 힘이 든다. 내가 욕심내는 것만큼 기대를 하게 되고
그 기대에 미치지 못할 경우 그것이 상처가 되기 때문이다. 그 상
처가 치유받지 못하게 되면 고통이 된다. 사랑은 고통이 아니기

에 실패한다.

　사랑은 상호작용이다. 방향은 반대일지 모르나 정도는 비슷해야 한다. 방향이 다르다면 어긋난 사랑이며 정도가 다르다면 힘든 사랑이다. 내가 좋아하는 만큼 상대도 나를 좋아해야 균형이 잡힌다. 균형이 잡히지 않으면 기울기 마련이다. 그 기울음은 점점 더 심해져 다시 평형을 찾기 어려워진다. 커다란 배가 평형수를 배 안에 가지고 다니는 이유는 배의 기울기를 잡기 위함이다. 가지고 있는 평형수로도 배의 기울기를 잡지 못하면 배는 침몰한다.

　예이츠의 기운 어깨 위에 눈처럼 흰 손을 올려놓은 그녀는 그것을 알고 있었다. 하지만 예이츠는 그걸 몰랐다. 사랑은 했지만, 눈이 감겨 있었기 때문이다. 맹목적인 사랑은 그래서 힘들다. 그의 아픔은 아름다운 시로 형상화되었지만, 인생은 돌이킬 수 없었다.

　그녀는 예이츠에게 둑 위에 풀 자라듯 쉽게 살라고 한다. 사랑을 이루지 못해 슬퍼하지 말고 아무 일 없었다 생각하며 자신을 잊고 살라는 것이다. 하지만 그것이 예이츠에게는 불가능했다. 예이츠는 곧을 진정으로 사랑했다. 30년의 사랑에 실패하고도 그는 그녀를 미워하지 않았다. 그는 이루지 못한 사랑만 생각이 나 눈물이 났던 것이다. 떠나간 여인이 평생 자신의 마음에 남아 있었기에.

# 24. 브와디스와프 레이몬트 (폴란드, 1924)

⟨죽음⟩

1967년 폴란드 코비엘리비엘키예에서 태어난 브와디스와프 레이몬트는 어린 시절 학교를 중퇴하고 점원, 철도공무원, 배우 등을 전전하며 힘든 청년 시절을 보냈다. 1893년에 바르샤바에 거주하면서 작품 활동을 시작했다. 그의 배우 시절의 경험을 바탕으로 쓴 소설 ⟨희극 여배우⟩가 문단의 인정을 받기 시작했고, 이후 ⟨농민⟩ 등 많은 작품을 남겼다. 후에 폴란드의 가장 대표적인 국민 작가로 1924년 노벨 문학상을 수상하였다.

⟨죽음⟩은 브와디스와프 레이몬트가 쓴 한 노인의 외로운 말년을 그린 슬픈 소설이다.

"아버지는 나에게 죽으로 왔죠? 그렇죠? 나한테 수의 값을 치르게 하고 장례식 비용을 쓰게 하려고 온 거죠? 안 그래요? 하지만 내가 살아 있는 한 절대로 그렇게는 안 돼요. 어림없는 생각이세요. 율리아나가 그토록 귀여우면 왜 그 년한테 가지 않고 나한테 왔냐구요. 어째서 내가 아버지의 노망을 돌봐야 하느냔 말이에요. 그 년이 아버지의 귀여움을 독차지 했으니까"

죽음을 앞두고 있는 아버지에게 큰딸은 심한 구박을 한다. 자신에게 많은 돈을 물려주지 않았다는 이유로 심지어 아버지를 돼지우리에서 자게 만들기도 한다. 결국 그의 아버지가 가지고 있었던 나머지 재산을 전부 찾아 자기의 것으로 만들어 버리고 만다.

"겨울날 바깥의 한기 속에서 혼자 죽어야 하는 무서움이 두 눈에 가득 담긴 노인의 얼굴은 고통과 고뇌의 형상으로 일그러져 있었고 그것이 얼어붙어 돌처럼 굳어버렸다. 그렇게 노인은 돼지우리 안에서 숨을 거두고 말았다."

큰딸에 의해 돼지우리에 방치되어 버린 노인은 결국 한 겨울의 추위를 이기지 못하고 돼지우리에서 홀로 쓸쓸히 죽음을 맞이하게 된다. 그의 죽음을 옆에서 지켜본 것은 돼지들 뿐이었다.

"마침내 그들은 땅바닥에 쓰러지고 말았다. 그러고도 주먹질은 멈추지 않았다. 개숫물 양동이가 엎어졌고 흙탕물 투성이가 되었어도 두 여자는 미친 듯이 날뛰었다. 남자들이 가까스로 언니와 동생을 떼어놓았다. 두 사람 모두 얼굴에 멍이 들었고 할퀸 자리에서는 새빨갛게 피가 맺혀 있었다. 게다가 옷은 찢어지고 더러워져 마치 한 쌍의 마녀를 보는 것 같았다."

아버지가 죽어 장례식을 치르는 와중에도 언니와 동생은 폭력으로 치고받고 할 정도였다. 아버지를 잃은 슬픔은 그 어디에도 없었다.

삶은 무엇인 걸까? 한번 죽으면 끝나는 것인데, 우리는 도대체 무엇을 위해 살아가고 있는 것일까? 가장 소중하다는 가족도 언젠가 남이 되어 버리는 현실은 어쩌면 많은 사람에게 해당되는 것인지도 모른다. 끝까지 옆에서 따뜻한 존재로 남아 있는 사람은 얼마나 될까?

# 25. 조지 버나드 쇼 (아일랜드, 1925)

〈피그말리온〉

조지 버나드 쇼는 1856년 아일랜드 더블린에서 태어났다. 어릴 때 그의 아버지는 사업을 하다가 실패를 했고, 성악가였던 어머니는 쇼가 열여섯 살이 되던 해, 남편을 버리고 자신의 음악 선생을 따라 런던으로 떠나버리고 만다. 쇼는 열다섯 살에 더 이상 학교에 다니지 않고 미술관이나 박물관에서 일을 하게 된다. 이때 그는 예술적 소양을 키울 수 있었고, 독학으로 자신의 지식을 쌓아간다. 소설을 썼으나 성공하지는 못했고, 희곡으로 널리 알려지기 시작한다. 그는 평생에 60여 편의 희곡을 썼는데 셰익스피어 이후 최고의 극작가라는 칭송을 받는다. 노벨상 위원회는 "이상주의와 인간성이 특징인 그의 작품에 대해, 자극적인 풍자는 종종 시적인 아름다움이 주입되어 있다"라는 이유로 1925년 노벨 문학상을 버나드 쇼에게 수여한다.

그의 희곡 중 〈피그말리온〉은 많은 인기를 누렸고, 후에 〈마이 페어 레이디〉라는 이름으로 영화로 만들어지기도 했다. 피그말리온은 그리스 신화에 나오는 조각가이다. 그는 키프로스에 살고 있었는데, 키프로스 여성들은 아프로디테의 저주로 인해 나그네에게 몸을 팔아야 했다. 피그말리온은 여인들에 대한 혐오로 결혼을 하지 않은 채 조각에만 집중하게 된다. 그러던 중 이상적인 여인을 스스로 조각하게 되고 갈라테이아라는 이름을 지어 준다. 매일 갈라테이아를 바라보던 그는 자신이 조각한 그 조각상을 사랑하게 된다. 피그말리온은 사랑의 여신인 아프로디테에게 그 조각상을 실제의 여인이 되게 해달라는 부탁을 한다. 아프로디테는 간절한 그의 부탁을 들어주게 되고 피그말리온은 자신이 만든 조각 여인인 갈라테이아와 결혼하여 행복하게 산다.

피그말리온 효과는 심리학에서도 많이 사용된다. 이는 타인의 기대나 관심에 의해 결과가 좋아지는 효과를 말한다. 예를 들어 교사가 학생에게 많은 기대를 하면 그로 인해 학생의 실력이 향상되는 현상을 일컫기도 한다.

버나드 쇼가 쓴 희곡 〈피그말리온〉은 이 신화를 바탕으로 했다. 조각가였던 피그말리온이 희곡에서는 언어학자 헨리 히긴스다. 히긴스는 한 인간의 가치는 그 사람이 사용하는 언어로 인해 결정된다고 믿는 사람이다. 피그말리온이 조각한 조각상에 대응해서 이 희곡에서는 비천한 속어를 사용하는 꽃 파는 처녀 엘리자가 나온다. 히긴스는 엘리자에게 고급 언어를 사용하도록 훈련을 시켜서 사교계의 우아한 여성으로 만들 수 있는지에 대한 내기를 하게 된다.

엘리자는 음성학자였던 히긴스의 도움으로 상류 사회의 매력적이며 우아한 여성으로 변신하게 된다. 하지만 그것이 전부가 아니었다.

"엘리자 : 선생님의 얼굴을 갈겨 주고 싶었으니까요. 당신을 죽이고 싶어. 이 이기적인 냉혹한. 나를 그곳에 그냥 놔주디 그랬어? 빈민굴에 말이야. 끝났다고 신에게 감사했으니까 나를 거기다 처박으면 되겠네."

엘리자는 히긴스의 도움으로 상류 사회에서 우아한 여성으로서 남들에게 좋은 대우를 받았는데 왜 그것을 싫어하는 것일까? 돈으로 모든 것을 판단하는 사회, 돈만 있으면 언제든지 훌륭한 사람으로 인정받을 수 있는 사회, 자신이 사용하는 언어로 그 사람의 많은 것을 판단하는 신분 사회는 어쩌면 허울 좋은 빈 껍데기인지도 모른다. 엘리자가 원했던 것은 무엇일까?

"히긴스 : 아, 그래? 발톱을 집어넣어? 이 고양이야. 어디서 감히 나한테 성질을 부려? 앉아서 진정해. (그녀를 거칠게 안락의자에 쑤셔 박아 앉힌다.)"

"엘리자: (더 강한 힘과 무게에 압도되어) 나는 어떻게 되는 거예요? 나는 어떻게 되는 거냐고?"

"히긴스 : 네가 어떻게 될지 내가 도대체 어떻게 알아? 네가 어떻게 되든지 내가 무슨 상관이야?"

"엘리자 : 당신은 상관도 안 해. 난 알고 있었어. 내가 죽어도 상관하지 않을 거야. 나는 당신한테 아무것도 아니야. 저 슬리퍼만도 못해"

"히긴스 : 너는 끝난 것을 신에게 감사하지 않니? 이제 너는 자유고, 네가 하고 싶은 것을 해도 되잖아"

"엘리자 : 난 무엇에 어울리는 사람이죠? 나를 무엇에 어울리는 사람으로 만드신 거예요? 나는 어디로 가야 해요? 난 뭘 해야 하죠? 나는 어떻게 될까요?"

엘리자는 단지 자신이 히긴스의 게임의 부속품이었다는 것을 나중에야 깨닫게 된다. 히긴스의 목적에 의해서 그동안 자신이 이용당했고 이제는 그에게 자신이 필요 없어졌으니 버림을 받을 거라는 것을 알고 너무나 슬펐던 것이다.

그녀는 원했던 것은 인간적인 삶이었다. 엘리자는 인간에 대한 배려와 이해가 없는 히긴스에 대해 실망을 하고 그의 곁을 떠난다. 아마 그녀는 진정한 자아가 아닌 누구에 의해 만들어진 자신이 싫기도 했을 것이다. 엘리자는 누구에 의한 자아가 아닌 참다운 자아의 중요함을 알았던 것이다.

# 26. 그라치아 델레다 (이탈리아, 1926)

〈운명의 구두〉

1875년 이탈리아 사르데냐에서 태어난 그라치아 델레다는 중등교육도 제대로 받지 못했지만 십대부터 소설을 쓰기 시작했다. 그녀는 자신이 태어난 사르데냐 섬에서 경험한 것을 바탕으로 작품들을 써나갔다. 후에 로마로 이주한 후에도 꾸준히 작품 활동을 계속하였고 1926년 여성으로는 두 번째로 노벨 문학상을 수상한다.

〈운명의 구두〉에서 주인공인 일리어 캐라이는 불경기로 일이 없어 경제적으로 힘든 상황이었다. 재산이 상당히 많았던 그의 숙부는 일리어가 유일한 핏줄이기에 전 재산을 그에게 상속하려고 했다. 숙부가 위독하다는 연락을 받아 가던 중 가던 길의 여관에서 잠을 자다가 자신의 신발이 너무 낡아 다른 사람의 신발을 훔치기에 이른다. 하지만 양심의 가책으로 인해 가던 길에서 되돌아가 다시 그 신발을 돌려놓고 길을 떠나 숙부의 집에 도착하나 이미 숙부는 사망한 후였다. 결국 그는 숙부의 유산을 하나도 받지 못하게 된다는 이야기이다.

"그는 자신이 얼마나 타락한 인간인가를 뼈저리게 깨달았다. 위험에 처한 인간의 마음에 용솟음치는 슬픔처럼 본능적인 슬픔이 무겁게 그를 억눌렀던 것이다. 이윽고 발소리가 멈추자 문밖으로 나가 아무도 없는가를 확인했다. 그런데 복도의 통로 끝에는 작은 등잔 불빛 밑에 고양이 한 마리가 꼬리를 빳빳이 세우고 벽에 몸뚱이를 마구 비벼대고 있었다. 그리고 옆문 입구에는 한 켤레의 구두가 마치 두 개의 커다란 갈고리 같은 그림자를 드리운 채서 있었다. 그는 그것을 집어 들자 재빨리 외투 밑에 감추고는 아래로 내려갔다."

평상시 착실했던 일리어였지만 숙부를 만나러 가기 위해 너무 낡은 구두가 좋지 못한 인상을 줄 것이라는 생각으로 순간적인 충동을 참지 못하고 구두를 훔친 그는 결국 양심의 가책으로 훔친 구두를 돌려 주러 가게 되고 이로 인해 숙부의 임종을 지키지 못하게 된다. 삶은 아주 사소하고 우연에 불과한 것이 큰 변곡점이 될 수도 있다.

"당신이 정말 그 어른의 조카가 맞나요? 그러면 왜 좀더 빨리 오지 못했어요? 주인께서는 당신을 무척 기다렸어요. 사흘 전에 전보를 보냈는데... 그 어른께서는 당신이 단 하나의 핏줄이라고 늘 얘기했지요. 오늘 아침까지 당신이 안 오자 전 재산을 선원 고아들에게 물려 줄 결심을 했던 것이라오."

결국 숙부의 재산을 상속받지 못한 일라이는 집으로 돌아갈 수밖에 없었다. 자신의 모습을 끝까지 지키고 묵묵히 그 길을 간다는 것은 사실 어려운 일이다. 우리는 살아가다 보면 많은 예상치 못한 일들이 우리에게 닥쳐오기 때문이다. 항상 깨어 있어 그 순간마다 현명한 선택을 하여야 하겠지만 그것이 그리 쉽지는 않다는 것을 소설은 말해주고 있다.

# 27. 앙리 베르그송 (프랑스, 1927)

〈물질과 기억〉

 앙리 베르그송은 1859년 프랑스 파리에서 태어나 파리 고등사범학교를 졸업하고 콜레주 드 프랑스 교수를 역임했다. 그는 관념론에 관심이 많았고, 모든 사물의 근원으로 '순수지속'을 주장하였다. 공간화된 시간이 아닌, 참된 시간으로서의 지속을 이야기했다. 그의 철학에는 '실증적 형이상학'이라는 측면이 있는데 이는 실증적 과학들과 상보적인 관계를 맺으면서 개연적인 형태로 진리에 접근하고자 하는 것이다. 특히 그는 대표적인 생철학자였기에 생리학을 기반으로 쓴 〈물질과 기억〉이 대표적이다. 1927년 노벨 문학상을 수상한다.
 "관념론과 실재론이 똑같이 극단적인 주장들이라는 것, 즉 물질을 우리가 그것에 대해 갖는 표상으로 환원하는 것도 거짓이고, 또한 물질을 우리 안에 표상들을 산출하지만, 그 표상들과는 전혀 다른 본성에 속하는 어떤 것으로 만드는 것도 거짓임을 보여주는 것이다. 우리에게 물질은 '이미지들'의 총체이다. 그리고 '이미지'라는 말로 우리가 의미하는 것은 관념론자가 표상이라고 부르는 것보다 더한, 그러나 실재론자가 사물이라고 부르는 것보다는 덜한 어떤 존재―사물과 표상 사이의 중간에 위치한 존재―이다. 물질에 대한 이러한 개념 정의는 순전히 상식적인 것이다. 상식에 있어서 대상은 그 자체로 존재한다. 그리고 대상은 그 자체로 우리가 그것을 지각하는 그대로 그림처럼 그려져 있다. 즉 그것은 이미지, 그러나 그 자체로 존재하는 이미지이다."

베르그송은 정신과 물질의 실재성을 인정하고, 이 둘의 관계를 기억을 통해서 규명하려고 한다. 분명히 이원론적 접근방식이지만 이를 약화시키려는 의도이다.

"정신적 삶에는 다양한 색조들이 있으며, 우리의 심리적 삶은 우리의 삶에 대한 주의의 정도에 따라서, 때로는 행동에 더 가깝게, 때로는 행동으로부터 더 멀게, 다양한 높이에서 영위될 수 있다. 사람들이 대개 아주 복잡한 심리 상태라고 여기는 것은, 우리의 관점에서 보면, 인성 전체의 가장 커다란 확장인 것으로 보인다. 우리의 인성 전체는, 정상적인 경우 행동에 의해서 조여져 있다가, 이를 항상 나누어지지 않은 채로 압축해 놓는 이 조임쇠가 헐거워지면 그에 상응하는 만큼 더 팽창된 표면 위로 펼쳐진다. 사람들이 대개 심리적 삶 자체의 교란, 내적인 무질서, 인성의 질병으로 간주하는 것은, 우리의 관점에서 보면, 이 심리적 삶을 이에 수반하는 운동 기제에 연결하는 연대성의 이완이나 이상, 즉 외적인 삶에 대한 우리 주위의 약화나 변질인 것으로 보인다."

우리의 심리적 삶의 상태는 우리의 인성과 밀접한 관계를 가질

수밖에 없다. 여기서 사물에 대한 우리의 기억 또한 중요한 역할
을 한다. 우리의 심리적 상태에 문제가 생길수록 우리의 삶은 피
폐해질 수밖에 없다. 심리학적 지속은 존재의 지속으로 이어지
는 것인지도 모른다.

# 28. 시그리드 운세트 (노르웨이, 1928)

〈소녀〉

 1882년 노르웨이에서 태어난 시그리드 운세트는 어릴 적 화가를 지망했지만, 상업학교를 졸업한 후 작가 활동을 시작하였다. 인간의 비극성과 종교에 대한 깊이 있는 사색을 통한 작품을 썼으며 1928년 노벨 문학상을 수상하였다.
 〈소녀〉는 시이프와 에르나라는 두 소녀의 심리묘사를 통한 인간 관계에 관한 이야기이다.
 "시이프는 이방 저방을 서성거리면서 극도의 긴장과 기쁨 속에 기다리고 있다. 사실은 크리스마스 이래로 시이프는 마르기트 호름을 이른바 임시 친구로 삼아 왔지만, 에르나가 진실하고 유일한 동무라는 데 대해서는 시이프의 마음속에 아무런 의심도 생기지 않았다. 게다가 시이프는 2주일 전, 여행 도중에 들렀던 트롬니엔에 사는 랄스 아저씨한테서 1크로네나 되는 용돈을 얻었다. 시이프는 그런 큰돈을 가져본 적이 별반 없다. 그래서 그녀는 그날을 축하하기로 하고 그 돈을 써버렸다."
 에르나와 시이프는 서로 의지가 되는 좋은 친구 사이였다. 함께 시간을 보내며 많은 것을 나누는 마음이 통하는 사이였다. 하지만 인간관계라는 것은 항상 어떤 일이 일어날지 모르는 것이다.

"그녀는 여태까지 한순간이라도 언젠가는 시이프를 이기고 싶다, 그렇게 염원해 본 적은 없었다. 그러나 지금, 시이프가 아니라 자기한테 안기고 싶다는 그 사내아이를 팔에 안고 있노라니까, 그녀는 상대방인 시이프, 집에는 양친과 형제가 있고, 침실이 두 개에, 식당과 리빙룸이 있고, 여름에는 파티를 열면 검은 옷과 비단 드레스를 입은 사람들이 찾아오는 저 시이프에 대하여 자기의 입장을 지키고 있는 것 같다. 에르나에겐 재봉일을 하며 셋방을 놓고 있는 어머니 하나밖엔 없다."

알 수 없는 무언가가 에르나와 시이프의 사이에 나타났다. 열등감일지, 두 집안에서의 차이 때문일지는 모르나 두 소녀 사이에 순수한 우정에 금이 가기 시작한다. 결국 두 소녀는 나중엔 서로 소식마저 끊기게 되고 다시는 만나지 못하는 사이가 되어버리고 만다.

인간관계에서 중요한 것은 순수한 마음이다. 자신의 이익과 처지를 생각하다 보면 그 관계는 그리 오래가지 못한다. 상대방을 있는 그대로 받아주지 않는 이상, 자신의 생각에 의해 그 사람을 판단해 버린다면 그 관계는 쉽게 깨질 수밖에 없다. 인간의 이기심을 극복한다는 것은 실로 어려운 일이다. 많은 것을 자신을 기준으로 판단해 버린다면 아무리 친했던 사람이라도 언젠가는 헤어질 수밖에 없다. 소녀들의 순수한 우정도 마찬가지이다. 상대방을 나의 생각과 기준에 의해 판단하는 이상 진실된 인간관계는 결코 이루어지기 힘들 수밖에 없다.

# 29. 토마스 만 (독일, 1929)

〈행복을 향한 의지〉

1875년 독일 뤼베크에서 태어난 토마스 만은 아버지가 사망하자 집안이 파산되면서 어려운 형편에 놓이게 된다. 보험회사에 다니면서 뮌헨대학에서 청강하며 소설을 쓰기 시작했다. 1901년 〈부덴브로크가의 사람들〉로 이름을 알리기 시작하여 많은 작품들을 남겼다. 1929년 노벨 문학상을 수상한다.

〈행복을 향한 의지〉는 건강이 좋지 않은 청년 파울로와 아다의 사랑에 대한 아름다운 이야기이다.

"그 후에도 우리는 함께 어울리며 서로 아는 것을 가르쳐 주기도 하고 매일같이 버터를 바른 빵을 나눠 먹곤 했다. 내 기억에 의하면 그 무렵 이미 병이 들어 있던 파울로는 이따금 오랫동안 학교를 쉬지 않으면 안 되었다. 그러다가 그가 다시 학교로 돌아왔을 때에는 약한 살갗에 파묻힌 창백한 혈관이 관자놀이며 뺨에 그 어느 때보다 더욱더 뚜렷하게 나타나 있었다."

주인공 파울로는 천성적으로 건강이 좋지 않았다. 심장에 병이 있었는데 언제 어떻게 될지 모르는 상황이었다. 치료할 수 없는 질병이라는 것이 판명되어 삶이 언제 끝이 날지 모르는 불안한 상태였다.

"저는 그분이 어디 묵고 있는지 몰라요. 혹시 그분을 만나거든 그분께 제 말을 전해 주셨으면 합니다. 아니면 그분에게 편지라도 보내주세요. 저는 절대로 다른 사람과 결혼할 생각이 없다고요. 멀지 않아 그분도 그것을 알게 될 거예요."

파울로는 아다를 만나 그녀를 사랑하게 되고 청혼을 하게 된다. 아다 역시 파울로는 몹시 사랑하지만 아다 부모는 파울로가 건강상 문제가 있다는 이유로 결혼을 반대한다. 이에 실망한 파울로는 어디론가 사라져 버리고 아다는 그가 돌아오기만을 기다린다. 5년의 시간이 지나도 아다의 마음은 변치 않기에 아다의 부모는 결국 아다와 파울로의 결혼을 승낙하게 된다.

"그는 결혼식을 올린 다음날에 죽고 말았다. 아니, 결혼식 날 밤 사이에 일이 벌어지고 말았다. 어쩌면 그것은 당연한 것이었는지도 모른다. 그는 행복을 향한 의지를 품고 오랫동안 죽음과 맞서 왔기 때문이다. 따라서 그 행복에 대한 의지가 채워졌을 때 그는 죽지 않으면 안 되었던 것이다. 그는 투쟁도 반항도 없이 죽지 않으면 안 되었다. 그는 그 이상 살아갈 이유를 갖고 있지 않았던 것이다."

파울로와 아다는 그렇게 바라던 결혼을 했지만 파울로는 그날 바로 죽게 된다. 파울로가 그때까지 살아서 버틸 수 있었던 이유는 아다와의 행복한 결혼에 대한 의지에서 비롯되었다.

파울로와 아다가 조금 더 일찍 결혼했었더라면 얼마나 좋았을까? 행복할 수 있었던 그 시간을 모두 잃어버린 채 세월만 흘러 갔으니 얼마나 원망스러울까? 우리의 삶은 우리의 뜻대로 되는 경우가 그렇게 많지 않은 것 같다. 사랑마저 그렇게 힘이 드는 것이 인생이 아닐까 싶다.

# 30. 싱클레어 루이스 (미국, 1930)

〈버들 영감, 액셀 브로드〉

 1885년 미국에서 태어난 싱클레어 루이스는 예일 대학 졸업 후 기자와 출판사 편집자로 일을 하면서 작품 활동을 하였다. 그는 당시 미국 사회를 풍자하는 작품으로 인기를 얻었다. 1930년 그는 "새로운 유형의 캐릭터 창조와 위트와 유머 넘치는 창작력, 묘사에 대한 세련된 기술에 바탕한 활발한 작품 활동"이라는 이유로 미국인 최초로 노벨 문학상을 수상한다.

 〈버들 영감, 액셀 브로드〉는 60세가 넘은 노인이 뒤늦게 대학에 입학하여 젊음의 낭만을 한껏 느껴보는 이야기이다.

 "그 책을 새벽 3시까지 읽은 64세의 크누트 영감은 대학에 갈 결심을 하게 되었다. 평생을 두고 한 번쯤 다니고 싶어 하던 대학이었던 것이다. 그러나 한잠을 자고 나니 잠들기 전과 생각이 달라졌다. 나이가 지긋한 노인이 젊은이들 틈에 낄 생각을 하자 은빛 자작나무 사이에 낀 지저분한 버들처럼 꼴불견일 것만 같았던 것이다. 글도 여러 달을 두고 그는 그 생각을 버리지 못했다. 대학을 시인들의 영산으로만 여기던 그는 그 영지에 한 번 참배해

보고 싶은 마음이 간절했던 것이다."

버들 영감은 평생 농사를 지으며 아내와 자식 뒷바라지만 하였다. 아내는 죽고, 자식은 모두 독립하였다. 이제 와 돌이켜 보니 젊었을 당시에 낭만이 있는 대학을 못 가보았던 것이 마음에 걸려 대학을 갈 결심을 하게 된다.

"레이 그리블과 한 방에서 살게 된 크누트는 형편없는 환경을 견뎌야만 했다. 터진 이불, 냄새 나는 남포등, 사전 등속과 대수표로 대변되는 그 기숙사는 신학과 학생들과 법과의 하층 학생들 그리고 변덕스러운 천재 한두 명, 갈 곳 없는 신입생, 2류급 졸업반 학생들이 득실거리는 곳이었다."

막상 대학을 들어갔으나 기대한 것과 반대로 모든 것이 실망스러웠다. 같은 방을 쓰는 룸메이트와는 잘 맞지 않았고 모두들 나이 든 자신을 경계하는 등 낭만이 있다는 대학 생활을 누릴 길이 없었다.

"이사예의 공연에서 그는 처음으로 실물 음악가를 구경했는데 그가 지금까지 읽은 윌리암 모리스의 작품이나 왕자의 목가에서 나오는 꿈처럼 아름다운 세계를 그 음악에서 보게 되었다. 그리고 키 큰 기사들, 흰 명주옷을 입은 날씬한 공주님들, 쓸쓸한 도읍의 희미한 성문, 무사단의 영광 등을 구경하며 공연에 흠뻑 취해 버렸다. 그들은 10월의 달빛 어린 신작로를 걸어가다가 과수원의 사과를 몰래 따먹기도 하고 은빛 언덕의 아름다운 경치에 감탄도 하고 어린애처럼 강아지를 쫓으며 기뻐하기도 했다."

버들 영감은 어느 날 길벗이라는 청년을 만나 대학 생활에서의 낭만을 마음껏 즐겼다. 그의 꿈이 이루어지는 순간이었다. 그리고 그는 그 꿈을 이루고 나서 대학을 미련 없이 떠나 집으로 돌아갔다.

우리의 인생은 한 번밖에 주어지지 않는다. 그렇게 소중한 인생을 무엇을 위해 살아야 하는 것일까? 가족이나 집안을 위해 많은 시간 희생하고 봉사하지만 그것이 어느 정도의 의미가 있는 것일까? 우리는 바쁘게 살지만 진정 나 자신을 잃어버리고 있는 것은 아닐까? 누구를 위해 나는 오늘을 보내고 있는 것일까?

# 31. 에리크 악셀 카를펠트 (스웨덴, 1931)

1864년 스웨덴의 달라르나에서 태어난 에리크 악셀 카를펠트는 웁살라 대학을 졸업하고 스웨덴 왕립 도서관에서 사서로 근무하며 시를 쓰기 시작했다. 1906년 〈플로라와 포모나〉라는 시집을 출간을 시작으로 많은 시를 남겼다. 스웨덴의 신낭만파 시인으로 자연을 노래하는 작품 활동을 하였다. 1931년 노벨 문학상을 수상한다.

〈그리움은 나의 숙명〉

나는 그리움의 계곡 한복판에
홀로 서 있는 외로운 성
기묘한 현악기의 울림이
부드럽게 그 성을 에워싸고 있다

말해다오
어두운 성 깊숙한  곳에서 탄식하는 파도여
너는 어디서 온 것인지

너 역시 나처럼 꿈꾸는 나날을 노래하고
잠들지 못하는 밤을 노래하는가?

비밀의 현으로부터 울리는
한숨과도 같은 그 영혼은 누구인가?
짙은 벌꿀의 향기처럼 황홀한
황금빛 들판으로 향하는가?

작열하던 태양도 스러져
세월이 나를 지치게 하여도
장미는 여전히 향기를 내품고
추억은 속삭이듯이 가슴속에 새겨진다

너의 노래를 들려다오
비밀의 현이여
꿈꾸는 성에 너와 함께 머물고 싶다

그리움은 나의 숙명
나는 그리움의 계곡에 홀로 서 있는
외로운 성

우리의 마음에는 항상 누군가가 혹은 무엇인가가 남아 있기 마련이다. 시간이 지나 그렇게 많은 세월이 흘러도 그것은 사라지지 않는다. 나에게 있어 소중했고 의미가 있었던 존재였기에 그렇다.

우리가 바라고 원하는 모든 것을 다 할 수 없기에 미련이 남는 것은 당연하지만 그저 아름다운 그리움이라는 추억으로 간직하는 것으로 만족해야 하는 경우도 너무나 많다.

그리움으로 인해 밤이 깊도록 잠을 이루지 못하기도 하고, 망망한 하늘을 쳐다보며 과거를 회상하기도 한다. 저 하늘에 걸려 있는 구름을 따라 다시 그 시절로 돌아가고 싶기도 하다. 그렇게 그리움은 마음에 사무쳐 나의 삶의 깊은 곳에 숨어있다가도 불현듯 튀어나와 나의 마음을 흔들고는 한다.

세월이 흘러 나의 삶에 지칠 때에도 아름다운 그리움은 추억이 되어 삶에 대해 생각하게 하기도 하고, 못 이룬 삶의 여정이 가슴이 시리게 하기도 한다. 그래서 그리움은 어쩌면 숙명인지도 모른다.

# 32. 존 골즈워디 (영국, 1932)

〈우량품〉

영국의 작가 존 골즈워디의 〈우량품〉이라는 소설에는 캐슬러 형제가 등장한다. 그들은 조그만 구둣가게를 운영하며 수제 구두를 만들어 생계를 유지했다. 수십 년간의 그들의 경험은 구두 자체를 예술품의 경지로 이끌었다. 두 형제는 구두 한 켤레를 만들 때마다 그들의 모든 것을 쏟아부어 정성을 다했다. 구두의 명인이었던 것이다.

"한 켤레는 무도화였는데, 헝겊 목이 달린 에나멜 특허품 가죽으로 만든 것이어서 말할 나위 없이 맵시 있어 입에 침을 삼키도록 탐나는 구두였다. 또 한 켤레는 누런 승마용 장화로서 새것인데도 마치 백년이나 신은 장화처럼 그을음 빛의 검은 광이 나는 것이었다. 신발의 혼을 볼수 있는 사람에 의하여서만 만들어질 수 있는 그런 종류의 제품으로, 신발을 만드는 참된 정신을 구체적으로 나타낸 그야말로 신발의 원형이었다."

하지만 대량생산 시대가 되면서 구두를 규모가 큰 회사나 공장에서 만들어 내기 시작하자 두 형제의 구두 가게를 찾는 이들이 줄었다. 새로운 경제 질서는 두 형제의 생존을 위협하기 시작했던 것이다. 많은 사람들이 싼 구두를 사기 시작했고, 사람들은 힘들게 구두를 손으로 만드는 두 형제에 무관심했다. 형은 자신의 일이 받아들여지지 않는 데 대한 절망으로 병이 들어 죽었고, 동생 또한 경제적 어려움으로 인해 죽게 된다.

어찌 보면 두 형제는 사회의 변화에 적응을 하지 못한 바보였을지도 모른다. 구두 하나에 자신의 모든 것을 바치는 어리석은 사람들이었는지 모른다. 하지만 간과하지 말아야 할 것은 두 형제는 자신이 하는 일을 사랑했다. 그들이 하는 일을 천직으로 삼았다. 모든 것이 완벽할 수 없는 사회이지만 그러한 명인들을 잃어버리는 것은 안타까울 따름이다.

명인은 자신의 일을 자신의 삶과 같다고 생각하는 이들이 아닐까? 요즘 자신이 몸 담고 있는 직장에서 자신의 일을 정말로 사랑하는 사람들은 얼마나 될까? 내가 지금 하고 있는 일을 사랑하는 것은 정말 큰 축복이고 행운이다.

우리는 직장에서 수십년을 몸담고 지내야 한다. 그곳에서 생계도 가능하고 내 자신의 자아도 실현될 수 있고 나의 존재 가치도 인정받는 과정에서 진정한 명인이 탄생할 수 있을 것이다. 직장은 그 구성원을 위해, 그 구성원은 직장을 위해 서로 노력하지 않는 한 명인이 탄생하기는 어렵다.

# 33. 이반 알렉세예비치 부닌 (소련, 1933)

⟨어두운 가로수 길⟩

1870년 러시아 보로네시에서 태어난 이반 부닌은 그가 체험한 아름다운 시골의 자연과 농민들의 삶이 작품 초기에서 많이 나타난다. 1900년 ⟨안토노프의 사과⟩로 주목을 받기 시작했고, 1901년 시집 ⟨낙엽⟩으로 푸시킨 상을 받았다. 이어 뛰어난 작품을 잇달아 발표하며 당대 러시아 최고의 문장가로 이름을 날렸다. 1917년 사회주의 혁명에 반대하였고 1920년 러시아를 떠나 파리로 망명한다. 1933년 러시아 작가로는 처음으로 노벨 문학상을 수상하였다. 2차 세계대전 후 조국인 러시아로 돌아오려 하였지만 1953년 파리에서 사망하였다.

⟨어두운 가로수 길⟩은 부닌이 쓴 단편소설이다. 주인공이 10대 소녀였을 때 그녀의 마음속에 품었던 한 남성을 30년이 지나 만나게 된다.

"여보게 모든 게 사라지는 거라네. 사랑, 젊음. 이 모든 게 말이야. 흔하고 평범한 이야기지. 시간이 지나면 모든 것이 사라지는 법이야. 욥기에 이런 구절이 있지? '네가 추억할지라도 물이 흘러감 같을 것이며.'"

"신이 누구에게 무슨 말씀을 하시든지, 모두의 젊음은 흘러가 버리지만 사랑은 별개의 문제지요. 정말 당신은 나를 무정하게 버리셨어요. 니콜라이 알레세예비치. 제가 당신을 니콜렌코라고 불렀던 시절, 당신은 저를 어떻게 불렀는지 기억하세요? 그리고 〈어두운 가로수 길〉이라는 시 전문을 제가 읽어주시기를 바라셨죠."

"주위에는 빨간 들장미가 피었고, 어두운 가로수 길이 나 있었지. 하나님, 만일 우리 관계가 계속되었다면, 만일 내가 그녀를 버리지 않았다면 과연 어떻게 되었을까요?"

오랜 세월이 지난 후 만났지만, 여주인공은 마음속의 그를 아직도 잊지 못한 채 결혼도 하지 않은 상태였다. 그 시절 남자 주인공 또한 그녀를 마음속에 두고 있었다. 하지만 30년이 지난 지금 그 두 사람은 무엇을 할 수 있을까? 가슴 시린 추억만 남아있는 채 더 이상 아무것도 없다는 것을 서로 확인만 했을 뿐이다.

가슴 깊이 사랑했던 사람도 그렇게 마음속에만 간직한 채 살아가야만 하는 것이 우리의 삶인지도 모른다. 그래서 인생은 아프고 완전하지 않을 수밖에 없다.

# 34. 루이지 피란델로 (이탈리아, 1934)

〈아무도 아닌 동시에 십만 명인 어떤 사람〉

1867년 이탈리아 지르젠티에서 태어난 루이지 피란델로는 로마 대학과 독일 본 대학에서 문학을 공부한 후 로마 고등사범학교에서 가르치며 많은 작품을 남긴다. 그의 개인적 생활은 불행의 연속이었다. 아버지가 운영하던 유황 광산이 붕괴되어 집안의 경제적 사정이 어려워졌고, 어머니는 이에 충격을 받고 정신병을 앓다가 사망한다. 그의 아내 역시 정신병에 걸려 요양소 생활을 해야 했고, 딸은 자살을 기도하였으며, 그의 아들은 제1차 세계대전에 참전하였다가 포로가 된다. 이러한 그의 개인적 가정사와 19세기 말 20세기 초의 시대적 혼란은 그의 작품에 고스란히 담겨 있다. 하지만 그가 50세를 넘기면서 그의 작품이 세계적 주목을 받기 시작했고 1934년 노벨 문학상을 수상한다.

그의 작품 〈아무도 아닌 동시에 십만 명인 어떤 사람〉에서 주인공 모스카르다는 어느 날 거울을 들여다보면서 자신의 코가 조금 비뚤어져 있다는 것을 발견한다. 자신의 코가 비뚤어져 있음에도 남의 코를 흉보며 살아온 자기를 뒤돌아보며, 내가 생각해 온 사람이 진정한 나인지 의문을 제기한다. 또한 아내가 본 나는 진정한 나인지, 다른 여러 사람이 본 나는 진정한 나인지 스스로 물어본다.

나는 분명 나로서 존재하지만 다른 사람이 보는 나는 진정한 내가 아닌 그들 각자가 바라보는 나일 뿐이다. 즉 나는 홀로 존재하지만 여러 사람이 보는 나는 여러 명의 나일 수가 있는 것이다. 이에 그는 진정한 나를 찾는 모험을 시작한다. 남들이 보는 나를 하나씩 파괴해 나간다. 남들에게 보이는 나의 직업인 고리대금업자를 없애기 위해 그는 은행의 예금을 모두 인출하고, 아내가 보는 나를 파괴하기 위해 아내를 구타하기도 한다. 그로 인해 아내는 그를 떠나게 되고 아내의 친구인 안나를 만나게 된다. 이에 모스카르다는 안나가 보는 안나도 부정한다. 안나가 생각하는 안나는 없다는 것이다.

"그것은 묘비명, 즉 이름 외엔 아무것도 아니다. 죽은 자들에게 편리한 것이다. 인생은 끝나지 않았다. 그리고 인생은 이름을 모른다. 이 나무는 새로 난 나뭇잎이 흔들릴 때 호흡한다. 나는 나무다. 나무이자 구름이다. 내일은 책이나 바람이 된다. 다시 말해 내가 읽는 책, 내가 마시는 바람이 된다. 그 모든 것이 외부에서 방랑한다."

나의 본질은 무엇일까? 우리들은 우리 각자의 눈으로 사물을 본다. 하지만 그것이 진정한 본질일까? 어쩌면 인간의 존재는 유일하지 않을지도 모른다. 보는 눈에 따라 다를 수 있기 때문이다.

어떤 한 존재는 나무가 될 수도 있고 바람이 될 수도 있다. 그것을 누가 어떻게 바라보느냐에 따라서는.

## 35. 1935년 노벨 문학상 수상자는 없음

## 36. 유진 오닐 (미국, 1936)

〈느릅나무 밑의 욕망〉

　유진 오닐은 1988년 뉴욕에서 배우의 아들로 태어났다. 오닐을 낳을 때 그의 어머니와 아버지는 사이가 좋지 않았고 오닐을 낳을 때의 산고를 잊기 위해 시작한 마약으로 인해 그의 어머니는 마약 중독자가 된다. 어머니의 마약 중독은 자신으로 인한 것으로 생각했던 오닐은 젊은 날 많은 방황을 한다. 프린스턴 대학을 다니다 방황으로 인해 중퇴하였고 중남미, 아프리카 등지로 돌아다니며 젊은 시절을 보냈다.

　그가 24살 되던 해 결핵에 걸려 요양원에 입원하게 된다. 죽음을 눈앞에서 경험한 그는 요양원에서 보낸 15개월이 지나고 나서 방황을 끝내고 작가의 길로 들어선다. 60여 편의 희곡을 썼고, 4번의 퓰리처상과 1936년 노벨 문학상을 받는다.

　유진 오닐의 〈느릅나무 밑의 욕망〉은 인간의 절제를 모르는 탐욕의 끝은 파멸밖에 없다는 것을 보여주는 이야기이다. 이이프레임은 일밖에 모르는 고집 센 노인이었다. 강한 성격과 많은 욕심으로 커다란 재산을 모았고 농장도 가지게 되었다. 하지만 그 억센 성격으로 인해 아내 두 명을 잃었다. 첫 번째 부인으로부터 얻은 두 아들과 두 번째 부인에게서 얻은 아들 이븐이 있었다. 그는 많은 나이에도 불구하고 세 번째 부인을 얻는다. 그가 세 번째 부인을 얻으면 재산을 상속받을 수 없을 거라 생각한 위의 두 아들은 농장을 떠나 캘리포니아의 금광으로 향한다. 하지만 이븐은 자신의 아버지의 모든 재산을 물려받기 위해 새로 오는 계모와 경쟁하기로 한다.

이이프레임은 얻은 세 번째 부인은 자식뻘 되는 젊고 여인 애비였다. 애비 또한 욕심이 많아 농장을 차지할 욕심으로 늙은 이이프레임과 결혼을 한 것이었다. 이를 위해 애비는 젊은 이븐을 유혹한다. 애비는 목적을 가지고 이븐에게 접근했지만 애비는 젊은 이븐을 사랑하게 된다. 결국 애비는 아들을 낳는데 이븐의 자식이었다. 하지만 이이프레임은 애비가 낳은 아들이 자신의 아들이라 생각하고 자신의 재산을 새로 얻은 아기에게 주겠다고 공언한다. 하지만 그 아기가 이븐의 자식이라는 것을 알고 충격을 받는다.

이븐은 애비가 자신에게 접근한 것은 사랑이 아닌 재산 때문이었다고 생각하고 떠나려 한다. 이에 애비는 이븐을 사랑한다는 것을 증명하기 위해 자신이 낳은 아기를 스스로 살해하고 만다. 이에 이븐은 자신의 아기가 죽은 것에 분노해 애비를 경찰에 고발하지만 애비가 자신을 진정으로 사랑했다는 것을 알고 함께 벌을 받기 위해 형무소로 간다. 모든 사람이 떠난 농장엔 이이프레임 혼자만이 쓸쓸히 남게 된다.

젊은 여자를 부인으로 얻으려 했던 이이프레임, 재산만을 바라보고 결혼한 애비, 아버지의 상속을 차지하려던 이븐, 애비와 이븐의 어긋한 성적 욕망, 그 욕망을 지키기 위해 아기까지 살해하고 마는 인간의 타락, 결국 인간의 이기적인 탐욕의 끝은 모든 것을 파멸로 이끌고 말았던 것이다. 가족은 해체되고 삶은 그렇게 끝나 버리고 말았다.

인간의 욕망은 그래서 무섭다. 다른 사람뿐만 아니라 자신마저 파괴해 버리게 된다는 것을 알지 못한다. 많은 것을 얻으려다 모든 것을 잃을 수도 있다. 성숙한 사람일수록 그 욕망을 내려놓을 줄 알게 되는 것이 아닐까 싶다.

# 37. 로제 마르탱 뒤가르 (프랑스, 1937)

〈티보가의 사람들〉

 1881년에 파리 근교에서 태어난 마르탱 뒤 가르는 18세 때 파리의 고문서 학교에 입학하여 고문서 학자와 기록 보관자가 되기위한 교육을 받았다. 27세부터 소설을 쓰기 시작하였고 제1차 세계 대전에 참전한 후 〈티보가의 사람들〉을 쓴다. 1937년 노벨 문학상을 수상하였다.

〈티보가의 사람들〉은 19세기 말부터 제1차 세계 대전까지 어느프랑스 부르주아지가 겪는 사회적, 도덕적 문제를 이야기하고 있다. 소설에서 작은아들 자크는 가부장적인 아버지에 반발하여 가톨릭교도였던 자신의 과거를 청산하고 혁명적인 사회주의를 받아들인다. 큰아들인 앙투안은 부르주아지의 유산을 받아들이기는 하지만 종교적 토대에 대한 믿음을 잃어버린다. 자크는 세계 대전이 일어나자 인터내셔널 운동에 가담하여 비행기 위에서 반전 전단을 뿌리다가 헛되이 사망하게 되고, 상식적이고 합리적이었던 앙투안은 소집령을 받고 전쟁에 참여하였다가 독가스에 중독이 되어 스스로 목숨을 끊는다.

이 소설은 제1차 세계 대전을 전후하여 유럽의 현실을 자세히 묘사하고 있으며 특히 주인공인 자크는 어떠한 역경에도 굴하지 않고 진실된 인간의 세상을 꿈꾸는 인물로 당시 시대상에서 바라는 이상주의적 인간이 아닐까 싶다.

 "세상에는 낮이면 말할 수 없는 고통으로 괴로워하고 밤이면 잠을 이루지 못하며, 마음속으로는 충족으로도 채우지 못한 무서운 공허를 느끼며, 머릿속에서는 모든 능력이 이글이글 끓어오르는 것을 느끼며, 환락의 좌석에서 즐거워하고 있는 모든 친구 한가운데 있으면서도 갑자기 시커먼 날개를 펼친 고독이 자기의 마음에 뒤덮이는 것을 느끼는 그런 사람이 있다. 또한 세상에는 아무것도 희망하지 않고, 아무것도 두려워하지 않으며, 삶을 증오하면서도 그것을 버릴 용기가 없는 그런 사람도 있다."

 우리는 어느 한 시대를 살아갈 수밖에 없다. 그것은 우리가 선택할 수 있는 것이 아니다. 우리가 존재하고 있는 이 시대에서 어떠한 모습으로 살아가야 하는 것이 가장 현명한 것일까? 우리는 우리가 살아가고 있는 시대에서 무엇을 하여야 하는 것이 가장 훌륭한 것일까?

# 38. 펄 벅 (미국, 1938)

〈대지〉

  1892년 미국 웨스트 버지니아에서 태어난 펄 벅은 생후 3개월 만에 그녀의 부모와 함께 중국으로 가게 된다. 그녀의 아버지는 중국 선교사였다. 펄 벅은 이루 18세까지 중국에서 자랐고, 18세 가 되던 해 미국으로 돌아와 랜돌프-메이컨 여대에 진학한다. 대 학을 졸업한 후 다시 중국으로 돌아간 펄 벅은 3년 뒤 미국인 농 학자 로싱 벅과 결혼한다. 자신의 일에는 열정적이었던 로싱 벅 이었지만 아내를 이해하고 가정에는 충실하지 못했다. 선교 일에 만 열중하며 가정을 돌보지 않았던 아버지에 대한 반감이 많았던 펄 벅은 자신의 남편인 로싱 벅에게도 그러한 면이 있다는 것을 발견하고 결혼 생활에 대해 절망한다. 펄 벅은 첫째 딸을 낳아 이 름을 캐롤이라 지었는데 얼마 후 자신의 딸인 캐롤이 정신지체아 라는 것을 알게 된다. 캐롤을 치료하기 위해 백방으로 노력하는 과정에서는 남편인 로싱 벅은 아내와 딸에게 무관심했다. 이러한 과정에서 그녀는 많은 고통을 겪어야 했고 이를 극복하기 위해 그녀는 글을 쓰기 시작한다. 펄 벅이 쓴 〈성장하지 않는 아이〉는 자신의 딸인 캐롤에 대한 이야기이다.

1927년 펄 벅은 난징 대학살에 겪으며 죽을 고비를 넘긴다. 이때 그녀는 중국과 미국 사이에 넘을 수 없는 벽을 실감한다. 자신이 중국에서 아무리 오래 살아왔고 중국을 사랑하더라도 자신의 피는 미국인이라는 것을 깨닫는다. 이러한 사실은 그녀의 문학에 숨어 있을 수밖에 없었다. 그러한 가운데 그녀가 쓴 소설이 바로 〈대지〉이다. 결혼 생활에 지쳐 있었던 그녀는 자신의 작품을 출판해 준 출판사 사장이었던 월시에게 사랑을 느끼고 로싱 벅과 헤어져 미국으로 간다. 이후 펄 벅은 단 한 번도 중국으로 돌아가지 않는다. 펄 벅은 두 번째 딸인 재니스를 입양하고 캐롤과 함께 미국에서 살아가며 인권운동가로 활동하기도 했다. 인권운동가로 활약하면서 그녀는 흑인을 비롯해 피부색이 다른 7명의 아이를 더 입양하여 키운다. 〈대지〉는 그녀 인생의 전환점이 되어 주었고 펄 벅은 1938년 미국 여성으로는 최초로 노벨 문학상을 받는다.

〈대지〉는 중국인 왕룽이 가난한 농부에서 대지주가 되는 과정을 그린 이야기이다. 왕룽의 아내인 오란과 함께 그가 수많은 인생의 과정을 겪으며 삶의 고난을 헤쳐 나가는 모습을 그리고 있다.

"제가 그 집에 다시 갈 때는 아이를 안고 가겠습니다. 아기에게 붉은 저고리와 붉은 꽃무늬를 놓은 바지를 입히고 머리엔 금빛 부처님을 새긴 모자를 씌우고, 발에는 범을 그리니 꼬까신을 신기고, 저도 새 신을 신고 검은 공단으로 새 옷을 입고 가서 내가 일하던 부엌에도 가보고 큰 마나님이 아편을 피우시는 대청에도 가보겠습니다. 그리하여 우리 모자의 모습을 여러 사람들에게 보이겠습니다."

왕룽의 아내 오란은 한이 많은 여인이었다. 집이 너무 가난해서 오란의 부모는 그녀를 부잣집에 돈을 주고 노예로 팔았다. 그 부잣집에서 거친 일을 하면서 얼마나 많은 수모와 무시를 당했을까? 비록 가난한 농부인 왕룽에게 시집을 왔지만, 자신도 아이를 낳아서 떳떳이 그 부잣집에 가서 그동안의 한을 풀고 싶었을 것이다.

"그의 아내, 전에는 그 집 종으로 있었지만 이제는 그 집에서 대대로 지녀오던 소중한 토지의 한 부분을 사들이는 사람의 아내가 된 것이다. 오란도 그 점을 생각했음인지 갑자기 그의 의견에 찬성을 했다."

왕룽과 그의 아내 오란은 부지런히 일을 해서 돈을 모으기 시작한다. 그리고 조금씩 땅을 사들이기 시작한다. 땅의 중요함을 그들은 깨닫기 시작했던 것이다.

"몇 달이 지나도 비는 오지 않았다. 가을이 가까워 오자 가끔 가늘고 엷은 구름이 모여드는 때가 있었다. 거리에는 일없이 마을 사람들이 모여서 제각기 하늘을 쳐다보면서 어느 구름덩이에 비가 들었거니 안 들었거니 하고 입씨름을 했다. 그러나 구름이 채 모이기도 전에 먼 사막의 열풍이 서북으로부터 강하게 불어와서

마룻바닥에 앉은 먼지를 쓸어내듯 구름을 몰아냈다. 그런 뒷면 하늘은 구름 한 점 없이 개이고 아침마다 눈부신 태양이 솟아서 창공을 거닌 뒤에 저녁이면 쓸쓸히 져 버렸다."

살아가다 보면 좋은 일만 있는 것이 아니다. 심한 가뭄으로 인해 수확을 하나도 하지 못하게 되자 왕룽의 집에는 먹을 것이 떨어져 굶주릴 수밖에 없었다. 하지만 왕룽은 피같이 모은 땅을 팔지 않은 채 그 어려운 세월을 버텨나갔다. 언젠가는 좋은 날이 올 거라는 확신을 가지고 그렇게 이겨나가기로 했다.

"그들은 여러 날 동안 흙을 물에 풀어서 먹었다. 그것으로써 끝끝내 목숨을 이어나갈 수 없을지라도 우선 먹기에 다소의 영양분이 있으므로 생명의 흙이라고들 불렀다. 그것으로 죽을 쑤어 먹이면 허풍산이가 된 아이들의 배를 채울 수 있기 때문에 한동안일망정 그들의 고통을 덜어 줄 수가 있었다."

너무나 먹을 것이 없이 그들은 흙마저 물에 끓어 먹을 정도였다. 어떻게 그 세월을 견뎌낼지 앞이 깜깜할 정도였다. 사람의 운명은 실로 알 수가 없다. 어떤 일이 닥칠지 그 누구도 모른다. 오늘이 있다고 내일을 장담할 수가 없는 것이다.

"그러는 중에 적군이 쳐들어온다는 소문이 쫙 퍼지고 재산을 다소간이라도 가진 사람들은 모두 전전긍긍했다. 그러나 왕룽은 아무것도 겁나는 것이 없었다. 이웃 움막에 사는 사람들도 모두 그러했다. 그들은 그 첫째 그 적군이라는 게 어디 군사인지도 모르는 일이고 또 잃어버릴 아무것도 가지지 않았기 때문이었다. 다만 아깝다고 생각해 본 일도 없는 생명이 있을 뿐이었다. 설사 당장에 적군이 쳐들어온다 할지라도 지금 겪고 있는 곤란보다 더 어려워질 수는 없다고 생각되었다."

왕룽의 가족은 가뭄으로 인해 도저히 살아갈 수가 없어도 남쪽 지방으로 이주해간다. 하지만 그곳에서도 삶은 너무나 팍팍했다. 하루 살아가기도 벅찼다. 그러는 가운데 공산 혁명이 일어나고 전쟁에 휩싸이게 된다. 하지만 너무나 힘든 시절을 겪었기에 전쟁이나 목숨을 잃는 것도 겁나지 않을 정도였다.

"맞거나 서방님의 침실에 끌려가거나 해요. 그것도 한 서방님만 그러는 것이 아니고 여러 서방님이 마음 내키는 대로 데려가니까요. 또 서방님끼리 서로 의논해서 〈자네는 오늘 밤에 데리고 자게, 난 내일 밤으로 하지〉 하고 서로 바꿔가면서 이종 저종을 닥치는 대로 더럽혀 주어요. 그리고 나서 서방님들이 내어 놓으면 그때는 청지기들이 또 저희끼리 의논하고 서로 돌려가면서 그러는 거에요. 얼굴이 예쁜 종이면 아이 적부터 그 지경을 당하게 되지요."

왕룽은 살아가기가 너무 힘들어 자신의 딸아이를 부잣집의 종으로 팔아 버릴 생각까지 하게 된다. 하지만 오란은 자신이 가난한 집의 딸로서 부잣집의 종으로 팔려 가 그곳에서 살아봤기 때문에 그 사정을 너무나 잘 알았다. 삶의 아픔을 오란만큼 뼈저리게 경험해 본 사람은 없었다. 왕룽의 처였던 오란은 삶의 가장 밑바닥까지 내려가 보았기에 그 험한 세월을 버틸 수 있었던 것인지도 모른다.

"왕룽은 어쩔 줄을 몰랐다. 이 노인과 직접 흥정을 하여 토지를 사기도 어려운 일이고 가슴에 품은 보석은 불덩이를 간직한 것처럼 얼른 처분해야 할 것이고, 그보다도 토지에 대한 욕망이 더 컸다. 이미 마련해둔 종자만 해도 자기가 지금 가진 토지의 배 이상에 뿌릴 수 있는 것이나, 그 남은 종자를 황 부자 집 기름진 땅에 뿌렸으면 하는 생각을 걷잡을 수 없었다."

전쟁 중에 오란은 우연히 부잣집에서 많은 보석을 줍게 된다. 왕룽 가족은 전쟁을 피해 자신들의 땅이 있는 고향으로 돌아오게 되고 그 보석으로 왕룽은 많은 땅을 사들이기 시작한다. 그리고 오란 덕분에 왕룽은 대지주가 될 수 있는 기반이 마련되기에 이른다.

"그는 보는 것 듣는 것이 모두 전과 같이 탐탁하질 않았다. 그가 언제나 드나들던 찻집도 전에는 한 사람의 농군으로 별로 대접을 받지 못했었지만 지금은 그 집이 오히려 우중충한 것이 시원찮아 보였다. 이전 같으면 그가 들어가도 아무도 아는 척하는 사람도 없었고 심부름하는 아이도 그리 고분고분하지 않았지만 지금은 그가 들어오는 걸 보면 서로 무릎을 꾹꾹 찌르면서 수군대는 소리가 그에게도 들렸다."

왕룽은 대지주가 되어 돈을 엄청나게 벌게 되자 예전의 일들이 따분해졌다. 이에 그는 새로운 자극을 찾게 되는데 우연히 만난 연화라는 여인을 좋아하게 되었고 결국 그녀를 첩으로 들이게 된다. 그러는 사이 그는 자신이 농부라는 사실을 잊고 연화에 빠지게 되면서 병적이 애정에서 헤어나지를 못한다. 오란은 남편의 그러한 삶을 받아들일 수밖에 없었다. 하지만 그 병적인 애정도 오래가지는 못했다. 열병이 시간이 흐르며 식었던 것이다. 그리고 그는 다시 대지로 돌아와 농사의 일에 전념하게 된다.

"그러는 사이 하늘은 캄캄해지고 공기는 메뚜기의 나래치는 소리로 웅웅 울렸다. 그리고 땅에도 수없이 떨어졌다. 메뚜기가 그냥 지나간 곳은 아무렇지도 않았지만 내려앉은 곳은 삽시간에 황무지와 같이 되어버렸다. 사람들은 천명이라고 한숨을 지었으나 왕룽은 성을 내어 메뚜기를 후려쳐서 떨어지는 것을 발로 문질러 죽였다. 일꾼들도 도리깨를 휘둘러서 메뚜기를 떨어뜨려 불에 타죽게 하고 물에 빠져 죽게 했다. 그들은 몇백만 마리를 죽였지만, 수없이 많은 메뚜기 떼를 막아낼 길이 없었다."

삶의 고통은 끝없이 몰려오는 것인지도 모른다. 수많은 난관을 겪은 왕룽이었지만 하늘을 새까맣게 뒤덮은 메뚜기떼의 습격에는 당해낼 재간이 없었다. 그래도 왕룽은 자신이 할 수 있는 모든 것을 다해 자신의 땅과 곡식을 지켜냈다.

"그들은 모두 높은 소리로 곡을 하면서 묘지로 향했다. 왕룽은 묘가에 지켜서서 아버지의 관을 먼저 묻고 오란의 관은 그동안 땅에 내려두었다. 두 사람을 묻는 왕룽의 가슴은 너무나 슬퍼서 다른 사람들같이 소리내어 울 수도 없었다. 그의 가슴은 눈물까지 말라버린 것 같았다. 그러나 결국 그는 피치 못할 운명을 당한

데 지나지 않았으며, 또 그는 아무도 따를 수 없을 만큼 훌륭하게 일을 치렀다고 생각하고 스스로 위안했다."

왕룽은 한평생을 같이 한 그의 아버지와 아내인 오란의 장례를 치른다. 세월은 그렇게 지나가고 삶은 그렇게 종지부를 찍으며 그러한 운명을 우리는 피할 수 없다.

삶은 수많은 풍파의 연속일 수밖에 없다. 우리는 그러한 과정을 거치며 삶이 무엇인지 진정으로 이해하게 되는지도 모른다. 오늘 나에게 닥치는 풍파는 어떠한 것일까? 나는 그 풍파를 잘 헤쳐 나갈 수 있을까?

# 39. 프란스 에밀 실란패 (핀란드, 1939)

〈품팔이꾼 타아베티〉

1888년 러시아령 핀란드 남서부 해멘퀴뢰에서 태어난 프란스 에밀 실란패는 가난한 농민 집안에서 태어나 헬싱키에서 공부한 후 고향으로 돌아와 주로 농민들과 농촌의 삶을 소재로 한 작품을 썼다. 1939년 노벨 문학상을 수상하였다.

〈품팔이꾼 타아베티〉는 어느 한 평범한 사내에 대한 이야기이다. "이 타아베티는 수완이 좋기도 했고 믿을 수 있는 노동자였다. 그는 정해진 품삯으로 만족했으며 욕심부려 가며 돈벌이를 찾으려고도 하지 않았다. 개간과 도끼만이 생활전선에서의 그의 무기였다. 이 무기로 그는 인생을 개척하여 온 것이다."

아무런 가진 것 없이 태어난 노동자였던 타아베티는 욕심 없이 자신의 삶을 꾸려가고 있었다. 주위의 사람들에게 신뢰도 있었고 특출나게 무엇을 잘한다거나 못난 점도 없이 지극히 평범한 삶을 살고 있었다.

"그런데 나는 개간지에서 그의 곁에만 있으며 풀이 죽고 만다. 육체적으로나 정신적으로나 그에게 자랑할 만한 것이 내게는 아무것도 없기 때문이다."

타아베티는 황무지를 개간하거나 막노동으로 먹고 살았는데 주위의 거친 땅을 개간하는데 있어서 타아베티를 따를 자는 없었다. 그는 아무리 어렵고 힘든 일이라도 끝까지 다 해내고야 마는 사람이었다. 주위의 사람들은 그가 평생을 그러한 막노동만 해봤기에 무뚝뚝하고 정도 없을 것이라고 생각했다.

"아니, 뭐 대단한 이유는 없어. 그저 그곳에서 새 둥우리가 두어 서넛 있고 지금 막 알을 깐 때여서 어미 새가 부지런히 모이를 날라오고 있어. 방해를 하면 불쌍하니까 그 둘레만을 개간하고 풀밭은 그냥 남겨둔 거야. 이제 가을이 되어 새끼 새들이 날아가 버리면 그곳도 파헤쳐야지. 어때? 우리 가서 새끼라도 볼까? 아주 귀여운 놈들이지."

개간을 마치면 돈을 더 벌 수도 있을 텐데도 불구하고 타아베티는 막 태어난 새들을 위해 개간을 미룬다. 돈보다 더 중요한 것이 무엇인지 알고 자신만을 위해 돈을 버는 그런 욕심만 있는 사람이 아니었던 것이다.

우리 주위에 보면 돈과 권력 그리고 명예를 위해 가장 소중하고 아름다운 것마저 무시하며 살아가는 사람들이 너무나 많다. 자신의 이익과 자신의 생각이 모든 것이라고 판단하고 다른 존재는 전혀 생각하지 않는 사람들이 대부분이다. 비록 평범하지만 무엇이 더 소중한 것인지를 아는 사람들이 많아지면 세상도 아름다울 텐데 그것이 그리 쉽지만은 않은 것 같다.

# 40~43. 세계 2차 대전으로 인해 노벨 문학상 수상자는 없음.

## 44. 요하네스 빌헬름 옌센(덴마크, 1944)

〈앤과 암소〉

1873년 덴마크의 파르쇠에서 태어난 요하네스 빌헬름 옌센은 코펜하겐대학을 졸업하고 향토작가로 출발하였다. 문화사 소설인 〈긴 여행〉으로 세계적 명성을 얻었고 1944년 노벨 문학상을 수상한다.

〈앤과 암소〉는 할머니 앤이 오랜 세월 동안 자신에게 우유를 제공해 준 늙은 암소에 대한 이야기이다.

"흐발프순드 품평회의 소 우리에 늙은 아낙 하나가 암소 한 마리를 데리고 서 있었다. 아낙네는 얌전해서인지 아니면 더 많은 주의를 끌고 싶어져인지 모르지만 외로운 암소와 함께 한 쪽으로 약간 비켜서 있었다. 그녀는 햇빛을 가리기 위해 모자를 약간 이마 앞쪽으로 끌어 내리고 조용히 그곳에 서서 겹으로 다시 짜내려올 만큼 길어진 양말을 짜고 있었다."

평생을 암소와 함께 지냈던 앤 할머니가 소들의 품평회에 온 이유는 무엇일까? 이제까지 할머니에게 평생 우유를 제공해 준 암소를 팔기 위해서일까? 품평회에 와서 뜨개질은 왜 하고 있는 것일까?

"그 암소는 훌륭한데다 누가 보아도 이젠 도살할 만큼 자랐기 때문에 얼마 지나지 않아 어떤 사나이가 다가와 이리저리 훑어보면서 손질이 잘 된 가죽을 손으로 쓱 쓰다듬었다. 그 익숙한 손길이 암소에게는 은근히 불쾌했지만 화를 낼 것까지는 없었다."

암소가 너무 튼실하게 생겼기에 여러 사람이 다가와 암소를 팔라고 권유하지만 앤 할머니는 팔지 않겠다고 한다. 그럼 왜 할머니는 일부러 여기까지 암소를 끌고 온 것일까?

"이 소는 외롭다오. 우리 집의 작은 농장에는 이 소밖에 없어서… 다른 소하고 어울리는 일이 좀처럼 없답니다. 그래서 이걸 장에 데리고 나올 생각을 했지요. 같은 소끼리 어울려서 재미나 좀 보게 하려고요. 정말 그렇게 생각했다오. 좋은 일이라고 생각한 거죠. 누구에게 해가 되는 것도 아니고. 그래서 우린 여기 온 거라오. 팔러 온 게 아니랍니다. 이제 가 봐야겠군요. 진작 말할 것을 미안하게 되었습니다."

앤 할머니는 진정으로 암소를 사랑했다. 외로운 암소를 위해 먼 곳까지 일부러 왔고 하루 종일 본인은 뜨개질을 하면서 암소는 다른 소들을 보며 외로움을 달래기를 바랐다.

가축이나 동물이 사람을 위해서만 있는 것은 아니다. 그들도 생명체이며 나름대로의 삶이 있다. 우리는 일반적으로 가축이나 동물을 무시하고 함부로 대한다. 모든 생명이 있는 것은 아름답다는 사실을 기억하고 존중할 필요가 있다.

# 45. 가브리엘라 미스트랄 (칠레, 1945)

1889년 칠레의 비쿠냐에서 태어난 가브리엘라 미스트랄은 16세부터 시를 쓰기 시작했다. 집안이 가난했던 그녀는 15세부터 교사 일을 시작했고 시간이 나는 대로 시를 써서 신문이나 잡지에 발표하곤 했다.

이 시절 그녀가 사랑했던 남자는 철도 노동자였는데 어떤 어려움으로 인해 자살을 하게 된다. 이 사건으로 그녀는 커다란 고통을 경험하고 한때 자신 또한 자살을 생각했으나 마음의 상처를 극복하고 평생 결혼하지 않은 채 주위 많은 사람을 사랑하기로 한다. 이때 그녀가 자신의 아픈 상처와 고통을 모아 쓴 시가 죽음의 소네트이다.

이후로 시집 비탄, 부드러움 등을 발표하고 남미의 대표적인 여류시인으로 알려지기 시작했다. 후에 그녀는 초등학교 교사에서 대학 교수 그리고 스페인, 이탈리아, 포르투갈 등에서 외교관의 일을 하기도 했고 나중에 국제연합의 중남미 대표로 활동했다. 이후 미국, 멕시코, 이탈리아에서 영사로 일하기도 했다.

젊었을 때 경험한 그녀의 사랑의 상처는 그녀가 더 많은 사람을 따뜻하게 돌보게 해주는 계기가 되었다. 그녀가 가르치는 학생들에게 어머니 같은 따스함으로 대해 주었고, 외교관 활동을 하면서 가난한 어린이들과 부당한 박해를 받는 어려운 사람들을 위해 일했다. 그녀의 아픈 상처는 그녀를 사랑에 있어 종교적인 경지로 이끌었다.

또한 많은 학생을 가르치면서 문학에 대한 열정을 심어주기도 했다. 그의 학생 중 한 명이 1971년 노벨 문학상을 수상한 파블로 네루다이다. 그녀 또한 1945년 노벨 문학상을 받았다. 이는 남미 출신 최초의 노벨 문학상이었다.

〈죽음의 소네트〉

인간들이 집어넣은 얼어붙은 틈새로부터
태양이 비치는 겸손한 대지에
나, 그대를 내려놓으리
인간들이 알지 못하는 대지 위에 나는 잠들지니
그대와 나는 같은 베개를 베고
누워야만 하니.
잠든 아기를 위한 자상한 어머니와도 같이
태양이 비치는 대지에, 나 그대를 잠재우리.
고통스러운 아기와도 같은 그대 육체를 안음에 있어
대지는 부드러운 요람의 구실을 하리.

그 뒤 나는 떠나리.
푸르스름한 연한 달빛에
가벼운 폐물들이 차근차근 쌓여 갈 때

나는 이곳을 떠나리
아름다운 복수를 찬미하면서.
이제는 두 번 다시 여하한 손길도
그대의 한 줌의 뼈를 탐내어
이 남모르는 깊숙한 곳에 내려오지 못하리.

　사랑했던 사람의 죽음을 받아들이고 자신의 죽음을 생각하는 그녀의 마음이 사랑의 깊이를 알게 해 준다. 깊이 있는 이러한 사랑이 후에 시간이 흐르면서 보다 많은 사람을 돌볼 수 있는 박애적인 사랑으로 변해갔던 것이다.
　사랑은 세월에 따라 변하기 마련이다. 그 사랑이 순수할수록 받아들임과 용서, 포용으로 더 많은 사람을 품어주는 따스한 사랑으로 바뀌는 것이 아닐까 싶다. 이것이 바로 진정으로 사랑이 무엇인지를 아는 사람이 걸어가야 하는 길이라 생각된다.

# 46. 헤르만 헤세 (독일)

〈싯다르타〉

 사람마다 다르겠지만, 내 인생의 단 한 권의 책을 고르라면 고민하지 않고 헤세의 싯다르타를 선택하겠다. 책을 왜 읽어야 하는지 나는 싯다르타를 읽고서 알게 되었다. 단순히 지식의 습득이 아닌, 그리고 지혜의 수준을 넘어서는 어떤 알 수 없는 무언가의 만남, 그 만남이 나를 바꾸어주기에 이제까지 책을 읽었고, 그리고 앞으로도 책을 읽을 것이다. 헤세는 나에게 나의 인생에서 가장 소중한 책 〈싯다르타〉를 선물해 주었다.

 헤르만 헤세는 1877년 독일 남부 작은 도시 칼프에서 태어났다. 그의 아버지는 개신교 선교사였고, 그의 외삼촌은 독일인으로서는 특이하게도 불교 연구의 권위자였다. 이로 인해 헤세는 어릴 때부터 기독교와 불교 양쪽의 관심을 갖게 된다. 헤세는 학자였던 외조부의 수많은 장서를 통해 어릴 적부터 세계 고전 작품을 읽었고, 이는 헤세로 하여금 개인주의자이면서도 세계시민의 밑바탕을 마련해 준 환경이었던 것 같다.

 헤세는 1891년 개신교 신학교에 입학하지만, 자신의 문학적 성향과 너무 맞지 않아 6개월 정도 다니다가 그만둔다. 그 후 헤세는 부모와 심각한 갈등을 겪었고 여러 학교를 다니는 과정에서 우울증에 시달려 자살을 시도하기도 했다. 이에 그의 부모는 헤세를 정신병원에 입원시키고, 헤세는 거기서 정원을 돌보며 정신 지체 아동을 돕는 일을 한다. 이때 헤세는 신과 부모 그리고 세상으로부터 버림을 받았다고 느끼며 엄격한 종교적인 경건주의를 가식이라 생각하게 된다.

헤세는 1894년 시계 공장에서 기계공으로 견습공 생활을 하지만 단순한 노동적인 삶을 견디지 못해 그만두고, 튀빙겐으로 가 문학과 정신적 삶에 전념하고자 1895년 한 서점에서 일하게 된다. 이즈음이 바로 헤세가 작가로서 출발하는 계기가 되었다. 이곳에서 일하며 그는 여러 분야의 많은 책을 읽으며 작가로서의 자양분을 얻는다.

1901년 그는 이탈리아 여행에 나서 여러 도시를 방문하고 바젤로 와 서점에서 다시 일하면서 문학 작품들을 발표하기 시작하고 첫 소설 〈페터 카멘친트〉를 출간하면서 작가로서의 본격적인 활동을 시작하게 된다.

1904년 아홉 살 연상인 마리아 베르누이와 결혼하고 이후 세 아들이 태어난다. 결혼 생활 중에도 헤세는 여행을 자주 하였고 공동체를 조직하여 바위굴에서 체류하기도 한다. 1911년 결혼 생활에서 아내와 불화가 심해지면서 인도로 여행을 나서게 된다. 이 인도 여행은 추후 그의 작품에 상당히 많은 영향을 준다.

세계 제1차 대전이 발발하자 독일군에 자원입대하는데 부적격 판정을 받고 대신 전쟁 포로 사업소에서 일하게 된다. 여기서 그는 수많은 신문과 잡지에 많은 글을 발표하며 단호한 반전주의자가 된다. 이로 인해 많은 언론적인 공격을 받게 되고, 가정적으로도 부친과 아들의 질병 그리고 결국 첫 번째 아내와 파경을 맞게 된다. 이는 그에게 신경 쇠약이라는 질병을 안겨 주었고 심리치료를 받는 과정에서 정신분석학에 접하게 되며 이것이 새로운 창조적 에너지가 된다. 이때 발표된 작품이 바로 〈데미안〉이다. 그리고 뒤를 이어 〈싯다르타〉를 출간하여 헤세 작품 인생의 최고점을 찍는다.

1923년 그는 독일 국적을 포기하고 스위스 국적을 취득하면서 1924년 루트 뱅거와 두 번째 결혼을 한다. 하지만 이 결혼도 얼마 가지 못하고 1927년 다시 이혼하게 된다. 당시 그의 고독한 심정이 담긴 소설이 바로 〈황야의 이리〉이다. 1931년 그는 니논 돌빈을 만나 세 번째 결혼을 한다. 이때부터 쓰기 시작한 소설이 바로 휴머니즘과 고도의 예술성을 보여주었다고 평가받는 〈유리알 유희〉이다. 그리고 1946년 노벨 문학상을 받는다. 그리고 그는 1962년 백혈병으로 타계한다.

싯다르타는 처음 읽었을 때부터 그 책은 나의 마음에 들어왔고 지금도 나의 안에 있다. 나는 나이가 들수록 어쩌면 싯다르타의 길을 내가 가야 할 길이라는 생각이 든다.

"자기를 빙 둘러싼 주위의 세계가 녹아 없어져 자신으로부터 떠나가 버리고, 마치 하늘에 떠 있는 별처럼 홀로 외롭게 서 있던 이 순간으로부터, 냉기와 절망의 이 순간으로부터 벗어나, 예전보다 자아를 더욱 단단하게 응집시킨 채, 싯다르타는 불쑥 일어났다. 그는 〈이것이야말로 깨달음의 마지막 전율, 탄생의 마지막 경련이었다〉고 느꼈다. 이윽고 그는 다시 발걸음을 떼더니, 신속하고 성급하게 걷기 시작하였다. 이제 더 이상 집으로 가는 것도, 이제 더 이상 아버지에게 가는 것도, 이제 더 이상 되돌아가는 것도 아니었다."

싯다르타는 그의 내면에 모든 것의 하나이자 불멸의 존재인 아트만을 알게 된다. 그리고 싯다르타는 그가 가야 할 길을 알았다. 그 이후 그는 모든 것을 버렸다. 미련 없이 가지고 있던 것을 다 버렸다. 그는 모든 것을 비우고 내려놓았다. 이제까지 가지고 있었던 것들이 다 공이란 것을 깨달았다.

"이 순간 싯다르타는 운명과 싸우는 일을 그만두었으며, 고민하는 일도 그만두었다. 그의 얼굴 위에 깨달음의 즐거움이 꽃피었다. 어떤 의지도 이제 더 이상 결코 그것에 대립하지 않는, 완성을 알고 있는 그런 깨달음이었다. 그 깨달음은 함께 괴로워하고 함께 기뻐하는 동고동락의 마음으로 가득 찬 채, 그 도도한 강물의 흐름에 몸을 내맡긴 채, 그 단일성의 일부를 이루면서 그 사건의 강물에, 그 생명의 흐름에 동의하고 있었다."

운명도 그에게는 의미 없었다. 자신마저 버리고 자아로부터 벗어나 그가 이른 곳은 무아였다. 자기를 초월한 없음의 경지로 그

는 나아갔다. 그것이 그의 길이었다. 싯다르타는 인생이라는 수
레바퀴에서 나와 훠이훠이 날아올라 피안의 세계에 이르렀다. 그
는 모든 것으로부터 자유를 느꼈다. 세상과 내가 하나가 된 것이
다.

"아제아제 바라아제 바라사아제 모지사바하(揭諦揭諦波羅揭諦
波羅僧揭諦菩提娑婆訶)"


〈데미안〉

진정한 자신의 삶의 길을 찾아가는 것, 그것만큼 우리의 인생에
서 중요한 것이 있을까? 헤세의 〈데미안〉은 나를 찾아 가는 길이
무엇인지에 대해 이야기하고 있다.

삶은 의식 있는 자에게 길을 보여줄 뿐이다. 그 길을 찾으러 떠
나는 자만이 그 길이 눈에 보인다. 그 길은 바로 자기 자신에게
이르는 길이다. 세상이 나이며 내가 세상이라는 것을 그 길을 찾
아 그 길에서 삶을 경험해 본 사람만이 알 수 있다.

"한 사람 한 사람의 삶은 자기 자신에게로 이르는 길이다. 길의
추구, 오솔길의 암시다. 일찍이 그 어떤 사람도 완전히 자기 자신
이 되어본 적이 없었다. 그럼에도 누구나 자기 자신이 되려고 노
력한다. 어떤 사람은 모호하게 어떤 사람은 보다 투명하게, 누구
나 그 나름대로 힘껏 노력한다. 누구든 출생의 잔재, 시원의 점액

과 알 껍질을 임종까지 지니고 간다. 더러는 결코 사람이 되지 못한 채, 개구리에 그치고 말며, 도마뱀에, 개미에 그치고 만다. 그리고 더러는 위는 사람이고 아래는 물고기인 채로 남는 경우도 있다. 그러나 모두가 인간이 되라고 기원하며 자연이 던진 돌인 것이다."

우리는 어느 정도까지 우리의 삶을 이루게 될지 아무도 모른다. 하지만 분명한 것은 그 길을 가는 주인공은 나 자신이라는 것이다. 내가 어떻게 얼마나 그 길을 위해 살아가는지에 따라 내가 닿을 수 있는 곳이 결정된다. 삶의 완성은 존재하지 않는다. 하지만 삶은 열매는 나에게 주어진다. 어떤 열매를 얻을 수 있는지는 내가 그 길을 찾아 얼마나 헤매고 노력했는지에 따라 주어질 뿐이다.

"그러나 그걸 수행하거나 충분히 강하게 원할 수 있는 것은 오로지, 소망이 내 자신의 마음속에 온전히 들어 있을 때, 정말로 내 본질이 완전히 그것으로 채워져 있을 때뿐이야. 그런 경우가 되기만 하면, 내면으로부터 너에게 명령되는 무엇인가를 네가 해보기만 하면, 그럴 때는 좋은 말에 마구를 매듯 네 온 의지를 팽팽히 펼 수 있어."

우리의 내면이 우리의 세계를 결정하는지도 모른다. 내가 진정으로 바라는 세계는 멀리 있는 것 같지만 그 소망은 우리를 그 세계로 서서히 인도하고 있다. 바라는 것은 그렇게 실상이 되어 우리에게 다가온다. 삶은 그래서 소망인지도 모른다. 나는 무엇을 소망하고 있는 것일까? 그 소망이 나의 삶에서 어떤 의미이며 무엇을 가져다 줄 수 있는 것일까?

"너한테 유쾌하지 않은 말을 하려는 건 아니었어. 아무려나 어떤 목적으로 네가 지금 네 잔을 미시고 있는지, 그것은 우리 둘다 알 수 없어. 하지만 너의 인생을 결정하는, 네 안에 있는 것은 그걸 벌써 알고 있어. 이걸 알아야 할 것 같아. 우리들 속에는 모든 것을 알고, 모든 것을 하고자 하고, 모든 것을 우리들 자신보다 더 잘 해내는 어떤 사람이 있다는 것 말이야."

우리의 내면에는 위대한 무언가가 존재한다. 나의 힘이 되고 나의 의지가 될 수 있는 그 존재는 진정으로 나를 사랑하고 있다. 내가 그것을 사랑하면 할수록 그 또한 나를 사랑할 것은 너무나 확실하다. 내 안에 있는 그 존재를 믿어야 한다. 내가 옳은 길을 가고 있다고 나의 길에서 나의 삶이 결정된다고 그 존재는 나를 위해 응원하고 있음을 믿어야 한다.

"새는 알에서 나오려고 투쟁한다. 알은 세계이다. 태어나려는 자는 하나의 세계를 깨뜨려야 한다. 새는 신에게로 날아간다. 신의 이름은 압락사스"

스스로 자신의 세계를 깨고 나온 사람은 선과 악의 조화가 가능하다. 그것이 바로 압락사스이다. 누구에 의해 주어지는 삶이 아닌 자신에 의한 지극히 주관적인 삶을 살 수 있는 자이기에 가능한 길이다.

"그때부터 내게 일어난 모든 일이 아팠다. 그러나 이따금 열쇠를 찾아내어 완전히 내 자신 속으로 내려가면, 거기 어두운 거울 속에서 운명의 영상들이 잠들어 있는 곳으로 내려가면, 거기서 나는 그 검은 거울 위로 몸을 숙이기만 하면 되었다. 그러면 나 자신의 모습이 보였다. 이제 그와 완전히 닮아 있었다. 그와, 내 친구이자 나의 인도자인 그와."

언젠가 그와 만나게 될 것이다. 그리고 나는 이제 내 안에 있는 뛰어난 존재와 하나가 되어 있다는 것을 알게 된다. 그 길을 위해 떠났고 그 길에서 많은 일들을 겪었고 많이 아팠으며 많이 힘들었기에 그것이 가능했던 것이다. 나는 이제 나를 찾았고 진정한 나를 만나게 되었다. 나를 찾아가는 길은 그래서 아름다웠다.

〈크눌프〉

헤르만 헤세의 소설 〈크눌프〉에서 주인공인 크눌프는 방랑벽이 있었다. 그는 다른 사람들처럼 직업을 갖거나 결혼을 해서 아이를 낳아 기르는 그런 삶을 살지는 않는다. 그냥 여기저기 다니면서 친구들 집을 전전하며 생활을 하는데 어찌 보면 낙오된 삶을 살아간다. 하지만 그는 선하며 예의 바르고 밝은 성격을 가지고 있다.

그는 친구의 집에서 아무런 목적도 없이 하루하루를 보낸다. 친구와 친구 아내와도 즐거운 시간을 가진다. 이웃집 하녀와 아름다운 감정을 나누기도 하지만 좋은 추억을 남긴 채 다시 방랑의 길을 떠난다.

또한, 크눌프는 어떤 한 사람과 함께 숲과 들판을 함께 돌아다닌다. 그들은 자유롭게 이곳저곳을 다니며 많은 대화를 나누기도 하면서 새로운 경험들을 같이한다.

크눌프는 그 친구에게 다음과 같은 말을 한다.

"모든 사람은 각자 영혼을 지니고 있고, 자신의 영혼을 다른 영혼과 뒤섞을 수는 없어. 두 사람은 서로 만나기도 하고, 함께 이야기할 수도 있고 또 서로 가까이 지낼 수도 있지. 하지만 그들의 영혼은 각자 자기 자리에 뿌리를 내리고 있는 꽃과 같아서, 어떤 영혼도 다른 영혼에게로 갈 수가 없어."

크눌프는 고독 속에서 그의 삶을 이어갔다. 그리고 그 고독을 스스로 받아들였다.

크눌프는 왜 방랑의 길을 갔던 것일까? 그 이유는 주위 사람들로부터 받은 아픔 때문이었다. 믿었던 사람으로부터 배신을 당하고 상처를 입었지만, 크눌프는 여전히 밝게 살아간다. 크눌프는 그러한 아픔 속에서도 어떻게 그렇게 밝게 살아갈 수 있었을까? 그는 인생의 덧없음을 그의 경험으로부터 깨달았다.

크눌프는 인생이란 결국 혼자서 자신의 짐을 지고 가야만 하는 쓸쓸하고 고독한 것을 알았다. 하지만 걱정과 근심으로 가득한 인생에도 기쁜 날들이 있음을 그는 알고 있었다.

방랑의 끝에서 폐결핵으로 쇠약해진 크눌프는 친구 의사로부터 도시의 병원으로 가서 치료받을 것을 권유받는다. 하지만 그는 자기 병이 불치병이라는 것을 알았고, 그에게 남아 있는 시간이 얼마 되지 않는다는 것을 깨달은 후 자신의 고향으로 돌아간다. 그리고 옛날 추억의 장소와 어릴 적 친구를 만나며 그에게 주어진 마지막 시간을 보낸다. 그러던 중 친구 한 명이 크눌프에게 왜 인생을 방랑만 하며 시간을 낭비하고 크눌프에게 주어진 재능을 사용하지 않았는지에 대해 질책을 한다. 이에 크눌프는 숲속으로 들어가 진정한 삶의 길이 무엇인지 고민을 한다. 그리고 크눌프는 신에게 자신의 존재 의의에 대해 물어본다. 그리고 신은 크눌프에게 말한다.

"나는 오직 너의 있는 모습 그대로를 필요로 했다. 너는 나의 이름으로 방랑을 했던 것이고, 정착하려는 성향을 지닌 사람들에게 늘 자유에 대한 향수를 조금씩은 일깨워주어야 했다. 너는 나의 이름으로 어리석은 일을 했던 것이고 조롱을 받기도 했다. 네 안에서 내가 조롱을 받은 것이고, 내가 사랑을 받은 것이다. 그러므로 너는 나의 자녀요, 나의 형제요, 나의 일부다. 네가 무엇을 누리든, 무엇으로 고통을 받든지, 나는 항상 너와 함께 했었다."

즉, 크눌프는 신으로부터 사람들에게 '자유에 대한 동경'을 일깨워주기 위한 것이라는 답을 얻는다. 그리고 그는 어쩌면 젊은 나이라 할 수 있는 40대에 평화롭게 눈을 감는다.

어찌 보면 크눌프는 대부분 사람들의 삶의 기준에서 볼 때 아무런 목표 없이 방랑만 하며 시간만 낭비하는 가치 없는 삶을 살았는지 모른다.

헤세는 말한다.

"나는 크눌프와 같은 인물들이 아주 마음에 끌립니다. 그들은 유용하지는 않지만, 많은 유용한 사람들보다 해를 끼치지는 않습니다. 크눌프와 같이 재능 있고 생기 있는 사람들이 그들의 주변 세계에서 자리를 찾지 못한다면, 그 주변 세계는 크눌프와 마찬가지로 책임이 있다고 봅니다."

자유를 사랑했던 크눌프는 어쩌면 헤세 자신이었는지 모른다.

우리에게 주어진 여러 가지 삶의 길에서 어떤 길을 가야 할까? 그리고 그 길이 옳은 길일까? 그 기준은 무엇일까? 어렸을 때나 나이가 들었어도 아직 가야 할 길은 남아 있다.

크눌프처럼 자유가 있는 그 길을 가고 싶은 생각이 드는 이유는 무엇일까? 사회가 요구하는, 그리고 대부분의 사람들이 원하는 그 길이 이제는 나의 가슴에 와 닿지 않는 이유는 무엇일까?

나에게 왔던 것은 어차피 나의 것이 아니었다. 그러기에 하나씩 나로부터 떠나갔고 지금 있는 것도 다 떠날 것이다. 나는 원래 방랑자에 불과했는지도 모른다.

어느새 헤세의 크눌프는 내 친구가 되어 있었다.


## 〈아이리스〉

우리는 오늘 어떤 모습으로 살아가고 있는 것일까? 무엇을 위해 우리는 오늘도 열심히 생활을 해나가고 있는 것일까? 나의 내면은 나의 진정한 삶의 모습을 바라보며 하루를 지내고 있는 것일까?

니체는 우리 인생의 단계를 낙타, 사자, 어린아이 세 단계로 이야기하면서 최종적인 우리 삶이 어린아이와 같아야 한다고 주장한다. 니체가 이야기하는 어린 아이는 상징이다. 어린 아이는 행복하다. 오늘 하루를 재밌게 지낸다. 자신의 세계에서 자유롭다. 흔히 이야기하는 물아일체의 삶이 바로 니체가 이야기하는 어린아이의 세계이다. 헤르만 헤세의 소설 〈아이리스〉는 비록 짧은 소설이지만 이러한 세계에 대한 이야기를 담고 있다.

"영혼의 비밀을 지니고 있는 사람은 끊임없이 스스로를 창조한다. 자기 자신을 만들어 가면서 현실과 환상 사이에 놓인 신비로운 관계를 지속시킨다. 하지만 사람들 대부분은 진실한 내면 세계를 잃어버리고, 평생 동안 욕망의 포로가 되어 걱정과 갈망, 실현될 수 없는 목표로 괴로워한다. 목표나 욕망은 내면에 존재하는 것이 아니기 때문에, 그들은 다시 내면으로 돌아갈 수 없다."

소설의 주인공 안젤름은 아이리스 꽃을 좋아했던 소년이었다. 시간이 지나 성장하면서 그는 사회에서 요구하는 것들, 자신의 욕심으로 인해 순수했던 마음을 잃어버린다. 내면의 세계보다는 우리에게 보여지는 외면의 화려함과 사회적 관습을 따라 살아가게 된다. 스스로의 발전을 위한 객관적인 안목을 잃어버리고 스스로의 내면 세계를 외면하게 된다.

그러던 중 안젤름은 자기 친구의 누이인 '아이리스'라는 이름의 여성을 만나고 그녀를 사랑하게 된다. '아이리스'는 자신에게 청혼을 한 안젤름에게 순수했던 어린 시절의 내면의 세계를 찾는다면 그와 결혼하겠다고 한다.

"아이리스 향기는 잃어버린 기억을 되살려 주지요. 아름답고 고귀한 것들을 생각나게 하고, 음악을 들을 때나, 시를 읽을 때도 그렇습니다. 어떤 때는 눈앞에 보이기도 했어요. 마치 잃어버린 고향을 계곡 아래서 찾은 것처럼 말이예요. 그리고는 다시 잊혀져 버려요. 사랑하는 안젤름, 나는 우리가 예전에 잃어버린 소리에 귀를 기울이며 살아가게 될 것이라고 믿어요. 진정한 고향은 그 곳에 있을 거예요."

아이리스는 순수하고 깨끗한 내면의 세계을 유지하지 못하면 결혼 후에도 많은 다툼과 상처가 계속될것이라는 것을 알고 있었다. 세상의 욕망과 탐욕을 쫓다보면 진정한 삶의 의미를 잃고 아름답고 행복한 생활을 해 나가기가 힘들것이라 생각했던 것이다.

안젤름은 사랑하는 아이리스를 위해 자신이 그동안 잃고 있었던 순수했던 마음을 찾으려 노력한다. 예전의 어린 시절을 회상하며 삶의 의미와 자신의 내면에 대해 생각하고, 나름대로 노력을 하게 된다. 그리고 그는 조금씩 예전의 순수했던 모습으로 돌아가기 시작한다.

"안젤름은 이미 내면의 존재를 느끼고 있었다. 이미지가 아닌, 사물의 본질을 깨닫기 시작했던 것이다. 본질은 가끔씩 안젤름에게 이야기를 들려 주었다. 그 목소리는 위로와 희망을 가져다 주는 아이리스의 목소리였으며, 어머니의 목소리이기도 했다. 기적이 일어나고 있었지만 이상하게 여기지 않았다."

그러던 중 병약했던 아이리스는 그만 세상을 떠나게 된다. 아이리스가 세상을 떠나면서 안젤름의 그간 노력을 고마워하며 비록 자신은 죽더라도 항상 안젤름 곁에 영원히 머무를 것이라며 '아이리스'꽃을 선물한다.

너무나 커다란 절망에 빠진 안젤름은 고향을 떠나 방황하게 되고 시간이 지난 후 삶의 진정한 의미를 깨닫고 고향으로 돌아온다. 그 고향에서 그는 항상 아이리스 꽃을 보며 살아간다.

소설은 안젤름이 아이리스 꽃봉오리 안으로 들어가는 것으로 끝이 나지만 이러한 종결은 헤세 특유의 소설기법일 뿐이다. 이는 안젤름이 어린아이와 같은 물아일체의 깨달음의 세계에 들어갔다는 의미이다. 안젤름은 깨달았기에 어린 아이의 세계로 돌아온 것이다.

아이리스는 안젤름의 순수한 세계로의 돌아옴에 도움을 주었다. 그녀 자신이 순수했기에 가능했다. 우리 주위에 이런 사람은 몇 명이나 있을까? 아이리스 같은 사람이 그립다. 내 자신을 돌아볼 수 있는 도움을 주는 사람이 주위에 많다면 그와 함께 나의 순수함을 유지할 수 있을 것이다. 우리가 추구하는 것을 위해 노력하면서도 순수함을 잃지 않는 것이 중요한 것 같다. 나의 내면을 항상 바라보며 내 자신을 새롭게 창조해나가는 것에도 게으름을 피우지 말아야 한다. 안젤름은 비록 아이리스의 도움을 받긴 했지만 깨달음을 얻고 그 자유로운 내면의 세계로 돌아왔다. 니체가 이야기한 어린 아이의 세계로 돌아온 것이다.

# 47. 앙드레 지드 (프랑스, 1947)

〈전원교향곡〉

앙드레 지드의 〈전원교향곡〉은 고아가 된 눈이 먼 소녀인 제르트뤼드와 이 소녀가 불쌍해서 집으로 데리고 온 목사에 관한 이야기이다. 이미 다섯 아이를 키우고 있는 목사는 '외양간의 99마리 양보다 길 잃은 1마리 양이 더 소중하다'라는 성경의 가르침을 실천하고자 한 것이었다. 목사는 소녀를 자기 자녀와 같은 정성으로 돌보아 양육한다. 시간이 지나면서 소녀는 아름다운 처녀로 자라게 되고, 목사의 큰아들 자크는 제르트뤼드의 미모에 반하여 그녀와 결혼하려고 한다. 하지만 목사는 그 둘 사이를 억지로 떼어 놓는다. 목사의 소녀에 대한 애정이 사랑으로 바뀌었기 때문이었다.

"나는 오랫동안 그녀를 꺼안았다. 그녀는 조금도 뿌리치려 하지 않았다. 그리고 그녀가 얼굴을 내게로 돌렸을 때 우리 입술은 맞추어졌다. 주여, 이렇게도 깊고, 이렇게도 아름다운 밤은 우리를 위해 만드신 것입니까? 저를 위해서입니까? 바람은 훈훈하고, 열린 창으로는 달빛이 비쳐 들어옵니다. 그리고 저는 하늘의 무한한 침묵에 다만 황홀하게 온 누리의 그윽한 경배 속으로 녹아 들고 있습니다. 저는 다만 필사적으로 기도할 뿐입니다. 사랑에 어떤 한계가 있다면, 하나님이시여, 그것은 당신이 만드신 것이 아니라 인간들 짓일 것입니다. 제 사랑이 비록 사람 눈에는 죄스러운 것으로 보일지라도, 오오! 당신 눈에는 거룩한 것이라고 말씀해 주십시오."

눈 수술을 받아 시력을 회복한 제르트뤼드는 자신이 마음속에 그리던 사람이 목사가 아닌 자크라는 사실을 깨닫는다. 하지만 자크는 이미 개신교에서 가톨릭으로 개종하여 신부가 되려는 결심을 한 이후였다. 이러한 사태의 원인이 자신이라고 생각하여 제르트뤼드는 스스로 목숨을 끊고 만다.

"목사님이 제 눈을 보이게 해 주셨을 때, 제 눈은 상상했던 것보다 훨씬 아름다운 세상을 발견했어요. 그래요 정말이지 해가 이렇게도 밝고, 공기가 이렇게도 빛나고, 하늘이 이다지도 넓은 줄은 상상도 못 했거든요. 하지만 사람들 얼굴이 이렇게 수심에 가득 찬 것이라고는 상상하지 못했어요."

눈을 뜨고 보면 아름다울 것이라고만 생각했던 소녀의 세계는 오히려 암울함 자체였다. 목사의 조그만 욕심은 제르트뤼드와 자신의 큰아들 모두를 잃게 된다. 목사의 소녀에 대한 사랑은 어떤 것이었을까? 만약 목사가 아들과 소녀를 위해 둘의 결합에 도움을 주었더라면 어땠을까? 비록 목사의 신분이지만 자신의 감정에 충실하는 것이 나은 것일까? 아니면 자신의 욕심을 절제하는 것이 좋은 것일까?

"너희가 만일 눈이 멀었더라면, 너희에겐 죄가 없으리라. 죄는 살아나고 나는 죽었도다." 소녀는 왜 이 구절을 말한 것일까? 소녀는 연주회에서 베토벤의 전원교향곡을 들으면서 엄청난 기쁨과 환희에 빠진다. 하지만 현실은 전혀 그렇지가 못했다.

# 48. T. S. 엘리엇 (미국, 1948)

T. S. 엘리엇은 미국 미주리주 세인트루이스에서 태어나 하버드, 소르본, 옥스퍼드 대학에서 공부했다. 황무지라는 유명한 시를 썼고, 1948년 노벨 문학상을 수상한다.

〈황무지〉

4월은 가장 잔인한 달
죽은 땅에서 라일락을 키워내고
기억과 욕정을 뒤섞으며
봄비로 잠든 뿌리를 뒤흔든다.
차라리 겨울은 우리를 따뜻하게 했었다.
망각의 눈으로 대지를 덮고
마른 나무뿌리로 가냘픈 생명을 키웠으니.

여름은 소낙비를 몰고 슈타른베르가제를 건너와
우리를 놀라게 했다. 우리는 복도에 머물렀다가
해가 나자 공원에 들러

커피를 마시고 한 시간가량 대화했다.
내가 러시아 사람이라고요.
천만에 나는 리투아니아 출신이지만 순수한 독일인이에요.


어렸을 때, 친척 형네에 살고 있었는데
형은 나를 썰매에 태워 데리고 나간 일이 있었죠.
난 무서웠어요.
"마리, 마리, 꼭 붙들어"
라고 그는 말했어요.
그리고 미끄러져 내려갔지요.
산에서는 마음이 편하지요.
밤에는 대개 책을 읽고
겨울에는 남쪽으로 갑니다.


이 엉겨 붙은 뿌리들은 무엇인가?
돌더미 쓰레기 속에서
무슨 가지가 자란단 말인가?
인간의 아들이여
너희들은 말할 수 없고
추측할 수도 없어
다만 깨진 영상의 무더기만을 아느니라
거기에 태양이 내리쬐고

죽은 나무 밑엔 그늘이 없고
귀뚜라미의 위안도 없고
메마른 돌 틈엔 물소리 하나 없다.

다만 이 붉은 바위 밑에만 그늘이 있을 뿐
이 붉은 바위 그늘 밑으로 들어오라
그러면 네 너에게 보여 주마
아침에 네 뒤를 성큼성큼 따르던 너의 그림자도 아니고
저녁때에 네 앞에 솟아서 너를 맞이하는
그 그림자와도 다른 것을
한 줌 흙 속의 공포(恐怖)를 보여 주마.

바람은 가볍게
고국으로 부는데
아일랜드의 우리 님
그대 어디서 머뭇거리느뇨
"일 년 전 당신은 나에게 히아신스를 주셨지.
그래서 사람들은 나를 히아신스 소녀라고 불렀답니다."

그러나 그때 당신이 꽃을 한 아름 안고 이슬에 젖은 머리로
밤늦게 히아신스 정원에서 나와 함께 돌아왔을 때
나는 말이 안 나왔고 눈도 보이지 않았고

나는 산 것도 죽은 것도 아니었고 아무것도 몰랐었다.
다만 빛의 한복판
그 정적을 들여다보았을 뿐이었다.
아무것도 알 수 없었다.
바다는 황량하고 님은 없네.

제1차 세계대전이 끝나고 유럽을 비롯한 서구 사회의 정신적 상황은 황무지 그 자체였다. 거의 모든 것이 죽어 있는 상태였다. 돌무더기가 쌓여 있고 황폐화되어 있는 땅 위에 봄인 4월이 왔다. 어쨌든 새싹이 나고 생명이 다시 탄생해야 할 계절이다.

겨울 내내 모든 것이 죽은 듯이 잠자고 있었던 황무지에 새로운 생명이 움트려 한다. 황무지로 되어 버린 대지에서 새로운 생명을 탄생시키는 것은 너무나 힘들 뿐이다. 차라리 그냥 겨울이 계속되었으면 아무것도 안 해도 되니 편할 텐데, 새로 무엇을 하려고 하니까 고통이 따를 수밖에 없다. 그런 고통을 이겨내야 하니 잔인할 수밖에 없는 것이다.

하지만 삶에는 고통이나 노력 없이는 이루어지는 것도 없다. 잔인한 4월이 끝나면 희망찬 5월이 다가온다. 황무지였던 그 땅이 생명으로 다시 부활한 아름다운 곳으로 변할 수 있기 때문이다. 잔인한 4월이지만 이를 이겨낸다면 더 좋은 시절이 곧 다가오리라.

# 49. 윌리엄 포크너 (미국, 1949)

〈압살롬, 압살롬〉

〈압살롬, 압살롬〉은 윌리엄 포크너가 남북전쟁 전후 남부의 어느 한 지역에 사는 서트펜 일가의 몰락을 그린 이야기이다. 포크너는 미국 미시시피 뉴앨버니에서 태어나 고등학교를 자퇴한 후 여러 직업을 거쳤고 군대도 자원 복무했다. 삶의 여러 경험을 바탕으로 소설을 쓰기 시작했고 1949년 노벨 문학상을 받았다.

"이제 그는 농원을 가지고 있었다. 불과 이 년 동안에 그는 아직 개척되지 않은 습지대에 저택과 정원을 힘들여 지었고, 토지를 갈아서 컴프슨 장군이 그에게 빌려준 목화씨를 심었다. 그러나 그는 그것을 포기하는 것 같았다. 그는 거의 완성한 저택에 틀어박혀 꼼짝 않고 앉아서, 삼 년 동안 어떤 일을 하려는 것도 아니고 그것을 원하지도 않는 것 같았다."

토마스 서트펜이 거대한 저택을 지은 이유는 오로지 어릴 적 당했던 가난으로 인한 무시와 모멸감을 되갚기 위해서였다. 그는 수단과 방법을 가리지 않고 인디언 부족으로부터 거대한 땅을 구했고, 미시시피 북부 지역에서 가장 큰 저택을 지었다. 그리고 보란 듯이 이웃 위에 군림할 야망을 진행시켜 나갔다.

"식을 올릴 때 고모가 콜드필드 씨를 집요하게 괴롭히고 강요하기까지 해서 앨런이 얼굴에 분을 바르도록 했지. 분으로 눈물 자국을 감추려고 했어. 그러나 결혼식이 끝나기도 전에 분이 눈물에 줄무늬로 얼룩져 말라붙어 골을 이루었어. 그날 밤 앨런은 비를 맞은 것처럼 울면서 교회에 들어가 식을 마쳤고, 또 교회에서 나올 때도 다시 흐느끼며 같은 눈물에 젖었고, 같은 비에 젖었지."

토마스 서트펜에게는 결혼도 자신의 출세와 재산을 위함이었다. 아이티에서 사탕수수 농장에서 일을 하던 중 농장주의 딸과 결혼하여 아들을 낳는다. 하지만 그녀가 흑인의 피가 섞여 있었다는 것을 나중에 알고 아내와 아들을 버리고 미시시피로 온다. 거기서 두 번째 아내와의 결혼도 정략결혼이었다. 두 아이를 낳지만, 이 모든 것이 얽혀 나중에 커다란 비극을 부르게 된다. 사랑이 없는 결혼이 만들어 낸 부메랑이었던 것이다.

"사 년 전에 집을 나가 본을 죽인 것도 분명히 똑같은 이유 때문이었어. 그리고 본은 원하거나 피한 일이 없는 약혼 문제에 분명히 자기 의지와 욕망과는 상관없이 말려들어서, 여전히 수동적이고 냉소적으로 결혼을 묵살하려는 태도를 취했어. 그러나 사 년 뒤, 그때까지는 오히려 무관심했던 그 결혼에 이번에는 열을 올렸어. 그래서 사 년 전에 결혼을 옹호해 주던 처남에게 죽임을 당하게 되었던 거야."

토마스 서트펜이 결혼한 첫 번째 아내에게서 태어난 아들은 찰스 본이었다. 두 번째 아내에게서는 헨리라는 아들과 쥬디스라는 딸을 두었다. 세월이 지나 과거의 악연이 쌓인 듯 찰스와 쥬디스는 우연히 만나 사랑을 하게 된다. 그리고 헨리는 찰스를 총으로 쏘아 죽이기에 이른다.

성경에서 다윗왕의 아들인 압살롬은 이복형이었던 암논이 압살롬의 친누이를 겁탈했을 때 다윗은 분노하기만 했지 아무것도 하지 않자, 압살롬이 암논을 살해하게 되는데 이와 같은 상황이었다.

토마스 서트펜이 첫 번째 아내와 아들을 흑인의 피가 섞여 있다고 버리지 않았다면 일어날 수 없는 일이었다. 사랑 없는 두 번째 정략결혼도 문제였던 것이다.

그러던 중 남북전쟁이 발발하고 그 와중에 두 번째 아내인 앨런마저 세상을 떠난다. 딸인 쥬디스도 병으로 죽었고, 아들인 헨리는 살인으로 인해 도망을 다녀야 했으며, 재산은 모두 빚으로 변해 버렸다.

하지만 토마스 세트펜의 탐욕은 여기서도 멈추지 않는다. 어쩌면 순진하다고 할 정도로 삶을 이해하지 못했던 것이다. 모든 것을 다 잃은 60대가 되어서도 자신의 계획을 포기하지 않았다. 죽은 아내의 동생인 자신의 체제와 결혼하려고 했고, 그것이 실패하자 떠나간 헨리를 대신할 아들을 얻기 위해 자신의 부하였던 사람의 어린 손녀 딸과 관계를 맺어 아이를 낳는다. 하지만 그 아이가 아들이 아닌 딸이라는 이유로 다시 그녀를 버리고 만다. 이로 인해 서트펜 일가는 완전히 몰락하기에 이른다.

"그가 필요한 모든 것은 용기와 영리함이었는데, 전자는 자신이 가지고 있다는 것을 알았고, 후자는 배우면 습득할 수 있는 것으로 믿고 있었어. 도덕의 중요한 구성 요소가 케이크나 파이의 성분과 같아서, 양을 재어 비율을 맞추고 뒤섞어서 화덕에 넣으면 케이크나 파이가 되어 나오는 것이고, 거기서 파이나 케이크 이외의 다른 것이 나올 까닭은 없다고 믿고 있었던 순진성 말이야."

서트펜 집안이 몰락한 것은 삶을 잘 모르는 순진한 마음으로 이웃에 군림하기를 원했던 탐욕때문이었다. 서트펜은 삶이 무엇인지, 사람이 무엇인지 모른 채 자신의 야망과 목표를 위해 달렸을 뿐이다. 그것이 자신뿐만 아니라 집안 전체를 몰락하게 했던 것이다.

서트펜은 오직 자신의 의지로 거대한 부를 이루고 이웃 위에 서려고 했던 욕망으로 인해 인간적이고 도덕적인 양심을 버렸다. 자신의 이기심과 오만에 빠졌고, 속물적인 생각의 노예가 되어버렸던 것이다. 그는 스스로 자신의 삶을 붕괴시킨 것인지도 모른다.

# 50. 버트런드 러셀 (영국, 1950)

〈종교와 과학〉

종교는 인류의 시작과 함께였다. 과학은 인류의 발전에 엄청난 영향을 끼쳤다. 이러한 종교와 과학은 너무나 대립적이고 영역 자체가 달랐다. 현대를 살아가는 우리는 종교와 과학의 사이에서 어디에 서 있는 것일까?

버트란트 러셀의 〈종교와 과학〉은 인류에게 너무나도 중요한 역할을 해왔지만 서로만의 영역에서 존재해온 두 분야에 대해 객관적인 시야로 그 진실을 파헤치고자 하는 책이다.

"종교와 과학은 사회생활의 두 측면이다. 종교는 우리가 인간의 정신사에 관해 이해하고 있는 만큼의 먼 과거로부터 중요한 것이 되어 왔으며, 한편 과학은 그리스인들과 아랍인들 사이에서 단속적으로 명멸해 오다가 16세기에 이르러 갑자기 중요성을 나타냈고, 그 뒤부터 점차적으로 인간이 현재 지니고 있는 사상과 제도들을 형성해 왔다. 종교와 과학 사이의 갈등에 있어 지적 원천이 되는 것은 교리이다. 그러나 반대파의 신랄한 공격은 교리와 교회, 그리고 교회와 도덕률의 관계 때문에 생겨났다. 교리에 관해 의문을 품는 자는 성직자들의 권위를 약화시키고 그들의 수입을 감소시키기도 했으며, 더욱이 도덕적 의무란 것도 성직자들이 교리로부터 도출해 냈던 것으로 그런 사람들은 도덕적 기초를 침식하고 있는 자들로 생각되었다. 그러므로 성직자들은 물론, 속세의 지배자들도 과학을 하는 사람들의 혁명적 가르침을 두려워할 마땅한 이유가 있음을 느꼈다."

종교와 과학은 인간에게 너무나 중요한 것임은 자명하다. 매일 함께하는 일상이기도 하다. 이 두 분야에 대해 우리는 진실되게 탐구해 보아야 한다.

역사적으로 볼 때 종교와 과학은 서로 갈등 관계에 있었던 것은 부인할 수 없는 사실이다. 그렇다면 그 갈등의 근본 원인을 우리는 알아야만 한다.

교리란 무엇일까? 교리는 누구에 의해 만들어진 것일까? 교리는 영원무궁토록 불변의 진리인 것일까? 그러한 교리가 종교와 과학 사이를 더욱 멀어지게 한 것은 당연한 것일까?

"신학과 과학 사이의 본격적인, 그리고 어떤 점들에 있어서는 가장 주목할 만한 싸움은 현재 우리가 태양계라 부르는 것의 중심이 지구냐 태양이냐에 관한 천문학적 논쟁이었다. 정통이론은 프톨레마이오스의 지구중심설이었는데, 이에 따르면 지구는 우주의 중심에 있고, 반면 태양, 달, 행성 및 항성계가 그 고유의 위치에서 그 주위를 돌고 있다. 새로운 이론 즉 코페르니쿠스의 태양중심설에 의하면 지구가 가만히 있기는커녕 이중 운동을 하고 있는데, 지구는 하루에 한 번 그 축을 중심으로 자전하며 또 1년에 한 번 태양 주위를 돈다. 다윈주의는 신학에 대해 코페르니쿠스의 이론만큼이나 심각한 타격이었다. 종의 불변성, 창세기가 주장하는 것처럼 보이는 각각 독립된 많은 창조행위를 버리는 것이 필요하게 되었을 뿐 아니라, 생명의 기원 이래로 시간의 경과를 가정하는 것이 필요하게 되었는데, 이것은 정통파에게 충격적인 것이었다. 또한 동물들이 주위 환경에 기막히게 적응한다는 점에서 비롯되는 신의 자비에 대한 많은 논의를 버리는 것이 필요했는데, 이것은 이제 자연선택의 작용으로 설명되었다. 최악의 경우로 진화론자들은 인간이 하등동물에서 유래되었다고 감히 주장했던 것이다."

종교와 과학의 갈등의 대표적인 예는 천동설과 지동설에서 나타났다. 또 다른 예는 진화론이었다. 이 또한 당시에는 충격적인 사건이었다. 하지만 어느 정도 시간이 지나자 그 갈등을 사라질 수밖에 없었다. 사실과 진리가 밝혀지고 나게 되면 겪는 당연한 수순이었다. 여기에서 우리가 종교와 과학의 갈등을 해결할 수 있는 열쇠를 얻을 수 있을지 모른다.

"어떤 혁신의 모든 논리적 결과들이 동시에 나타날 때는 습관에의 충격이 너무나 크기 때문에 사람들은 모든 것을 거부하는 경향이 있다. 반면 10년 또는 20년마다 한 단계씩 밟도록 했다면 그들은 그렇게 큰 저항 없이 진보의 길을 따라가도록 마음이 끌릴 수 있었다. 19세기의 위대한 사람들은 비록 개혁에의 필요가 아주 명백하게 되었을 때 개혁의 투사로서 기꺼이 싸울 용의가 있었지만, 지적으로나 또는 정치적으로 결코 혁명가가 아니었다. 혁신가들의 이 조심스러운 기질은 19세기를 극히 빠른 진보로 유명하게 만들어주었다."

과학의 발전이 상당히 빠르게 진전되기에 그러한 것을 받아들일 준비의 시간도 필요한 것은 사실이다. 오래된 교리에 얽매어 있다 보면 그러한 과학적 사실조차 받아들이지를 못한다. 하지만 우리는 이제 역사에서 배울 수 있는 기회가 있다. 갈등은 상대를 인정하지 않음에서 비롯된다. 거기서 자유로울 때 비로소 상호 간의 조화가 가능하다.

"오늘날 지적 자유에 대한 위협은 1660년 이래의 어느 때보다 더 크다. 그러나 이것은 이제 그리스도교 교회에서 오는 것이 아니다. 그것은 무질서와 혼돈이라는 현대적 위험 때문에 전에는 교회의 권위에 속했던 신성불가침의 성격을 이어받았다. 낡은 형태의 박해가 쇠퇴했다고 만족스럽게 자축하는 것보다 새로운 형태의 박해에 항거하는 것이 과학자들과 과학지식을 존중하는 모든 사람들의 명백한 의무이다. 그리고 이 의무는 그것을 위해 박해가 일어나는 특별한 교의를 좋아한다고 해서 감소되는 것은 아니다. 지적 자유가 개인적으로 중요한 사람들은 사회에서 소수일지 모르나, 이들 가운데 미래에 가장 중요한 사람들이 있는 것이다. 우리는 인류의 역사에서 코페르니쿠스, 갈릴레오, 다윈의 중요성을 보았으며, 미래가 더 이상 이런 사람들을 낳을 수 없다고 생각해서는 안된다. 만일 그들이 자신의 일을 하고 상당한 영향을 행사하지 못하도록 한다면 인류는 정체되고 이전의 암흑시대가 고대의 찬란한 시대를 이어받은 것 같이 새로운 암흑시대가 뒤따를 것이다. 새로운 진리는, 특히 권력의 소유자에게는 때로 불쾌한 것이다. 그럼에도 불구하고 잔혹과 억압의 긴 기록 가운데, 그것은 지적이지만 방종한 우리 인류의 가장 중요한 성취이다."

중세 시대는 암흑의 시대였다. 그로 인해 인류의 발전은 늦어질 수밖에 없었다. 지금이나 앞으로의 미래에 그러한 일이 또다시 반복되지 말라는 법은 없다. 우리는 중세 시대의 사람들처럼 스스로 마음의 문을 열지 못하고 있을 수도 있다. 하지만 역사를 되돌아볼 때 그러한 일은 반복되지 않아야 한다. 이는 종교와 과학이 각자의 분야를 인정해 주어야 가능하다. 종교와 과학은 둘 다 인간에게 너무나 도움이 된다는 것은 말할 필요조차 없다. 이 두 가지는 지구상에서 인류가 사라져 버릴 때까지 영원히 함께 할 것임이 너무나 분명하다.

# 51. 페르 라게르크비스트 (스웨덴, 1951)

〈바라바〉

　1891년 스웨덴 벡셰에서 태어난 페르 라게르크비스트는 웁살라 대학을 졸업하고 제1차 세계 대전 이후 삶의 공허와 혼돈에 대한 작품을 썼다. 그는 시인, 소설가, 극작가로서 활동하며 많은 작품을 남겼다. 제2차 세계대전 당시에는 나치스에 대항하여 북유럽 문학의 양심적 작가로 알려졌다. 1951년 노벨 문학상을 수상한다.

　〈바라바〉는 예수님 대신 풀려나서 사형을 면한 사람으로 그가 참된 신앙과 사랑의 의미를 찾아가는 과정을 그린 소설이다.

　"총독 관저의 뜰에서 처음 본 순간부터 바라바는 그 사람을 이상하다고 생각했다. 그러나 무엇이 이상한지 말할 수는 없었다. 단지 그렇게 느껴질 뿐이었다. 바라바는 이전에 그 같은 사람을 본 적이 없었다. 바라바가 그 사람한테서 이상한 느낌을 받은 것은 땅굴 감옥에서 막 나온 그의 눈이 빛에 적응하지 못했기 때문이기도 했다. 그래서 처음 보았을 때, 그 사람은 찬란한 빛에 싸여 있는 것처럼 보였다. 물론 그 빛은 곧 사라졌다. 바라바의 시력은 차차 정상으로 돌아왔고 관청 뜰에 홀로 서 있는 그 사람 말고 다른 사물도 보게 되었다. 그러나 바라바는 여전히 그 사람에게 매우 이상한 무엇이 있다고 생각했으며 다른 사람들과 무엇인가 다르다고 생각했다. 그 사람이 자기처럼 죄수라는 것이 믿어지지 않았다. 더구나 사형을 당할 죄수라니 이해할 수 없는 일이었다. 어떻게 이런 재판을 할 수 있을까? 그 사람이 무죄라는 것은 분명했다."

당시 이스라엘에는 죄인 두 명중 한 명은 풀어 주는 관례가 있었는데, 빌라도가 군중들에게 예수님과 바라바 중 한 명을 택하라고 한다. 이때 유대인들은 예수님을 십자가 못 박고 바라바를 풀어주라고 요구한다. 바라바는 살인을 저지른 증거가 확실한데도 빌라도는 군중의 요구를 할 수 없이 들어주었고 결국 예수님은 십자가에 못 박히게 된다.

"이미 나이를 먹어 둔해진 엘리아후가 바라바를 죽일 생각으로 칼을 가지고 기습했으나 치열한 격투 끝에 결국 바라바가 엘리아후를 굴 앞 절벽 아래로 던져버렸다. 젊은 바라바 쪽이 훨씬 날새고 몸에 탄력이 있었다. 엘리아후는 힘은 세었으나 바라바를 당해내지는 못했다. 싸움을 건 것이 결과적으로 그의 운명을 재촉한 꼴이 되었다. 그러나 그들이 알지 못했던 것은, 이 엘리아후가 바라바의 아버지라는 사실이었다. 아무도 이 사실을 몰랐으며, 아무도 알 수가 없었다. 바라바의 어머니는 여러 해 전에 산적들이 여리고에서 대상을 습격했을 때 붙잡은 모아브 지방의 여자였다. 산적들은 이 여자를 예루살렘의 사창굴에 팔아버렸다. 그러나 그 여자가 임신한 사실이 드러나자 포주는 그 여자를 더 데리고 있을 수가 없어 보따리를 싸게 했다. 그리고 그 여자는 길에서 아기를 낳고는 죽어버렸다."

바라바는 비극적인 운명을 가지고 태어났다. 자기의 어머니는 그를 길에서 낳다가 죽었고, 나중에 커서 우연히 싸움으로 인해 살인을 했는데 그가 죽인 사람이 자신의 친부였다.

"이제 만신창이가 된 그녀는, 그 구세주 때문에 죽어, 이곳에 묻히게 되었다. 이번 사람은 진짜 구세주일까? 그 사람이 진짜 메시아일까? 전 세계의 구세주일까? 전 인류의 구세주일까? 그 사람이 구세주라면 왜 그녀가 돌에 맞아 죽을 때 돕지 않았을까? 그 사람은 왜 그녀가 그 때문에 돌에 맞아 죽게 내버려 두었을까? 그가 구세주라면 왜 구하지 않았을까?"

바라바는 사형을 면하고 감옥에서 나와 우연히 언청이 여인을 만나게 된다. 그녀를 진심으로 사랑하게 되었는데, 그 여인은 그리스도를 다른 사람에게 전하다가 이교도라는 이유로 많은 사람들에게 둘러싸여 돌에 맞아 죽게 되고 만다. 이에 바라바는 많은 내적 혼란을 겪게 되고 진정한 신앙과 사랑에 대해 고민하게 된다.

"이 사람은 불행한 사람입니다. 우리에겐 이 사람을 벌할 권리가 없습니다. 우리 자신도 과오와 단점투성이입니다. 그런데도 주님께서 우리를 불쌍히 여기신 것은 우리가 잘해서 그런 것이 아닙니다. 이 사람이 하느님을 믿지 않는다고 하여 우리에게 그를 벌할 권리는 없습니다."

진정한 사랑은 예수님이 십자가에 스스로 못 박힌 것처럼 자신을 버리는 데 있다. 자신을 주장하고 본인의 입장과 이익을 따지고 생각하는 것은 진정한 사랑이 아니기에 그렇다. 누군가를 사랑한다면 그 사람이 어떠한 모습이건 간에 온전히 받아들임이 기본이다. 그것을 하지 못한다면 본인도 타인으로부터 사랑을 기대하거나 사랑받을 생각을 하면 안 된다. 진정한 사랑은 자신을 십자가에 못 박는 데 있다.

# 52. 프랑수아 모리아크 (프랑스, 1952)

⟨밤의 종말⟩

1885년 프랑스 보르도에서 태어난 프랑수아 모리아크는 전형적인 가톨릭 집안에서 성장하였다. 제1차 세계 대전에 참전한 뒤 소설가의 길을 걸으며 많은 작품을 남겼다. 개인과 가정, 신앙과 육체의 갈등에 대한 심리 소설을 주로 썼으며 1952년 노벨 문학상을 수상한다.

⟨밤의 종말⟩은 남편의 몰이해와 자유를 억압하며 고통 속에서 살아가던 테레즈가 남편을 독살하기 시도했다가 실패로 끝나고 체면을 중시하는 집안 사람들의 의도로 평생동안 의좋은 부부를 연기하며 유폐 생활을 강요당한 그 이후의 이야기이다. 15년간의 유폐 생활을 끝내고 파리로 돌아온 테레즈, 절대 고독 속에서 살아오고 있는 그녀 앞에 열일곱 살의 딸 마리가 찾아온다.

"마리는 테레즈가 겪었던 똑같은 제약에 억눌려 새장 안에서 숨막혀 하고 있다. 그리고 이제, 딸 아이는 새장에서 탈출한 이 엄마와 연대감을 느꼈다. 엄마가 한 행동의 이유도 모른 채 모든 것을 받아들이려 하고 있다. 엄마에게 사과를 하면서 엄마를 인정하고 있다.”

딸아이인 마리도 엄마 테레즈와 같은 운명의 길을 걸어야 하는 것일까? 어떠한 삶이 딸 아이의 앞길에 놓여져 있는 것일까?

“그녀는 발버둥 치며 싸워왔고 죽는 그 순간까지 싸울 것이라고 말했다. 마치 할 일은 오직 그것뿐인 양 그녀는 다시 넘어질 때까지 계속해서 언덕을 오를 것이며, 굴러떨어지면 밑바닥부터 다시 자신을 일으켜 오를 것이며, 다시 미끄러지면 또다시 일어서는 것을 영원히 반복할 것이다. 수년 동안 그녀는 바로 이것이 그녀의 운명의 쳇바퀴임을 깨닫지 못했지만, 바로 지금 이 어두운 밤을 빠져나와 자신의 길을 분명하게 직시하게 되었다.”

우리에게 주어진 삶은 부조리로 가득한 것일지 모른다. 시지프의 신화처럼 굴러떨어질 것을 알면서도 우리는 끊임없이 그 무거운 돌을 다시 정상으로 끌어올려야 하는 운명의 삶 속에 살고 있는 것일까?

“그렇다. 이 고통에서부터 끝없는 열정을 향한 좌절된 이 노력에서부터 시작해야 했다. 그는 앞으로 결코 만족하지 못할 것이다. 그는 자신의 한계를 깨닫는 법을 배울 것이다. 영원한 사랑은 그의 한계를 넘어서야 하는데. 큰 범죄보다 안전한 보호막 안에서 은밀하게 저지르는 어둡고 끔찍한 작은 행위들이 우리 자신을 더 잘 드러내는 법이다. 이 밤, 인적 없는 마을 길을 걸어가면서, 조르주는 이런 생각에 잠겨 있었다.”

우리에게 있어서 밤의 종말은 과연 찾아올까? 어두움이 걷힐 그 날은 과연 언제가 될까? 춥고 아픈 세월의 시간은 언제가 계속되어야만 하는 것일까? 따스하고 미소 지을 수 있는 그런 날은 정녕 경험해보지 못하는 것일까?

# 53. 윈스턴 처칠 (영국, 1953)

〈폭풍의 한가운데〉

윈스턴 처칠은 1874년에 태어나 1900년 보수당으로 하원의원에 당선된다. 1904년 보수당의 보호관세 정책에 반대하면서 자유당으로 당적을 옮겼고 이후 통상장관, 식민장관, 해군 장관등을 역임한다. 제1차 세계대전에서 작전 실패에 대한 책임을 지고 해군장관에서 물러나지만 이후 다시 정계에 복귀, 1940년 영국 총리로 취임하면서 2차 대전을 승리로 이끈다. 그 후 〈2차대전 회고록〉, 〈폭풍속으로〉 등의 책을 썼고, 1953년 노벨 문학상을 수상한다.

"실질적으로 다른 선택을 할 수 있기 위해서는 반드시 사건의 진행에 관한 사전 지식이 있어야만 한다는 결론이 된다. 지금까지 실제로 진행되어 온 역사와 그 안에서 자기가 맡았던 역할 등 모든 과거에 관한 사전 지식을 갖춘 상태에서 다시 한번 새로운 선택을 시도한다면 무엇을 취하고 무엇을 피할 것인지가 명확해질 것이다. 이 경우 나는 확신을 가지고 새로운 진로를 결정할 수 있을 것이며, 그 결정은 성공적일 수밖에 없을 것이다. 그렇게 할 수만 있다면 끝없이 되풀이되는 오류와 이어지는 환난으로부터 인류를 구원할 수 있을 터인데 말이다."

삶은 선택의 연속이다. 우리는 살아가는 과정에서 수많은 선택을 어떻게 해야 하는 것일까? 그러한 선택으로 인해 우리가 걸어가는 길이 확연히 달라질 수도 있는데 어떻게 해야 지혜로운 선택을 할 수 있는 것일까?

자신으로서는 최선의 선택이라 생각하고 했지만 삶은 전혀 다른 방향으로 갈 수도 있다. 중요한 것은 선택만으로 끝나는 것이 아니라 선택한 후에도 나의 삶을 스스로 책임질 생각으로 항상 열린 마음과 깨어있는 인식으로 삶을 꾸준히 바라봐야 하는 것이 아닌가 싶다.

"지나온 삶이 행복했고, 생기에 차 있었으며, 흥미진진한 것이었음은 틀림없지만, 그 힘들고 위험했던 길을 다시 한번 걸으라고 한다면 결단코 사양할 것이다. 아무리 그럴듯해 보이는 일련의 실수들과, 멋진 모험, 그리고 성공이 기다리고 있다고 한들 나를 따라다녔던 행운이, 새로운 인과의 숱한 사슬 중 어느 한 고리에서 잠적해 보이지 않는다고 누가 보장할 것인가?

우리 모두 우리에게 일어났던 일에 만족하고, 살아남아 있음에 모두에게 감사하자. 우리가 걸어온 자연의 질서를 그대로 받아들이자. 우리를 끊임없이 따라다닌 신비스러운 운명의 흐름을 이 세상, 이 공간, 이 순간에 꼭 있었어야만 할 필연적인 것들이었다고 인정해 주자. 기쁨은 소중히 간직하고 슬픔 앞에서는 울지 말

자. 어둠이 없이 어찌 빛의 영광이 있을소냐? 삶은 총체적인 것, 선이든 악이든 있는 그대로 인정하고 받아들이자. 삶의 여로는 즐거웠고 인생은 살아볼 만한 것이었다. 그렇지만 단 한 번만."

우리의 삶을 되돌아보면 후회되는 일도 많고 미련 있는 일도 많을 것이다. 과거의 그 시간으로 되돌아가고 싶기도 하고 다시는 그러한 시간을 생각하기 싫기도 할 것이다.

다시 그 험한 세월을 살아가야 할 것을 생각하면 돌아가기 싫고, 후회되는 것을 생각하면 아쉬움이 남을 수밖에 없다. 하지만 그 누구의 삶이건 그 모든 것이 포함되어 있다. 삶은 그래서 한 번으로 족한 것인지도 모른다.

"어째서 그렇게 눈치만 보고 살아야 한단 말인가? 대중 앞에 공언한 이야기라고 해서 죽을 때까지 아무짝에도 쓸데없는 그놈의 기억이라는 송장을 끌고 다닐 것인가? 스스로 자신을 배반할 수밖에 없는 상황에 처했을 때에는 어찌할 것인가? 미련하기 짝이 없는 일관된 고집은 소심한 자의 전유물이고 멍청한 정치인이나 성직자들이 매달리는 허깨비에 불과하다. 자신이 옳다고 믿는 것을 당당히 주장하고, 내일 혹시 생각이 바뀌더라도 절대 뒤돌아보지 말고 당당히 자신의 바뀐 소신을 피력하라."

이것은 처칠이 좋아했던 랄프 에머슨의 말이다. 처칠은 보수당으로 정치를 시작했지만, 나중엔 자유당으로 당적을 바꾼다. 쉽지 않은 결정이었지만 그 나름대로 최선의 결정이라 생각했다.

살아가다 보면 무슨 일이 생길지 모른다. 자신의 생각과 현실은 너무나 다르게 변할 수 있다. 아집과 독선보다는 현실과 타협하는 융통성이 필요하기도 하다.

"저 눈부신 가을 햇빛 아래 행군하고 구보하던 얼마나 많은 영혼 위에 죽음의 사자가 그림자를 드리웠던가? 단순한 병사들에게는 때 이른 난폭한 죽음과 파멸, 죽음보다 더한 수모와 궁핍, 그리고 불구, 절망이, 지배자들에게는 자존심과 생계의 몰락이 기다리고 있었다. 수만 수천의 저 씩씩한 모습들 위로 잔인한 운명의 손길이 뻗치고 있었지만 우리는 보비 못했던 것이다."

자신의 의지와는 상관없이 꽃다운 나이에 전쟁에 참여할 수밖에 없는 젊은 청년은 무슨 잘못이 있단 말인가? 전쟁으로 인해 그렇게 수많은 사람이 죽어가야 하는 이유는 어디에 있는 것일까? 누가 전쟁을 일으키는 것일까? 그러한 엄청난 일을 저지르는 사람은 책임에서 자유로울 수가 있는 것일까?

"누구나 나이가 들면 우연이란 것의 존재를 믿게 되며, 다른 한편으로는 인간사에 개입하는 이 전능한 요소가 단지 단순한 사건들의 상호작용에 의한 결과일 뿐이라고 간단히 믿기가 어려워진다. 우연이나 행운, 숙명, 운명, 운수, 섭리와 같은 말들은 같은 내용을 여러 가지로 달리 표현한 것에 지나지 않는다는 생각이 든다. 즉 인간의 의지적인 삶 자체가 끊임없이 외부의 초월적인 힘에 의해 이끌어지고 있다고 느낀다는 이야기이다. 누구든지 자신의 인생을 십 년만 돌이켜 보더라도, 하잘것없는 작은 사건이 결정적으로 자신의 삶을 바꾸어 놓았던 기억을 하나쯤은 떠올릴 수 있을 것이다. 평상시와는 달리 전쟁이라는 삶의 격렬한 현장에서는, 우연이란 요소는 평소의 베일과 가면을 벗어던지고 매 순간 모든 사건의 직접적인 중재자로서 자신의 모습을 분명히 드러내 보인다."

인간이 할 수 있는 것은 그다지 많지 않다. 자신의 능력을 믿고 자기 생각이 항상 옳다고 여기는 것은 지극히 유아적인 사고밖에 되지 않는다. 삶은 그렇게 단순한 것이 아니다. 우리에게 주어진 삶을 소중히 여기지 않는다면 다시 얻을 수 없는 그 아름다운 시간은 영원히 잃어버린 시간이 될지도 모른다.

# 54. 어니스트 헤밍웨이 (미국, 1954)

〈노인과 바다〉

　바다는 운명을 뜻한다. 그 운명에 맞서 결코 물러서지 않는 인간은 위대하다. 헤밍웨이의 〈노인과 바다〉는 한 인간의 삶이 경이로울 수 있음을 보여준다. 그가 어떠한 일을 하건 삶의 한 가운데서 살아나가는 이상 인간의 위대함이 거기에 있음을 깨닫게 해준다.

　"이렇게 힘센 놈, 또 이렇게 별나게 구는 놈은 머리털 나고 지금이 처음이지 뭐야. 날뛰지 않는 것을 보니 여간 똑똑한 놈이 아닌걸. 이놈이 날뛰거나 마구 요동치는 날에는 꼼짝없이 내가 끝장나고 말 텐데. 하지만 아마 전에도 여러 번 낚시에 걸린 경험이 있어 이럴 때는 지금처럼 싸워야 한다고 생각하고 있는 모양이야."

　삶은 우리에게 어떠한 모습으로 다가올지 알 수가 없다. 나를 집어 삼킬 듯이 다가올 수도 있다. 나의 능력으로 해결되지 않는 문제들도 다가온다. 하지만 비굴하게 피하지 말아야 한다. 삶은 도전하는 이에게 무언가를 남겨준다. 비록 지치고 힘들어도 맞서 싸우는 자는 강한 삶의 의지라도 얻을 수 있다.

"노인은 모든 고통과 마지막 남아 있는 힘, 그리고 오래전에 사라진 자부심을 총동원해 고기의 마지막 고통과 맞섰다. '인간은 패배하도록 창조된 게 아니야.' 그가 말했다. '인간은 파멸당할 수는 있을지 몰라도 패배할 수는 없어.'"

노인이 타고 있던 배보다 훨씬 더 컸던 고기와의 사투였다. 자신의 능력보다 힘이 센 운명에도 굴복하지 않는 불굴의 의지가 불가능을 가능하게 만든다. 삶은 그렇게 알 수 없는 힘으로 우리를 이끌고 있는지도 모른다. 하지만 이것은 포기하지 않고 도전하는 자만이 경험할 수 있는 것이다. 어쩌면 이것이 신이 주는 선물인지도 모른다.

"또 다른 상어가 배 밑에서 고기를 물어뜯고 있었기 때문에 배는 여전히 흔들렸다. 노인이 잽싸게 돛줄을 풀어 배가 옆으로 돌자 상어가 물 밑에서 모습을 드러냈다. 상어를 보자 그는 재빨리 뱃전 밖으로 몸을 내밀어 상어에게 일격을 가했다. 그러나 상어의 몸뚱이를 쳤을 뿐 껍질이 단단하여 칼이 제대로 뚫고 들어가지 못했다. 노인은 칼을 뽑아 다시 한번 똑같은 부위를 찔렀다. 그러나 상어는 여전히 갈고리처럼 굽은 주둥이로 고기에 매달렸고, 그러자 이번에는 그놈의 왼쪽 눈을 칼로 푹 쑤셨다. 그래도 상어는 여전히 고기에 매달려 있었다."

삶의 고비는 끝없이 우리에게 다가온다. 가지고 있는 모든 것으로 힘들게 고기와의 사투에서 이겼건만, 다시 상어 떼가 달려들기 시작했다. 상어 떼의 습격으로 노인의 평생에서 잡았던 고기 중에 가장 컸던 그 고기는 모조리 상어의 밥이 되고 말았다. 하나도 남겨진 것이 없었다. 어쩌면 삶은 이리도 허무한 것인지도 모른다. 모든 것을 다해 노력하였으나 돌아오는 것이 하나도 없는 것이었다. 하지만 노인은 그 과정을 얻었다. 홀로 상어 떼와 싸워야 했지만, 그는 결코 물러서지 않았다.

"그는 이제 마침내 돌이킬 수 없을 정도로 완전히 녹초가 되고 말았다는 사실을 깨달았다. 고물 쪽으로 기어가 보니 톱니 모양으로 부러진 키 손잡이의 토막이 키 구멍에 잘 들어가 그런대로 충분히 방향을 잡을 수 있었다. 이제 배는 바다 위를 가볍게 미끄러지듯 달렸다. 그에게는 아무런 생각도 아무런 감정도 떠오르지 않았다. 노인은 모든 것을 초월한 채 가능한 한 배를 요령 있게 다루어 무사히 항구에 도착할 수 있도록 몰았다. 누군가 식탁에서 음식 부스러기를 주워 먹기라도 하듯 한밤중에도 상어 떼가 고기 잔해에 덤벼들었다. 그러나 노인은 상어 떼에 대해서는 전혀 관심을 두지 않고 오직 키 잡는 일에만 집중했다. 뱃전에 달린 무거운 짐이 없어진 배가 얼마나 가볍고도 순조롭게 바다 위를 미끄러지듯 달리는지만 느낄 뿐이었다."

모든 것을 쏟아부었던 자만이 느낄 수 있는 희열은 그 어떤 것보다 그의 삶을 아름답게 해 준다. 가지고 있는 것이 얼마이건 그 전부를 다 끌어내 살아온 사람이 경험하는 삶은 그 어떤 것에서도 느낄 수 없는 경이로움이며 환희일 수밖에 없다. 노인은 이제 편히 쉬어야 한다는 것이 무엇인지 안다. 진정한 안식은 힘들게 운명과 맞선 자만이 느낄 수 있는 것이다. 자신이 할 수 있는 모든 것을 다 해보았기에, 더 이상 할 수 있는 것이 없다는 것을 잘 알기에, 이제는 모든 것을 내려놓고 편히 눈을 감은 채 조용히 쉴 수 있는 것이다. 노인은 그렇게 험한 바다에서 위대한 삶을 살아냈던 것이다.

〈무기여 잘 있거라〉

헤밍웨이의 장편소설 〈무기여 잘 있거라〉는 2차 대전 이후 쓰여진 가장 대표적인 전쟁 소설이다. 이 소설은 주인공인 프레드릭 헨리가 생사를 넘나드는 전쟁을 겪으면서 삶이란 처절한 것이라는 사실을 깨닫게 되는 이야기이다.

이탈리아에서 전쟁 중인 미국인 장교 프레드릭 헨리는 우연히 스코틀랜드 출신 간호사 캐서린 바클리를 만난다. 처음엔 그냥 가벼운 관계로 시작되었으나 프레드릭이 다리에 큰 부상을 입은 후 병원에 입원하고 나서부터 둘은 진지한 관계로 발전한다. 프 레드릭이 어느 정도 치료가 끝나자 임신한 캐서린을 남겨 둔 채 다시 전쟁이 한창인 전선으로 떠난다. 퇴각 중이던 그는 죽기 바 로 직전 강물 속으로 뛰어들어 간신히 목숨을 건진다. 다시 후방 으로 돌아와 캐서린을 만나고 둘은 이탈리아 국경을 넘어 스위스 로 피신해 잠시 행복한 순간을 갖는다. 하지만 그 순간은 잠시였 을 뿐 캐서린은 아이를 낳다가 아이와 함께 죽게 된다. 프레드릭 은 먼 이국땅에 사랑하는 사람을 잃고 홀로 남겨진다.

소설 처음에서 주인공인 프레드릭은 삶이 무엇인지 전혀 모르 고 있었다. 몸만 어른이었지 생각하는 것은 아이와 같이 무지했 다. 그는 삶의 방향도 모른 채 현실도 전혀 알지 못하는 그냥 적 당히 살아가는 그런 한량 같은 사람이었다.

"그는 내가 모르는 것, 일단 배워도 늘 잊어버리는 것을 언제나 알고 있었다. 나는 나중에 그것을 깨달았지만, 그때는 그것을 알 지 못했다."

그는 전쟁을 하면서 전우들이 부상을 당해 죽어가는 모습을 직 접 눈으로 보게 된다. 죽음은 삶에 멀리 떨어져 있는 것이 아니라 는 것을 직접 경험한다. 또한 잔혹한 전쟁상황에서 진정으로 사 랑하는 사람을 만나면서 삶의 소중함을 조금씩 느끼게 되고, 삶이란 무엇이지 조금씩 인식하게 된다.

또한 그는 캐서린으로 인해 서서히 삶에 애착을 가지게 되며, 잃어버렸던 자아를 찾게 된다. 이제 그는 진실된 마음으로 진중하게 삶을 살아가려고 노력하기 시작한다. 하지만 인생은 우리 마음대로 되는 것이 아니다. 프레드릭은 자신에게 가장 소중한 존재를 한순간에 잃게 되고 마는 것이다.

삶은 비극일지 모른다. 우리는 그 비극을 회피할 수 없다. 우리가 가지고 있는 능력은 분명히 한계가 있다. 그러기에 오늘을 살아야 한다. 내 옆에 있는 사람에게 지금 최선을 다해야 한다. 언제 그 사람과 헤어지게 될지 모른다. 나에게 주어진 시간을 헛되이 낭비해서는 안 된다. 나의 시간이 언제 끝날지도 모르기 때문이다. 전쟁터에서 군인의 생명이 한순간에 끝이 나버리는 상황이 너무나 많이 일어나는 것과 같다.

어쩌면 인생 자체가 전쟁인지도 모른다. 우리는 인생이라는 전쟁터에서 홀로 싸워나가고 있다고 해도 과장이 아닐 것이다. 지금, 이 순간에 존재하는 것이 언제 끝날지도 모르는 것이 현실이고, 나에게 가장 소중한 것들이 어느 순간 갑자기 사라져 버릴 수도 있는 그런 전쟁터가 바로 인생일 수 있다.

이러한 의미에서 이 소설은 전쟁터에 던져진 듯한 우리의 비극적 삶을 살아내는 방법을 나름대로 터득해야 할 필요가 있다는 것을 암묵적으로 이야기하고 있는 것 같다. 비극적인 삶의 주인공이 바로 나라는 사실은 변하지 않는다. 하지만 그런 비극 속에서도 아름다운 만남이 있기에 우리는 살아가고 있는 것이 아닐까 싶다. 그 아름다운 사람은 나의 마음에 영원히 남아 있을 것이기에.

〈킬리만자로의 눈〉

헤밍웨이의 단편 "킬리만자로의 눈"은 파란만장한 삶을 살다간 해리라는 어느 한 남자의 인생에 있어 마지막 시간들에 대한 이야기다.

"킬리만자로는 해발 5,895미터, 아프리카 최고봉으로 일컬어지는 설산이다. 서쪽 산정은 마사이어로 '신이 사는 집'이란 뜻의 '느가이 느가이'란 이름을 갖고 있다. 이 서쪽 산정 부근에 바싹 마른 표범의 사체 하나가 얼어붙어 있다. 녀석이 대체 무엇을 찾아 그 높은 곳까지 온 것인지, 그 이유를 설명할 수 있는 사람은 아무도 없다."

내가 생각하기에 킬리만자로의 표범은 무엇을 찾아 그 높은 곳까지 간 것이 아니다. 가다 보니 거기에 다다른 것이다. 표범은 따스한 먹을 것이 풍부한 넓은 평원에서 사는 게 당연하다. 항상 그것을 원했을지도 모른다. 표범이 만년설로 뒤덮인 그 킬리만자로의 높은 곳으로 가야 할 이유가 없다. 하지만 표범은 자신도 모르는 사이에 흘러 흘러 만년설이 덮인 킬리만자로의 높은 그곳에 간 것은 아닐까?

우리의 삶은 어디로 갈지 모른다. 자신의 인생일지라도 본인이 생각한 대로, 계획한 대로 그렇게 가지는 않는다. 원하지 않았던 일들이 우리에게 닥치고 그러는 가운데 내가 생각지도 않았던 곳으로 우리 인생은 흘러간다. 자신이 인생을 본인 마음대로 조절할 수 있다고 생각하는 것은 자만을 넘어 몽상일 뿐이다. 그러한 삶을 사는 사람은 이 지구상에 결단코 단 한 명도 없다.

해리는 파란만장한 삶을 살았다. 전쟁을 겪고, 수많은 사람이 죽어 나가는 곳에서 살아남았다. 사랑하는 사람을 만나 결혼도 했다. 하지만 완벽한 결혼도 없듯이 세월의 흐름을 이기지 못하고 이혼도 했다. 삶은 그에게 그리 만만하지 않았다. 다른 여인을 만났지만, 다시 헤어지고, 그러는 과정에 그는 삶에 지쳐갔다. 소설에는 나오지 않지만, 직업적으로나 경제적으로도 그의 삶에는 감당치 못할 일들이 많았을 것이다.

"사실 지금의 여자와 다투는 경우는 그다지 많지 않았다. 예전에 사랑했던 여자들과는 싸움이 잦았고, 그 싸움은 언제나 공유했던 것들을 파멸시켰다. 그는 너무 많이 사랑했고, 너무 많은 걸 요구했고, 결국 모든 것이 닳아 없어지도록 만들어 버렸다."

해리는 그의 인생에 많은 욕심이 있었다. 그로 인해 그의 주위는 많은 어려움이 있을 수밖에 없었던 것이다. 그러던 중 해리의 인생의 강줄기는 그를 아프리카로 흘러가게 했고, 그곳에서 남편과 아들을 잃은 한 여인을 만난다. 둘의 만남은 수많은 인생의 행로에서 어쩌면 마지막 만남이었을지도 모른다. 삶의 허무함과 무료함에서 벗어나기 힘들었던 그녀도 해리를 만남으로 새로운 시작의 계기를 마련하는 듯했다.

"시작은 아주 단순했다. 그녀는 그의 작품을 좋아했고 그가 영위하는 삶을 동경했다. 그녀에게는 그가 자신이 살고 싶은 삶을 사는 사람처럼 보였다. 그녀가 그를 얻고 마침내 사랑에 빠지게 된 과정은, 그녀에겐 새로운 인생을 만들어 주는 과정이었으며, 그에게는 지나간 삶의 잔재들을 말끔히 청산하는 과정이었다."

이제는 과거의 모든 것을 잊고 새로운 사람을 만나 남아 있는 그들의 삶을 누리려 하는 순간 삶은 잔인해서 그들을 그냥 내버려 두지 않았다. 아주 조그마한 나무 가시 하나가 그들이 소중하게 보내야 할 마지막 시간마저 통째로 없어지게 만든다.

"그는 어느 날 조그만 소리만 나도 잽싸게 숲속으로 달아나려는 귀를 쫑긋 세운 채 콧구멍을 벌씬거리는 영양 떼를 사진으로 찍으려고 살금살금 다가가다가 나무 가시에 무릎을 찔렀다. 그후 2주 동안 소독약을 바르지 않고 상처를 방치했다가 이런 일이 생긴 것이다! 게다가 영양 떼 사진을 찍지도 못했다. 놈들이 달아나 버렸기 때문이다."

해리는 그 작은 나무 가시 하나를 소홀히 했다. 그리고 2주 후 그의 삶이 파괴되기 시작한다. 가시에 찔린 다리가 썩어들어가기 시작하고 결국 그의 생명마저 앗아가 버리고 만다. 마지막 남은 아름다운 시간을 즐기지도 못한 채 해리는 그렇게 이 세상을 떠나야 했다. 그는 죽기 전에 잠에서 자신을 구해 줄 수 있는 비행기를 타는 꿈을 꾼다.

"잠시 후 그들이 탄 비행기는 상승하기 시작했는데, 아마도 동쪽으로 가는 듯했다. 바깥이 어두워지는가 싶더니 어느새 폭풍우속으로 들어와 있었다. 빗줄기가 얼마나 센지 마치 폭포 속을 비행하는 것 같았다. 그곳을 빠져나오자 컴프턴이 고개를 돌려 싱긋 웃었다. 그러고는 손가락으로 앞쪽을 가리켰다. 태양 빛을 받아 믿을 수 없을 정도로 하얗게 빛나는, 세상의 전부인 듯한 넓고 높은 지대가 눈에 들어왔다. 사각형 모양을 한 킬리만자로 산정이었다. 그것을 본 순간, 그는 자신이 가려던 곳이 바로 저곳이었음을 깨달았다."

해리는 눈 덮인 킬리만자로를 가는 꿈을 꾸며 그의 인생을 마감했다. 그는 자신이 킬리만자로에 묻히는 것을 무의식적으로 생각했는지 모른다.

삶은 우리가 예기치 않은 곳으로 흘러간다. 나름대로 최선을 다해 살아가려 해도 안 되는 것이 너무나 많다. 의도하지 않았던 일들이 우리의 삶에 파고들어 그동안 꿈꾸었던 우리의 아름다운 일상이 다 무너져 내리기도 한다.

따스한 대평원에서 마음껏 달리던 아프리카의 표범도 길을 잃어 헤매고, 먹을 것이 떨어져 굶주림에 고통받고, 폭풍우와 가뭄에 견디지 못해 평원을 떠나야만 했다. 그렇게 흘러 흘러 부족할 것 없을 것 같던 그 표범도 자신이 원하지 않았던 킬리만자로의 산속으로 흘러 들어가게 된 것은 아닐까? 해리가 바로 킬리만자로의 표범이었는지도 모른다.

〈태양은 다시 떠오른다〉

우리가 살아가다 보면 항상 어려움과 고통이 따르기 마련이다. 평탄한 길로만 이루어진 인생은 없다. 개인의 삶뿐만 아니라 한 세대의 삶 또한 마찬가지일 것이다. 어디로 가야 할지 어떻게 가야 할지 앞이 보이지 않는 경우가 너무나 많다. 하지만 지금을 버티지 않는 한 미래는 없다. 그 모든 아픔과 고통을 넘어서야 내일이 있다.

　헤밍웨이의 〈태양은 다시 떠오른다〉는 1920년대 이후 길 잃은 세대의 아픈 현실을 이야기하고 있다. 길 잃은 세대란 세계 1차 대전 이후 전쟁의 아픔으로 인해 도덕이나 윤리, 가치관 즉 사람이 나아가야 할 삶의 방향을 잃는 세대를 말한다. 그들은 새로운 삶의 방식이나 가치를 찾아 방황하였다. 그리고 그들은 전쟁 전의 오래된 관습이나 인습을 타파해 나가기 시작한다. 이러한 것은 사고방식, 삶의 태도, 행동 양식, 결혼에 대한 가치관 등 모든 면에서 일어났다. 과거의 당연한 것을 받아들여졌던 것도 도전을 받아 서서히 변해갔다.

전통적인 가치관은 무너졌고, 엄격한 도덕과 윤리도 사라져 갔다. 여성들은 긴 치마를 벗어버리고 짧은 스커트를 입었고 남자처럼 짧게 머리를 자르는 헤어스타일도 유행했다. 전쟁의 환멸을 느낀 젊은이들은 술과 파티로 세월을 보냈다. 그 시대는 그들에게 어쩌면 삶이 무의미하다고 생각하게 만들기에 충분했다. 하지만 그런 과정에서 그들은 다시 삶의 의미를 찾으려 했고, 절망보다는 희망을 점차 생각하게 된다. 그리고 새로운 삶의 방향을 모색해 나갔다.

"다른 나라에 간다고 해서 달라지는 건 없어. 나도 벌써 그런 짓 모조리 해 봤어. 이 나라에서 저 나라로 옮겨 다닌다고 해서 너 자신한테서 달아날 수 있는 건 아냐. 그래 봤자 별거 없어."
이는 방황의 끝은 없다는 것이다. 즉 자신의 마음과 생각을 바꾸지 않는 한 다른 곳에 가더라도 삶이 별 차이가 없다는 것을 말한다. 무질서와 고통의 세상이지만 거기에 적응하며 살아가는 법을 모색해야 한다. 삶은 힘든 싸움이겠지만 그래도 희망이 있다는 것을 항상 기억해야 한다. 세상을 원망하고 불만 속에서 살아간다면 인간으로서의 떳떳한 삶은 아닐 것이다.

이 소설에서 나오는 여성인 브렛도 아무런 목적 없이 이 남자 저 남자와 어울리며 방탕한 생활을 한다. 이혼 경험이 있는 그녀는 이혼이 끝나자마자 캠벨과 결혼하기로 약속했으면서도 제이크와 또 다른 사랑에 빠진다. 어디로 가야 할지 되는 대로의 삶을 살아가는 전형적인 모습이다. 하지만 그녀도 쾌락적인 삶을 점점 청산하고 새로운 삶을 찾으려 한다.

내일의 태양은 아픔과 고통 속에서 새롭게 떠오른다. 고통과 좌절이 존재하는 현실에서 새로운 미래를 바라보며 스스로 위안을 삼는 용기가 필요하다. 살아가다 보면 언제든 내일의 태양이 다시 떠오르지 않을 것 같은 암울한 경험을 한다. 하지만 그러한 아픔이 오히려 더 나은 미래를 위해 존재하는 것인지 모른다. 내일의 태양을 기대하며 오늘도 나의 길을 묵묵히 가야 할 필요가 있다.

# 55. 할도르 락스네스 (아이슬란드, 1955)

〈장군과 메신저 보이〉

1902년 아이슬란드 레이캬비크에서 태어난 할도르 락스네스는 1919년 〈자연의 아들〉이라는 그의 첫 작품을 출판했다. 젊은 시절 룩셈부르크, 캐나다, 미국, 아이슬란드를 다니며 방랑했다. 1920년대 후반부터 약자에 대한 동정으로 가득 찬 작품을 남겼다. 1955년 아이슬란드인으로는 처음으로 노벨 문학상을 받았다.

〈장군과 메신저 보이〉는 어느 한 호텔에 파시스트 군인이 들게 되고 이 호텔에서 일하던 메신저 보이에 관한 이야기이다.

"빛에 충만한 한낮, 정이 서린 인사를 나눈 상대가 별안간 격앙된 형상으로 덤비리라고는 스테판 존슨은 꿈에도 생각지 못하였으리라. 순간 이 파시스트의 상판은 경련을 일으키며 놀라움과 두려움과 분노가 뒤섞인 처참한 꼴이 되었다. 마치 자객이 그의 면전에 대고 단도를 뽑아 들고 있는 것처럼. 대답이 무엇인가, 대뜸 스테판의 입에서 담배를 빼기가 무섭게 거리에 힘껏 던졌다. 그리고 손에 들고 있었던 회초리가 풍차처럼 내둘리는가 생각하였더니 소년의 양 볼에 달라붙으며 철썩철썩 소리를 냈다."

메신저 보이였던 스테판은 평범해 보이는 파시스트 군인에게 잠시 담뱃불 좀 빌려달라고 했지만, 그에게 돌아온 것은 어이없는 폭력이었다. 그 파시스트가 누구인지 계급이 무엇인지도 그 소년은 전혀 몰랐다.

"그의 회초리가 스테판의 몸에 스치는 순간, 스테판은 돼지 배때기 같은 피티글리리의 배때기에 박치기를 하여 안기며 맞붙어버렸다. 이 일격은 무방비 상태를 노린 것이었다."

갑자기 폭력을 당한 스페판은 생각할 겨를도 없이 그에게 반항을 했다. 자신이 맞을 이유가 전혀 없었던 것이다. 담뱃불을 빌려달라는 것이 폭력의 원인이 될 수는 없는 것이다.

하지만 피티글리리는 바로 파시스트의 장군이었다. 관에서 고위층의 인사가 호텔에 찾아왔다. 하지만 호텔에서는 메신저 보이에게 어떠한 책임도 묻지 않았다. 자존심과 명예를 모두 잃어버린 파시스트 군인들은 그 호텔을 아무도 모르게 떠나버리고 말았다.

우리가 사는 사회는 계급과 권위의 사회가 아니다. 심지어 가장 엄격하다는 군대도 인권위에 존재하는 것은 아니다. 자신의 위치나 계급이 중요한 것이 아니라 진정어린 인격이 우선 되어야만 한다.

어린 보신저 보이 스테판은 그다음 날도 호텔에서 꿋꿋이 자신의 일을 할 수 있었다.

# 56. 후안 라몬 히메네스 (스페인, 1956)

1881년 스페인 남부 안달루시아 모게르에서 태어난 후안 라몬 히메네스는 14살 때부터 시를 썼다. 19세때 마드리드로 옮겨 그곳에서 모더니즘의 기수인 루벤 다리오와 친분을 맺으며 첫 시집 〈제비꽃의 마음〉을 발표한다. 이후 동양 문화에도 관심을 가졌고 영미권 시인들과 교류하며 그의 시 세계를 넓혔다. "숭고한 정신과 예술적인 순수함의 본보기를 구상하는 스페인어로 이루어진 서정시"라는 이유로 1956년 노벨 문학상을 수상한다.

〈나는 내가 아니다〉

나는 내가 아니다
눈에 보이지 않아도
언제나 내 곁에서 걷고 있는 자
이따금 내가 만나지만
대부분은 잊고 지내는 자,
내가 말할 때 곁에서 조용히 듣고 있는 자,

내가 미워할 때 용서하는 자,
가끔은 내가 없는 곳으로 산책을 가는 자,
내가 죽었을 때 내 곁에 서 있는 자,
그 자가 바로 나이다.


 진정한 나는 누구일까? 우리는 살아가면서 얼마나 나 자신에
대해 알고 있는 것일까? 내가 원하는 나와 진정한 나는 어느 정
도의 차이가 있는 것인가?
 어쩌면 내가 진정한 나 자신이 아닌 것 같고, 나 자신도 스스로
를 어떻게 하지도 못한다. 우리는 일상에서 나 자신을 잃고 살아
가고 있고, 나 자신을 위해 살아가고 있지 않는 경우도 많다.
 나에게 있어서 세상에서 가장 소중한 존재는 나일 수밖에 없다.
하지만 그 소중한 나를 위하여 우리는 어떻게 살아가고 있는 것
일까?
 이 세상을 떠나기 전 나는 진정한 나를 만나고 나에 대해 많이
알고 나를 위해 살아갈 수 있는 것일까?

〈나의 마음이라네〉

나 홀로 神입니다. 아버지, 어머니여.
나는 밤낮으로 새로 내 취향에 맞게
나 자신을 만듭니다.

나는 더한 내가 될 것입니다.
나 스스로를 갖고 나를 만들기 때문이죠.
오로지 나하고 함께 한
아들, 형제, 동시에 어머니
아버지, 神.

나는 전체가 될 것입니다.
나의 영혼은 무한하기 때문이지요.
나는 결코 죽지 않을 것입니다.
내가 전체이기 때문이지요.

이 새로운 의지로서
나 자신을 갖고 영원한 나를
만든다는 사실이
이 얼마나 큰 영광이며
희열이며
기쁨인가요.

개울의 풀을 짓밟고 흐르는
황금의 물이여
흐르는 것은 그대가 아니고

나의 마음이라네.

신선하고 자유로운 날개들이여
푸른 무지개의 깃을 펴는 것은
그대들이 아니고
나의 마음이라네.

보드랍고 붉은 나뭇가지들이여
순풍에 흔들리는 것은
그대들이 아니고
나의 마음이라네.

높고 맑은 물소리들이여
저 석양에 울려 퍼지는 소리는
그대들의 것이 아니고
나의 마음이라네

　이 세상에 존재하면서 세상과 하나가 되는 나는 가능할 수 있을
까? 보다 나은 내가 된다면 그 한계가 어디일지는 모르지만 보다
성숙하고 아름다운 내가 된다면 모든 것이 하나가 되는 그런 날
은 올 수 있으리라.
　그 어떤 것에게도 소외받지 않고, 모든 것이 합일이 되는 그러한

내가 되는 날이 진정한 기쁨과 충만을 누릴 수 있을 것이다.

영혼의 자유의 마음의 평화가 이루어질 때 삶은 고통이 아닌 석양에 울려 퍼지는 종소리와 같은 평화의 세계로 가득하리라. 그러한 시간이 삶을 가득 채울 때 우리는 진정한 인생의 깊이를 맛보고 이 세상을 아름답게 살았다고 할 수 있지 않을까?

# 57. 알베르 카뮈 (프랑스, 1957)

〈페스트〉

알베르 까뮈의 소설 〈페스트〉는 유행병의 무서움을 여실히 보여주는 이야기이다. 페스트는 중세 시대 유럽을 초토화 시켰던 인류역사상 가장 무서웠던 유행병이었다. 유럽 전체 인구의 삼분의 일이 사망하였다. 우리나라에서는 이 병에 걸리면 사람이 죽을 때 피부가 검은색으로 변하며 죽어가기에 흑사병으로 알려져 있다.

소설에서는 북아프리카 알제리의 어느 한 도시에서 페스트가 발병하는 것으로부터 시작해서 많은 사람이 죽어 나가고 페스트가 약해지면서 사라지는 전 과정의 이야기를 담고 있다.

"4월 16일 아침, 의사 베르나르 리외는 진찰실을 나서다가 계단 한복판에 죽어 있는 쥐 한 마리에 걸려 넘어질 뻔했다. 당장에는 특별한 주의를 기울이지 않은 채 그 동물을 발로 밀어 치우고 계단을 내려왔다. 그러나 거리에 나서자 문득 쥐가 나올 곳이 아니라는 생각이 들어 발길을 돌려 수위에게 가서 그 사실을 알렸다."

페스트의 원인은 페스트균으로 주로 쥐와 같은 설치류를 통해 감염되는 것으로 알려져 있다. 하지만 어떤 문헌에서는 세균이 아닌 바이러스로 인한 것이라는 주장도 있다. 잠복기는 일주일도 안 되는 것으로 알려져 있으며 치료를 하지 않을 경우 병은 급속히 진행되어 심하면 사망에 이른다.

"그러나 그 뒤 며칠이 지나자 사태는 점점 더 악화되었다. 죽은 쥐들의 수는 날로 늘어만 갔고 수집되는 양도 매일 아침마다 더욱 많아졌다. 나흘째 되는 날부터 쥐들은 떼를 지어서 거리에 나와 죽었다. 집안의 구석진 곳으로부터, 지하실로부터, 지하창고로부터, 수챗구멍으로부터 쥐들은 떼 지어 비틀거리면서 기어나와 햇빛을 보면 어지러운지 휘청거리고, 제자리에서 돌다가 사람들 곁에 와서 죽어버렸다."

소설에서는 병이 급속도로 전염되어 짧은 기간 안에 수많은 사람에게 전염되어 도시 전체가 마비되기에 이른다. 인류의 역사에 있어 대유행 병은 항상 있어 왔다. 흑사병은 천연두와 더불어 인류에게 가장 피해를 많이 준 유행병이다. 이러한 일은 언제 어디서나 일어난다. 미래에도 예외가 없을 것이다.

"리외는 환자가 윗몸을 침대 밖으로 내민 채, 한 손은 배에 또 한 손은 목덜미에 대고 대단히 힘을 쓰면서 불그스름한 담즙을 오물통에다 게우고 있는 것을 보았다. 오랫동안 애쓴 끝에 거의 숨이 막힐 지경이 되어서 수위는 다시 자리에 누웠다. 체온이 39.5도였고 목에는 멍울이 잡혔으며 팔다리가 붓고 옆구리에 거무스름한 반점 두 개가 퍼져가고 있었다."

유행병이 커다란 문제 중 하나는 우리가 준비가 안 된 상태에서 그러한 무서운 병과 싸워야 한다는 것이다. 이로 인해 유행병 초창기에는 수많은 사람들이 희생되어 왔다. 새로운 유행병에 대해 인간은 손도 제대로 써보지도 못하고 수많은 인명피해를 입을 수밖에 없었다. 유행병이 무서운 것은 인간의 일상이 전체적으로 파괴되기 때문이다. 정상적인 생활을 해 나갈 수가 없다. 인간이 위대한 존재라 생각하는 것은 착각이다. 눈에 보이지도 않는 작은 바이러스나 세균을 정복하는 것은 거의 불가능에 가깝다.

"첫 더위가 매주 700에 가까운 숫자를 기록하는 희생자 수의 급상승과 일치했기 때문에 우리 시는 일종의 절망에 사로잡히게 되었다. 변두리 지역의 보도가 없는 거리와 테라스가 있는 집들 사이에서도 활기가 눈에 띄게 줄었고, 주민들이 항상 문 앞에 나와서 살던 동네도 문이란 문은 모두 닫히고 덧창들마저 첩첩이 잠겨 있어서 햇빛을 막으려고 그러는 것인지 아니면 페스트를 막으려는 것인지 알 수 없었다. 시의 출입문에서 소동이 벌어지면 헌병들이 무기를 사용하지 않을 수 없게 되었고, 그로 인해서 어딘지 어수선한 동요가 생겼다."

시간이 지나면 유행병은 유행처럼 사라지기 마련이다. 하지만 이러한 질병의 끝은 없다. 새로운 질병이 언제 어디서 나타날지 모른다. 인간의 입장에서는 이러한 바이러스와 세균이 하루빨리 사라지는 것을 바란다. 하지만 바이러스나 세균의 입장에서는 자신의 세력을 더욱 넓혀야 종을 유지시킬 수가 있고, 인간의 백신이나 치료제에 대응해 새로운 돌연변이가 나타나야 살아갈 수가 있다.

"사실, 시내에서 올라오는 환희의 외침 소리에 귀를 기울이면서, 리외는 그러한 환희가 항상 위협을 받고 있다는 사실을 떠올리고 있었다. 왜냐하면, 그는 그 기뻐하는 군중이 모르고 있는 사실, 즉 페스트균은 결코 죽거나 소멸하지 않으며, 그 균은 수십 년 간 가구나 옷가지들 속에서 잠자고 있을 수 있고, 방이나 지하실이나 트렁크나 손수건이나 낡은 서류 같은 것들 속에서 꾸준히 살아남아 있다가 아마 언젠가는 인간들에게 불행과 교훈을 가져다주기 위해서 또다시 저 쥐들을 불러내 어느 행복한 도시로 그것들을 몰아넣어 거기서 죽게 할 날이 온다는 것을 알고 있었기 때문이다."

페스트가 사라짐으로 인해 사람들은 좋아하지만, 페스트가 다시 유행할지도 모른다. 아니, 더 무서운 유행병이 나타날 수도 있다. 바이러스와 세균이 무서운 것은 너무나 쉽게 돌연변이가 나타나기 때문이다. 그들은 스스로 새로운 종들을 계속해서 만들어 낸다. 인간은 그 새로운 종을 예측할 수도 없다. 새로운 바이러스에 대해 백신을 쉽게 만들지 못할 수도 있다. 에이즈가 나타난 지 40년이 지났지만, 아직 백신은 만들어지지 않았다. 단지 치료제만 있을 뿐이다. 새로이 나타나는 세균에 대해 미리 항생제를 만들어 놓을 수도 없다. 어떤 세균인지를 알아야 항생제를 만들며,

만들어 놔도 세균은 거기에 대한 대항력을 갖춘다. 그리고 항생제를 무용지물로 만드는 또 다른 새로운 종을 만들어 낸다.

인간과 바이러스와 세균에 대한 싸움은 영원히 끝날 수가 없다. 바이러스와 세균의 입장에서는 인간이 많이 감염되어 죽어야 자신의 생존이 가능해지는 것이다. 인간의 방어에 그들은 새로운 돌연변이를 만들어 내며 번식하고 종을 유지시킨다. 인간의 패배가 그들에게는 승리일 수밖에 없다. 이 끝날 수 없는 전쟁에서 누가 최후의 승자가 될지는 알 수가 없다.

## 〈시지프의 신화〉

알베르 까뮈의 시지프 신화는 인간의 운명을 가장 잘 표현한 글이 아닐까 싶다. 까뮈는 1913년에 알제리에서 태어났다. 그가 태어난 후 바로 세계 제1차대전이 일어났고, 그의 아버지는 이 전쟁에서 사망한다. 아버지 없이 청각장애인이었던 어머니, 그리고 할머니와 가난한 어린 시절을 보냈다. 고학으로 힘들게 대학에 들어갔을 때 그의 평생의 스승 장 그르니에를 만난다.

대학 때부터 까뮈는 인간 존재의 부조리에 대해 고민했다. 대학 졸업 후 그는 신문기자가 되었고 1942년에 쓴 〈이방인〉으로 일약 문단의 총아로 주목을 받았다. 이 소설은 부조리한 세상에서 무관심으로 살아가던 한 남자가 살인을 하고 사형선고를 받은 후 죽음에 직면하면서 깨달아 가는 이야기이다. 그의 이런 부조리에 대한 고민은 〈시지프의 신화〉에 더욱 명확히 나타난다.

"신들이 시지프에게 내린 형벌은 쉬지 않고 바위를 굴려 산꼭대기까지 올리는 것이었다. 그런데 산꼭대기에 오르면, 바위는 그 자체의 무게 때문에 다시 굴러떨어지곤 했다. 그들이 허무하고 희망 없는 노동보다 더 끔찍한 형벌은 없다고 생각한 것은 일리가 있었다. 우리는 이미 시지프가 부조리한 영웅임을 알아차렸다. 그는 그의 열정뿐만 아니라 그의 고뇌로 인하여 부조리한 영웅인 것이다. 신들에 대한 멸시, 죽음에 대한 증오, 그리고 삶에 대한 열정은 아무것도 성취할 수 없는 일에 전 존재를 다 바쳐야 하는 형용할 수 없는 형벌을 그에게 안겨주었다. 이것이 이 땅에 대한 정열을 위하여 지불해야 할 대가이다."

신의 저주에 의해 영원히 산 밑에서 산 위로 바위를 밀어 올려야 하는 시지프의 운명은 무슨 의미가 있는 것일까? 바위를 올려놓으면 다시 산 밑으로 떨어지고, 다시 내려가 또다시 바위를 밀어 올리면 바위는 또다시 산 밑으로 떨어지고. 시지프는 그러한 무한한 반복의 저주를 헤어날 수가 없었다.

"이 신화가 비극적인 것은 주인공의 의식이 깨어 있기 때문이다. 만약 한걸음 한 걸음 옮길 때마다 성공의 희망이 그를 떠받쳐 준다면 무엇 때문에 그가 고통스러워하겠는가? 오늘날의 노동자는 그 생애의 그날그날을 똑같은 일을 하며 산다. 그 운명도 시지프에 못지않게 부조리하다."

시지프는 밀어 올려봤자 다시 내려갈 수밖에 없는 부조리의 삶을 계속 살아야만 하는 것일까? 그는 의식이 깨어 있지 않은 채 차라리 그 사실을 아무런 생각 없이 하면 더 낫지 않을까? 어쩌면 우리의 삶 자체도 시지프와 다를 것이 하나도 없다.

"그의 운명은 그의 것이다. 그의 바위는 그의 것이다. 이와 마찬가지로 부조리한 인간이 자신의 고통을 응시할 때 모든 우상을 침묵하게 만든다. 문득 본연의 침묵으로 되돌아간 우주 안에서 경이에 찬 작은 목소리들이 대지로부터 헤아릴 수 없이 솟아오른다. 은밀하고 무의식적인 부름이며 모든 얼굴의 초대인 그것들은 승리의 필연적인 이면이요 대가다. 그림자 없는 햇빛이란 없기에 밤을 알아야만 한다. 부조리한 인간의 대답은 긍정이며 그의 노력에는 끝이 없을 것이다. 개인적인 운명은 있어도 초월적인 운명이란 없다. 게다가 그 운명이란 피할 수 없고 경멸해야 할 것으로 판단된다."

어쩌면 부조리가 운명인지도 모른다. 이치에 맞지 않는 게 확실하다. 합당하지 않다. 합리적이지 않고 타당하지 않은 데 받아들일 수밖에 없다. 운명을 바꿀 힘은 인간에게는 없다. 거기에 순응하는 수밖에 다른 방법이 있다면 그 부조리로부터 도피하는 수밖에 없다. 스스로 그 운명을 포기하는 것이다. 즉, 부조리에서 벗어나는 길은 스스로 자신의 삶을 마감하는 것밖엔 선택의 여지가 없다. 그러면 더 이상 바위를 밀어 올리지 않아도 된다.

"이제 나는 시지프를 산기슭에 남겨둔다. 사람은 언제나 자기

짐의 무게를 다시 발견한다. 그러나 시지프는 신들을 부정하며 바위를 들어 올리는 한 차원 높은 성실성을 가르친다. 그 역시 모든 것이 다 잘되었다고 판단한다. 이제부터는 주인이 따로 없는 이 우주가 그에게는 쓸모없는 것으로도, 하찮은 것으로도 보이지 않는다. 그에게서는 이 돌의 부스러기 하나하나, 어둠 가득한 이 산의 광물적 광채 하나하나가 그것만으로도 하나의 세계를 만든다. 정상을 향한 투쟁 그 자체가 인간의 마음을 가득 채우기에 충분하다. 이제 시지프는 행복하다고 상상해야 한다."

시지프는 그의 운명을 받아들일 수밖에 없었다. 그리고 도전하는 자체에 만족해야만 했다. 그게 인간이다. 인간이 할 수 있는 것은 그리 많지 않다. 부조리를 바꿀 수 없는 인간이기에 행복하다고 상상하며 지내기로 한 것이다. 바위를 계속 밀어 올리는 것이 어쩌면 운명에 대한 반항이며 투쟁이지만, 그리고 그러한 반항과 투쟁도 소용없다는 걸 알지만 그것으로 자족할 수밖에 없는 게 인간의 한계다. 더 이상 아무것도 바라지 말자. 자족할 수 있는 것으로도 충분하다고 생각하자. 실존은 어차피 비극이다. 그것이 인생이다. 비록 슬프지만 이러한 사실을 인정하는 나는 너무나 비겁한 삶을 살아가고 있는 것일까?

# 58. 보리스 파스테르나크 (소련, 1958)

〈닥터 지바고〉

　1957년 보리스 파스테르나크는 그의 유일한 장편소설 〈닥터 지바고〉를 완성하였으나 당시 소련 내에서의 발표가 허락되지 않아, 이탈리아에서 출판된다. 이듬해인 1958년 그의 노벨 문학상 수상이 결정되자 정치적 소용돌이에 휘말려 러시아 작가 동맹에서 제명당한다. 이에 파스테르나크는 당시 흐루쇼프 소련 공산당 서기장에게 "러시아를 떠나는 것은 죽음과 같다. 부디 엄한 조치를 하지 않기를 바란다"라고 탄원을 하고 노벨 문학상 수상을 거부한다. 이에 소련 공산당은 그를 국외 추방만은 면하게 해준다. 이 일이 있은 후 1년 반이 지나 파스테르나크는 모스크바 교외의 작가촌에서 외롭게 생을 마감한다.

　1890년 모스크바에서 태어난 보리스 파스테르나크는 1914년 첫 번째 시집 〈구름 속의 쌍둥이〉를 출간한다. 그는 〈닥터 지바고〉로 유명하지만, 그가 쓴 장편소설은 이 한 편뿐이고 평생을 시인으로 살았다. 1920년대 중반부터 그의 시는 서사시의 경향을 띠기도 하였지만, 서정성 있는 작품 또한 많이 남겼다. 하지만 그의 작품에 대한 정치적 비판이 심해지자 그는 작품 활동을 중단한다. 스탈린이 죽은 후 그는 다시 창작에 몰두했고 이때 쓴 작품이 바로 〈닥터 지바고〉이다.

〈닥터 지바고〉의 시대적 배경은 1903년부터 1929년까지이다. 러시아의 차르 체제의 붕괴부터 볼셰비키 혁명에 이르기까지의 사회적 혼란 속에서 한 러시아 지식인이 겪는 운명과 비극 그리고 사랑에 관한 이야기이다.

1914년부터 시작된 세계 1차대전은 4년간 이어졌고, 1917년 2월 러시아의 상황은 점점 나빠진다. 무장도 제대로 되지 않았던 러시아 군대는 연속하여 전선에서 패배했고, 수백만 명의 러시아 군인들이 죽어 나갔다. 러시아 경제 또한 완전히 붕괴 직전에 이르게 되어 군인들에게 먹을 것조차 공급할 수 없는 상황이 된다. 결국 1917년 2월 러시아 시민들은 러시아 정부에 식량을 요구하며 시위를 일으키게 되고, 군부마저 이에 가담하게 된다. 이 시위는 걷잡을 수 없을 정도로 커져 갔고 이에 당시 러시아 황제였던 니콜라이 2세는 자리에서 물러날 수밖에 없었으며 이로 인해 러시아의 로마노프 왕조의 시대는 끝이 난다. 이것이 2월 혁명이다.

1917년 4월 레닌이 귀국한 후 무장 혁명 세력을 직접 장악한다. 그해 10월 레닌은 트로츠키를 앞세워 독일의 위협으로부터 수도와 혁명을 방위한다는 목적으로 군사혁명위원회를 구성하고 무장 혁명의 실행을 단행한다. 10월 24일 레닌은 볼셰비키 중앙위원회에 긴급하게 편지를 보내 '행동의 연기는 곧 죽음'이라고 말하며 혁명의 시작을 알렸다. 그날 밤 즉시 군사 행동이 일어났으며 국가 모든 기반 시설이 혁명군에 의해 장악된다. 이것이 바로 러시아 10월 혁명, 프롤레타리아 혁명이다. 10월 25일 밤 제2차 러시아 소비에트 대회가 열렸고 소비에트가 국가의 모든 권력을 장악했음을 선포한다. 볼셰비키 혁명의 완성이었다. 세계 최초로 사회주의 혁명이 성공을 거둔 것이다.

소설의 주인공 유리 지바고는 간접적으로는 러시아 혁명에 참여하지만 단지 아웃사이더로 행동하면서 혁명에 직접적인 참여는 거부한다. 그가 이러한 선택을 한 이유는 러시아의 한 지성인으로서 혁명이나 이데올로기보다는 인간적 삶과 생명을 더 사랑하였기 때문이다. 그의 이러한 마음은 '라라'라는 한 여인과의 사랑과도 관계된다. 그에게는 사랑이란 인간 대 인간의 만남이라는 믿음이 있었다. 그에게 있어 이러한 사랑은 전쟁과 피의 혁명이라는 사회적 혼란과는 대조를 이룬다. 하지만 시대를 뛰어넘는 그의 내면적 성숙은 그에게 좌절과 환멸만 남겨주게 된다. 그는 진정한 사랑을 이루지도 못했고, 사회적 성공도 얻지 못한 채 결국 고독하게 죽게 된다.

소설에서 러시아의 한 노동자는 혁명 과정 중에서 지바고에게 시대의 흐름에 적응해야 한다고 말하지만, 지바고는 혁명 완성을 위한 폭력은 정당화될 수 없다고 생각하면서 다음과 같이 말한다.

"만약에 인간 속에 내재해 있는 야수성이 공포와 난폭한 힘을 통해 제어될 수 있다면, 우리들의 이상은 회초리를 휘두르는 서커스단의 조련자이지 예수 그리스도는 아닐 것이다."

닥터 지바고는 인간은 이데올로기나 정치 목적을 위한 희생양이 아니며 오직 선을 통해서만 최고의 선에 도달할 수 있다고 믿었던 것이다. 그는 보편적 정의라는 혁명의 꿈을 지지하기는 하지만 공산주의자들이 개인의 모든 것까지 지시하고 명령하는 것은 인간적 삶이 아니라고 하면서 저항한다. 즉 그는 개인적 자아의 가치를 믿었기에 획일적 혁명 이념에 반대했던 것이다. 닥터 지바고는 이렇게 말한다.

"틀에 박힌다는 것은 인간의 최후이며 인간에 대한 사형선고와 같다."

많은 사람이 이상 사회를 꿈꾼다. 급진적인 혁명가들은 인간 사회라는 현실에서 천국도 가능하다고 말한다. 하지만 인간 자체가 불완전하기에 그러한 것은 글자 그대로 "꿈"일 뿐이다. 보다 나은 사회는 가능할지 모르나 완전한 사회는 존재할 수 없다. 닥터 지바고가 공산주의를 반대한 이유는 강압과 억제, 공포가 지배하는 사회의 그늘에 가려진 인간성의 상실을 볼 수 있었기 때문이었다.

러시아의 수많은 예술인들이 스탈린 개인숭배와 공산주의 체제를 찬양하는 가운데 파스테르나크는 그러한 시대적 흐름에 말려들지 않은 채 조용히 침묵을 지키며 자신의 신념과 자유를 위해 자신의 길을 걸어갔다. 비록 공산주의자들은 파스테르나크를 〈시대에 맞지 않고 민중과 유리된 퇴폐적인 형식주의자〉라고 비판하였지만, 그는 자신의 의지를 굽히지 않았고 이것이 그의 문학에 녹아들어 〈닥터 지바고〉라는 작품을 완성할 수 있었으며 노벨 문학상으로 이어지게 된 것이다. 보리스 파스테르나크는 본인의 신념과 다른 이데올로기가 지배하는 정치 체제 속에 있었지만, 그는 자신의 조국을 사랑했기에 노벨 문학상을 거부하고 자신의 태어났던 고향에서 조용히 삶을 마감할 수밖에 없었다.

# 59. 살바토레 콰시모도 (이탈리아, 1959)

1901년 시칠리아 섬에서 태어난 살바토레 콰시모도는 집안이 가난하여 정규교육을 거의 받지 못했다. 1926년 레조디칼라브리아에서 토목기사회의 직원이 되었고 이때부터 시를 쓰기 시작했다. 1930년 그의 첫 시집 〈물과 흙〉을 출간하였고 이후 10여 권의 시집을 냈다. 제2차 세계대전과 파시즘에 대항하는 저항운동은 그로 하여금 사회적 시, 또는 극시를 쓰게 되는 계기가 되었다. 1959년 노벨 문학상을 받는다.

〈조용한 기타〉

나의 고향은 강가, 바다를 맞이하는 곳
어디서도 들을 수 없지
이 경쾌한 노래 같은 속삭임의 음률은
달팽이들이 살고 있는 갈대숲을
나는 불안하게 서성인다.

또다시 가을이 왔다.

스산한 가을바람이 기타의 현을 끊고
조용한 몸체를 조각내지만
한 손으로 끊어진 현을 튕긴다
불꽃 같은 손가락으로

거울 같은 달빛 아래
소녀들은 몸치장을 하고
황금빛 노을로 목욕을 한다.

누가 흐느끼는 소리인가?
누가 희미한 안개 속에 말을 달리는가?
우리는 파릇파릇한 풀밭 길을 지나
해변에서 멈춰 선다.
내 사랑아, 나를 그 거울 앞으로 데려가지 말아다오.
거울같이 맑은 달빛 속에
아름드리 나무들이 잎을 흔들고
잔잔히 흐르는 물결과 노래하는 소년

누가 흐느끼는 소리인가?
믿어 주시오. 나는 아니라오
강물 위에 울리는 조급한 채찍 소리
총총한 불꽃 사이로 나는 듯이 말을 달린다.

나는 절대 울지 않소
나의 동포들이여 검을 들게나
은색의 달빛 아래 검들이 번쩍이고
불꽃이 이글이글 타올라

바닷가 마을의 조용했던 평화가 깨지는 것은 인간의 욕심에 의한 것일 뿐이다. 아름다운 바닷가에서 기타를 치며 노래를 부르고 싶건만 그 기타 줄은 끊어져 버렸다.

줄이 끊어진 기타를 치고 싶어 손가락을 갖다 대었지만 아름다운 화음이 나올 리 없다. 아름다운 자연과 더불어 발랄한 소녀는 황혼에 목욕을 하지만 더 이상 그러한 모습을 볼 수 있을지 알 수가 없다.

이러한 평화를 깬 자는 누구인가? 그것이 누가 되었던 간에 다시 그 평화를 되찾기 위해 말을 달릴 수밖에 없다. 아픔이 있을 수도 있고 있지만 다시 그 아름다운 모습을 찾기 위해 나는 두렵지도 않고 울지도 않는다.

언젠가 예전의 그 평온이 찾아오리라 믿기에.

# 60. 생 종 페르스 (프랑스, 1960)

1887년 서인도 제도인 과들루프섬 근처 일레타 퓨에서 태어난 생 종 페르스는 보르도 대학에서 공부를 하고 1911년 그의 첫 시집을 출간한다. 1914년부터 외교관으로 활동했고 특히 미국에 거주하면서 많은 시를 남겼다. 1960년 노벨 문학상을 수상한다.

〈벽〉

벽이 앞에 있다, 네 꿈의 순환을 막기 위해
그러나 이미지가 소리 지른다.
푸짐한 안락의자 모퉁이에 머리를 기대고,
너는 혀로 이빨들을 맛본다.
기름기와 소스의 맛이 너의 잇몸을 더럽힌다.
그러자 너는 신비스러운 바다의 품에서 밝아오는
푸르른 새벽녘 섬 위에 흐르던 맑은 구름을 생각한다.
그것은 유배된 수액의 땀, 장각과 식물의 씁쓸한 분비물
그것은 죽은 나무의 어두운 통로에 사는 개미들의 황갈색 꿀.
그것은 네가 들이마신 아침을 상큼하게 하는, 신선한 과일의 맛,

무역풍의 소금기로 풍요로워진 우윳빛 대기
기쁨이여! 드높은 창공의 섬세한 기쁨이여!
순수한 돌들이 빛나고, 보이지 않는 안뜰에
들풀의 씨가 뿌려지고
땅의 푸르른 감미로움이 긴긴 하루 내내 자태를 뽐낸다.

생명은 아름답고 위대하다. 어떠한 장애물도 뚫고 자신의 존재를 기어이 살아나게 만든다. 생명의 생기를 방해하는 것이 있을지라도 자연의 순리는 그것을 이겨내지 못한다.

꿈은 생명과도 같다. 존재의 갈망과 그 본성이 꿈을 현실로 만들 수 있다. 우리는 그래서 꿈을 꾸는지도 모른다. 꿈은 생명이자 존재이다.

모든 자연의 생명체는 그 많은 장애물을 넘어서고 극복하면서 더 커다란 존재의 의미를 부여한다. 아무리 사소한 생명체라도 그건 본능이라고 밖에 할 수 없을 정도로 모든 것을 이겨내려 한다.

그렇게 많은 것을 이겨낸 생명이기에 아름답고 경이로우며 우리에게 커다란 기쁨을 안겨준다.

# 61. 이보 안드리치 (유고슬라비아, 1961)

〈오리야끼 사람들〉

1892년 보스니아의 트라브니크에서 태어난 이보 안드리치는 가난한 어린 시절을 보냈지만, 대학에서 철학을 전공하였고 문화사로 박사학위도 마쳤다. 1918년 산문시로 작가 활동을 한 그는 많은 시와 소설을 남겼다. 1961년 "조국의 역사와 관련된 인간의 운명을 철저히 파헤치는 그의 서사적 필력에 이 상을 드립니다."라는 이유로 노벨상을 수상한다.

〈오리야끼 사람들〉은 어느 산속 마을 사람들에 대한 이야기이다.

"새로운 집, 처음 보는 남편, 심부름꾼들, 모두가 아주 요괴 같기만 하여 그녀에게는 무서웠다. 모스타르로 돌아가는 친척에게 이별을 고하고 그의 손에 입을 맞추자 그녀는 절망한 나머지 눈물도 말라 그저 흐느껴 울 뿐이었다."

오리야끼 마을 사람들은 근친 간의 결혼으로 비정상적인 모습을 하고 있었다. 어느 날 이 마을에 처음으로 외부의 여인이 시집을 오게 된다. 하지만 그 신부는 오리야끼 마을 사람들의 모습에 충격을 받고 살아갈 마음을 잃게 된다.

"그녀의 남편은 미치광이다. 낮에는 별다른 점이 띄지 않지만, 밤마다 악몽에 시달려 이 집에 뭔가 불길한 것이 달라붙어 있다는 망상에서 헤어나지 못하는 것이었다. 신혼 초야부터 이미 그는 베갯머리에 총알을 잰 라이플을 놓고 자기와 아내 사이에도 긴 나이프를 감추어 두는 것이었다. 이것은 아무 이유도 없는 병적인 질투, 사랑이 없는 질투였다. 아니면 아내를 괴롭히자는 병적인 욕구였다."

신혼 초부터 남편을 마음으로 받아들일 수 없었던 신부는 하루하루 살아가는 것이 고통이었다. 어느 날 이 여인의 남동생이 누이가 사는 모습이 궁금해 이 마을을 방문하게 된다. 여인은 동생에게 이 마을에서 탈출해 자신의 고향으로 돌아가고 싶다는 말을 하게 되고 남편은 둘이 하는 이야기를 엿듣게 된다.

"좁은 틈새로 석유 냄새와 타오르는 건초의 숨 막히는 열기가 확 풍겨 들었다. 그만 당황해진 동생은 그 좁은 틈을 향해 몸을 쾅 부딪쳐 열어보려고 했다. 그때 어둠 속에서 뭔가 날카롭고 육중한 것이 마치 검은 번개처럼 그의 머리를 내리쳤다. 그는 한가운데 쓰러지고 누이는 비명을 지르며 그 쓰러진 동생의 몸을 부둥켜안았다."

아내를 의심한 남편은 아내와 그 동생을 죽이고 살던 집에 불을 질러 자신 또한 죽게 된다. 그 불은 불어온 강풍에 의해 온 동네로 번지게 되고 그렇게 마을 전체가 모두 불타 버린다.

"이 불이 일어난 후, 오르야끼 사람들은 그 원인을 깊이 조사해 보려고 하지도 않고 탄 집들의 뒤처리를 하자 새로 집을 짓기 위해 터를 닦기 시작했다. 만약 그해 여름에 전쟁이 시작되지 않고 오스트리아 군대의 점령이 없었더라면, 오르야끼 사람들은 그해 동안에 마을의 일부를 재건했을 것이다."

온 마을이 불에 타버리는 끔찍한 사건이 일어났음에도 불구하고 마을 사람들은 그 원인조차 알려고 하지도 않았다. 그들에게 삶은 그저 먹고 자는 것 외에는 아무런 것에도 관심이 없었다. 같이 살던 마을 사람의 일부가 죽었어도 그냥 처리만 하고 나서 또다시 같은 삶을 살아갈 뿐이었다. 삶의 의미나 가치에 대해 그들은 아무런 관심조차도 없이 그저 먹고 자고 일하는 것이 삶의 전부라고 생각하는 것이었다. 오리야끼 마을 사람들은 세월이 지나도 그러한 모습에 어떠한 변화도 없었다.

우리는 왜 살아가고 있는 것일까? 돈을 벌기 위해서, 맛있는 것을 먹기 위해서, 좋은 집과 좋은 차를 타기 위해서, 아니면 그 무엇을 위해 우리는 하루하루를 살아가고 있는 것일까?

삶에 대한 목적이나 의미 그리고 가치에 대한 생각할 시간도 없이 무작정 일하고 먹고 자는 우리의 일상은 오리야끼 마을 사람들의 생활과 과연 많이 차이가 나는 것일까?

# 62. 존 스타인벡 (미국, 1962)

〈분노의 포도〉

1902년 미국 캘리포니아에서 태어난 존 스타인벡은 공장, 목장이나 도로 공사장에서 일했던 가난한 문학청년이었다. 학교 시절 단편소설과 시를 발표하며 문학의 꿈을 키웠고 1929년 첫 번째 소설 〈황금의 잔〉을 출간한다. 1937년경 오클라호마주 이주민들 속에 끼어 서부로 간 경험이 있었는데 이를 바탕으로 쓴 소설이 바로 〈분노의 포도〉이다. 이 여행 과정에서 가난한 사람들과 많은 이야기를 나눌 수 있는 기회가 있었고 생계를 위해 길 위에서 먹고 자고 했던 당시 미국의 잔혹한 현실을 직접 체험한 경험이 그를 '사회주의 리얼리즘'의 작가의 길로 가게 했다.

〈분노의 포도〉의 시대적 배경은 1929년 경제 대공황으로 인한 시기이다. 수많은 실업자로 인해 일자리는 거의 없었고 공장뿐 아니라 은행마저 문을 닫을 정도로 서민들의 삶은 피폐했다. 스타인벡은 작가로서 이 사회적 혼란의 시기를 작품으로 고스란히 담았다. 자신 또한 가난한 시절을 겪었기에 누구보다도 빈민계층과 소외된 인간들의 삶을 잘 이해할 수 있었다.

당시 미국 중부에 불어 닥친 자연재해는 경제 공황과 맞물려 농민들의 생활을 완전히 쑥대밭처럼 만들어 버렸고 은행 이자를 갚지 못한 그들은 자신들의 토지를 몰수당하며 수십 년간 살아왔던 고향을 떠나 다른 곳으로 이주할 수밖에 없었다. 생계를 위해 캘리포니아로 왔지만, 그곳 역시 가난한 사람들에게는 절망의 땅이나 마찬가지였다.

그곳의 농장 주인과 상인들은 자신들의 이익을 위해 노동자들을 착취하기만 했다. 캘리포니아의 햇살을 받아 맛있게 익은 포도는 그렇게 가난한 서민들에게는 분노의 포도가 되어 버렸다.

"기업들, 은행들도 스스로 파멸을 향해 가고 있었지만, 그들은 그것을 몰랐다. 농사는 잘 되었지만 굶주린 사람들은 도로로 나섰다. 곡식 창고는 가득 차 있어도 가난한 집의 아이들은 구루병에 걸렸고, 펠라그라병 때문에 옆구리에는 종기가 솟아올랐다. 대기업들은 굶주림과 분노가 종이 한 장 차이라는 것을 몰랐다. 그들은 어쩌면 품삯으로 지불할 수도 있었을 돈을 독가스와 총을 사들이는데, 공작원과 첩자를 고용하는데, 블랙리스트를 만들고 사람들을 훈련하는 데 썼다. 고속도로에서 사람들은 개미처럼 움직이며 일자리와 먹을 것을 찾아다녔다. 분노가 끓어 오르기 시작했다."

빈부의 격차, 노동의 착취, 자본주의 절대주의로 인해 인간의 삶은 사라지고 오직 분노만 가득한 사회였다. 그러한 현실에서 우리들은 어떠한 삶을 살아가야 하는 것일까? 시대가 바뀌어도 비슷한 현실이 반복되는 이유는 무엇일까?

"어쩌면, 어쩌면 우리가 사랑하는 건 모든 남자와 모든 여자인지도 몰라. 어쩌면 그게 바로 성령인지도 몰라. 바로 인간의 정신. 사람들이 아무리 시끄럽게 떠들어 대도 말이지. 어쩌면 모든 사람이 하나의 커다란 영혼을 갖고 있어서 모두가 그 영혼의 일부인지도 몰라."

케이시가 토드에게 말하는 이 말이 어쩌면 하나의 답이 될지도 모른다. 우리 전체는 하나라는 생각을 하는 날이 보다 나은 사회를 앞당길 수 있는 길이 될 수 있다는 것은 확실한 것 같다.

# 63. 요르기오스 세페리스 (그리스, 1963)

1900년 그리스령인 소아시아 스미르나에서 태어난 요르기오스 세페리스는 아테네 대학을 졸업하고 제2차 세계 대전 때 여러 곳을 돌아다니며 망명 생활을 하였다. 헬레니즘 문화에 대한 서정적 작품을 많이 썼으며 1963년 노벨 문학상을 수상하였다.

〈기억 1〉

그리고 나는 갈대만 손에 들고 있다.
밤은 텅 비었고 달은 잦아들고
지구에서 마지막 비가 내렸다.
나는 속삭였다. 기억은 만지는 곳마다 아프고
작은 하늘만 있고, 바다는 더 이상 없어.
그들이 날마다 죽이는 것은 수레에 실어 버리는 것이다.

산등성이 뒤에.
내 손가락이 이 플루트 위를 느릿느릿 달리고 있었다
내가 좋은 저녁이라고 해서 늙은 양치기가 준 거야

그에게.

다른 사람들은 모든 종류의 인사말을 폐지했다.

그들은 깨어나고, 면도하고, 하루의 도살 작업을 시작한다

하나의 자두나 작동으로서, 체계적으로, 하지 않고

열정

슬픔은 파트로클로스처럼 죽었고, 아무도 실수를 하지 않는다.

곡조를 연주할 생각을 하다가 앞에서 부끄러움을 느꼈다.

다른 세상의

밤을 넘어 안에서 나를 지켜보는 사람

나의 빛

살아있는 몸, 벌거벗은 심장으로 엮어진

그리고 퓨리스의 사랑도

그것은 인간과 돌, 물과 풀에 속하기 때문에

그리고 그 동물의 눈을 똑바로 쳐다보는 동물에게.

죽음이 다가오고 있다.

그래서 나는 어두운 길을 계속 걸어갔다

내 정원으로 가서 갈대를 파서 묻었어

그리고 다시 나는 속삭였다. 어느 날 아침 부활이 있을 것이다.

오세요,


봄에 나무들이 빛나면서 새벽의 빛은 붉게 피어날 것이다.

바다가 다시 태어나고, 파도가 다시 불 것이다.

아프로디테를 향해

우리는 죽는 씨앗이다. 그리고 나는 빈 집으로 들어갔다.

아픈 기억은 우리를 오래도록 힘들게 한다. 하지만 좋은 기억은 우리를 미소 짓게 만든다. 그렇게 기억은 우리의 삶과 항상 함께 한다.

나의 기억은 나라는 존재를 현재 어떻게 만들고 있는 것일까? 나는 아직도 그 기억에서 헤어나지 못하는 것일까? 아팠던 기억, 힘들었던 기억이 이제는 사라져 버릴 때가 되었건만, 잊고 싶어도 잊히지 않는 이유는 무엇일까?

존재는 기억을 남기고 기억은 존재를 흔들고 하지만 이제는 기억에서 자유로울 때도 되었건만 그 자유는 영영 찾아오지 않을지도 모른다.

삶을 그렇게 기억 속에 묻히고, 기억은 그렇게 삶 속에 묻혀 우리는 이생을 보내야 하는 것인지도 모른다.

# 64. 장 폴 사르트르 (프랑스, 1964)

〈벽〉

사르트르의 소설 〈벽〉에는 감방에 갇힌 세 명의 등장인물이 나온다. 톰과 후앙 그리고 소설의 주인공 파블로이다. 실제로 사르트르는 2차 세계대전 당시 포로가 되어 독일 수용소에 수감 된 적이 있었다. 이 소설에서 "벽"은 죽음을 표상한다. 수용소에 갇힌 세 명은 모두 사형 집행을 눈앞에 두고 있다. 죽음이라는 극한 상황에서 인간의 진정된 모습은 어떤 것일까? 인간이 죽음이라는 실존적 상황에 던져질 경우 인간의 본질은 어떤 것일까?

우리의 존재는 어쩌면 우연일지 모른다. 어떤 필연성도 없다. 그래서 우리의 삶과 죽음이 허망할 수도 있다. 등장인물 중 한 명인 후앙은 그의 형이 무정부주의자라는 이유로 잡혀 왔다. 감방에서 고문을 당하고 총살을 당한다. 그의 형이 무정부주의자라는 이유로 그는 왜 죽임을 당해야 하는 것인가? 후앙의 경우를 보면 삶은 모순된 것이며 인간의 본질은 부조리한 것이다. 후앙에게의 삶이란 단지 그게 전부였다.

사형을 앞둔 톰은 공포에 질려 오줌을 싸면서도 자신이 오줌

싼 것을 인정하지 않는다. 인간의 한계 상황에서는 있는 그대로의 모습을 볼 수 있기는커녕 자신이 한 일마저도 부인한다. 극한 상황에서 인간의 본질은 자기마저 기만해 버리는 약한 존재에 불과한 것이다.

주인공인 파블로는 이러한 모습을 보며 인간이라는 존재는 참으로 부조리하며 자기 자신을 기만할 만큼 무의미하다고 생각한다. 그리고 그는 살고 죽는 것 자체에 무관심하게 된다. 인간이 존재하는 것에 대해 의미가 없다고 생각한다. 그리고 그는 그가 이제까지 살아왔던 모든 것이 아무런 의미가 없다고 생각한다.

"그러나 이제 나는 나의 일생을 눈앞에 삼키고 있는 것 같은 느낌이었다. 그리고 '이건 새빨간 거짓말이다'라고 생각했다. 내 생애는 이미 끝장이 났으니 아무런 가치도 없는 것이다. 미리부터 이렇게 죽을 줄 알았더라면 나는 손가락 하나도 까딱하지 않았을 것이다. 내 일생이 붙잡아 맨 자루 속에 들어 내 눈앞에 놓여 있는 것이다. 그러나 그 속에 들어 있는 것은 모두가 미완성품들이다."

그가 그동안 살아왔던 모든 것이 죽음이라는 벽 앞에서 의미를 잃어버리고 말았다. 모든 것의 가치를 잃어버렸다. 삶은 어쩌면 환멸에 가까운 것인지도 모른다. 그래서 그는 삶 자체를 장난에 불과한 것으로 생각하게 된다. 그의 친구인 라몽의 소재를 알려주면 살려주겠다는 감방의 심문관에게 장난으로 묘지에 있다고 답한다. 파블로는 라몽이 사촌의 집에 숨어있는 것을 알면서도 심문관을 골탕 먹일 마음으로 장난을 했던 것이다. 하지만 라몽은 당시 사촌의 집에 폐를 끼치기 싫어 묘지에 숨어있었고, 결국 묘지에서 발각되어 총에 맞아 죽게 된다. 그 사실을 알게 된 파블로는 미친 사람처럼 계속해서 웃기만 한다. 그에게 인생은 아무런 가치도 없는 코미디에 불과했던 것이다.

"모든 것이 핑 돌기 시작했다. 나는 땅바닥에 주저앉아 있었다. 어찌나 웃었는지 눈에 눈물이 글썽글썽했다."

사르트르는 왜 이런 〈벽〉이란 소설을 썼을까? 그가 바라본 인간 삶의 진실은 무엇일까? 부조리하고 모순된 삶의 벽을 인간은 넘어서기 힘들지 모른다. 이런 상황에서 인간은 철저히 외롭고 고독한 존재일 수밖에 없다. 우리의 인생은 그의 소설처럼 희극에 불과한 것일까? 인생 자체가 희극이라면 나의 존재 또한 코미디에 불과하다는 말인가? 인간의 본질이 이렇더라면 삶의 의미를 찾는 것 자체가 가치가 있는 것일까?

아니다. 삶의 의미를 찾기보다는 삶의 의미를 만들어 갈 수도 있다. 내가 만들어 가는 삶의 의미가 나의 존재의 의미가 될 수도 있다. 인간의 본질은 단순히 주어지는 것에 끝나지 않는다. 그 벽을 넘어서는 것이 바로 인간의 본질일지 모른다.

# 65. 미하일 알렉산드로비치 숄로호프
## (소련, 1965)

  1905년 러시아 돈강 중류 카자흐에서 태어난 미하일 숄로호프는 볼셰비키 혁명과 내전으로 학업을 마치지 못했고 1922년 모스크바로 가서 회계원의 일을 하며 작품활동을 하였다. 1926년 단편집을 시작으로 1차 대전, 볼셰비키 혁명, 내전에 대한 경험을 바탕으로 러시아 혁명과 전쟁의 부조리에 대한 작품을 쓰게 된다. 1965년 노벨 문학상을 수상한다.

  〈배냇점〉은 전쟁은 가족 관계나 인간관계를 파괴하는 악이자 재앙이며, 여기에는 의인이나 죄인도 없으며 승자도 패자도 없고 모두가 희생자일 뿐이라는 메시지를 던져주는 작품이다.

  "안장에서 늘어지듯이 몸을 기울이고 아타만은 장검을 휙 휘둘렀다. 그 순간 아타만은 일격을 당한 상대의 몸이 물렁해지면서 땅바닥에 미끄러져 내리는 걸 느꼈다. 아타만은 말에서 펄쩍 뛰어내려 죽은 사람에게서 쌍안경을 떼어냈고, 가늘게 떨고 있는 발을 힐 듯 보고 나서 죽은 자의 크롬 가죽 장화를 벗기려고 주저앉았다. 뚜두둑 소리가 나는 죽은 사람의 무릎을 한 발로 누르고 아타만은 장화 한쪽을 잽싸고 능숙하게 벗겼다. 다른 한쪽은 양말이 걸린 모양인지 잘 벗겨지지 않았다. 아타만은 화가 나서 욕지거리를 해 대며 양말과 함께 장화를 쑥 뽑아냈다. 그리고 발의 복사뼈 조금 위에서 비둘기 알만한 크기의 배냇점을 보았다."

아타만이 적이라고 죽인 사람은 바로 자신의 아들인 니콜루시카였다. 복사뼈 위의 배냇점을 보고 적의 얼굴을 돌려 보니 자신이 사랑했던 아들이 적군이었던 것이었다. 그는 자신의 손으로 칼을 휘둘러 자기 자식을 죽게 하고 말았던 것이다.

"아들아! 니콜루시카! 내 자식! 내 피붙이....

얼굴이 흙빛으로 변하면서 아타만이 외쳤다.

'한마디라도 해 봐라. 이게 어찌 된 일이냐, 응?'

아타만은 피로 물든 눈꺼풀을 살짝 들어 올리고 빛을 잃어가는 두 눈을 바라보면서 땅에 쓰러졌다. 그리고 연약하고 유순한 몸뚱이를 흔들어 댔다. 그러나 니콜카는 뭔가 아주 대단하고 중요한 것을 발설하는 것이 두려운 듯이 푸른빛이 도는 혀끝을 꼭 깨물고 있었다. 아타만은 아들의 차가워진 두 손을 가슴에 꼭 대고 입을 맞추고는 땀에 젖은 모젤 권총의 강철을 이로 물로, 자기 입 속을 향해 총을 쏘았다."

자신의 아들을 자기 손으로 죽인 아타만은 더 이상 살 의욕을 잃게 될 수밖에 없었다. 그는 자신의 권총을 입에 물고 방아쇠를 당겨 자살한다.

인류의 역사에서 전쟁이 없었던 적은 찾아볼 수가 없다. 수많은 희생을 생긴다는 것을 알면서도 인간은 그렇게 전쟁을 벌여 왔고 지금도 하고 있다. 그러한 전쟁 속에서 무참치 죽어 나간 생명은 무수히 많다. 소설에서처럼 가족끼리 죽이게 되는 비극도 너무나 많았다.

인류는 왜 이러한 잘못을 반복하고 있는 것일까? 죽은 자식은 돌아오지 않고 죽은 아버지도 다시는 이 세상을 볼 수가 없다. 비극 중의 비극이며 삶의 의미가 전혀 존재하지 않는다. 앞으로의 인류의 역사에서도 전쟁이 계속될 것이다. 이러한 측면에서 볼 때는 인간은 어리석고 무지하며 약한 동물일 수밖에 없다.

# 66. 사무엘 요세프 아그논 (이스라엘, 1966)
## 넬리 작스 (독일, 1966)

〈영원히〉

　1888년 이스라엘에서 태어난 사무엘 아그논은 1913년 독일에서 히브리 문학을 강의하였고 그 후 이스라엘로 돌아와 문필활동에 전념하였다. 그의 작품의 대부분은 유대인의 전통적인 종교 생활을 묘사하였으며 1966년 노벨 문학상을 수상하였다.

　〈영원히〉는 역사적인 대도시였던 굼리다타에 대한 연구하는 아딜 암제라는 학자에 관한 이야기이다. 암제는 굼리다타 시의 역사적 중요성을 인식하고 무려 20여 년을 연구해 왔다. 그가 찾아 읽을 수 있는 모든 문헌을 조사하였으나 해결하지 못하는 부분이 있었다. 그 도시가 어떻게 멸망되었는지 그 상황이 기록된 문헌은 그 어디에서도 찾을 수가 없었다. 더 이상 그 문제를 해결할 수 없음을 깨닫고 출판인과 마지막으로 계약을 하기 위해 집을 나서기 전 나병 환자 촌에서 일하는 늙은 수녀의 방문을 받는다. 그의 집에서 필요 없는 책을 기부받고 싶었던 것이다. 계약을 위해 서둘러 집을 나서야 했지만, 그 수녀를 그냥 돌려보내기가 마음에 걸려 잠시 얘기하던 중 수녀가 일하고 있는 나병환자촌에 아주 오래된 양피지로 된 책이 있다는 것을 우연히 듣게 된다. 출판인과의 약속은 지키지 못해도 혹시나 하는 마음으로 수녀와 함께 나병환자촌으로 가서 그 책을 살펴본다.

"그는 식별될 수 있는 문자와 마멸된 단어들을 면밀히 검토한 후에 마침내 여러 해 동안 그를 괴롭혔던 수수께끼의 답을 찾아냈다. 즉, 굼리다타 시가 어떻게 정복되었으며 고트족의 첫 무리가 시의 어느 방향에서 침입했던가를 알아냈다. 수년 동안 암제의 두통거리였던 문제가 갑자기 풀리게 되었다."

나병환자촌에 책이 많지 않았음에도 불구하고 임제가 20년 동안이나 찾아 헤매던 기록의 책이 있었던 것이다. 하지만 그 책은 나병 환자들이 보았던 책이라 감염의 가능성이 있어 그 책을 가지고 나올 수는 없었다. 그는 만사를 제쳐 놓고 나병 환자 촌에 머무르며 그 책을 하나하나 조사하기에 이른다.

"그는 자리에 앉아 그가 나타나서 세상에 알릴 때까지 어느 학자들에게도 알려지지 않았던 비밀들을 발견해 내었다. 학문의 대상은 많고 그 영역은 무한히 넓고 따라서 연구하고 발견하고 이해해야 할 것들이 무한했기 때문에 그는 자기의 연구를 포기하지 않고 자리를 떠나지 않아 영원히, 영원히 거기에 앉아 있었다."

임제는 마침내 나환자촌에서 발견한 양피지로 된 책에서 자신이 20년 동안 찾았던 기록을 발견하게 된다. 풀리지 않았던 수수께끼를 해결한 임제는 오래도록 그 자리에 앉아 학문을 통한 삶의 기쁨을 만끽했다.

학문이란 무엇일까? 어렵고 해결되지 않은 그 문제를 찾기 위해 학자는 어떠한 길을 걸어가야 하는 것일까? 모든 가능성을 열어두고 열린 마음으로 모든 것을 시도하며 영원히 자신의 목표를 향하여 꾸준히 가는 것이 학문의 길이 아닐까 싶다.

〈오 굴뚝이여 〉

1891년 독일 베를린에서 태어난 넬리 작스는 10대 중반부터 작품활동을 시작하였고 베를린에서 점점 작가로서의 위치를 다져가고 있었다. 유대인이었기에 히틀러 집권 이후 어머니와 함께 독일을 탈출하여 스웨덴으로 망명하였으나 그녀의 다른 가족은 탈출할 수 없었다. 이후 어머니의 죽음으로 인해 마음의 커다란 병을 얻어 정신병원에 입원하기도 한다. 세계 대전이 끝난 후 그녀는 전쟁의 참혹한 경험과 유대인이 처한 현실에 대한 눈을 뜨고 나서 이를 자신의 작품으로 승화하기에 이른다. 1966년 "탁월한 감동으로 이스라엘 운명을 풀어내 그녀의 뛰어난 서정시와 희곡 작품을 기려야 한다"라는 이유로 노벨 문학상을 수상한다.

〈오 굴뚝이여〉

오 굴뚝이여
의미심장하게 꾸며낸
죽음의 집들 위에
이스라엘의 육체가 연기가 되어
공기를 통해 올라갈 때
굴뚝 청소부 별 하나가
그 몸을 맞이해
검게 되었다
아니면 그것은 햇살이었던가?

아우슈비츠를 비롯한 많은 수용소에서 유대인들은 아무런 죄도 없이 그리고 재판과정도 없이 그 거룩한 육체가 굴뚝의 연기로 사라져 버리고 말았다.
이것은 어디서부터 잘못된 것인가? 왜 사람이 사는 세상에 그러한 일들이 일어나야만 하는 것일까? 죄없이 죽어간 그 수많은 영혼들은 어떻게 위로를 해주어야 하는 것일까?

하나밖에 없는 소중한 생명과 한번 밖에 주어지지 않는 우리의 귀중한 삶이 그렇게 허무하게 굴뚝의 연기로 변해야만 하는 이유는 무엇이었던가?

삶은 비극이며 슬픔이고 아픔일 수밖에 없다.

# 67. 미겔 앙헬 아스투리아스 (과테말라, 1967)

〈봄 소나기의 마술사〉

1899년 과테말라시티에서 태어난 미겔 아스투리아스는 산 카를로스 대학 시절 반정부 학생 운동을 하고 파리 소르본느 대학에서 인류학을 공부했다. 1930년 첫 소설 〈과테말라의 전설〉을 출간으로 작가 활동을 시작했다. 10년간의 파리 생활을 마치고 과테말라로 돌아온 그는 언론인, 국회의원, 외교관의 일을 하면서 창작 활동을 계속하였다. 1967년 "뿌리가 깊은 라틴 아메리카 인디오들의 국민적 특성들과 전통들을 드러낸 그의 뚜렷한 문학적 성취에 이 상을 드립니다."라는 이유로 노벨 문학상을 수상한다.

〈봄 소나기의 마술사〉는 비로 인해 변화해 가는 대자연의 모습을 그린 이야기이다.

"화재가 꺼져 버리고 연기가 조용히, 목탄처럼 완전히 조용히 잠드는 다음날은 산정에 다시 비가 내린다. 돌들의 깊은 자존심은 공격해 오는 부드러운 작은 물방울들로 눈물지을 것이고, 취시통의 수정 팔은 다시 나타날 것이다. 다만 뿌리들만이 있다. 깊숙한 뿌리들. 대기는 완전히 일치하는 투명한 그늘 속에서 모든 것을 불태우고 있었다."

대자연은 하나의 거대한 드라마와도 같다. 그곳엔 생과 사가 항상 존재하면 그 무엇도 홀로됨이 없어 얽혀 있을 뿐이다. 비는 단지 물방울의 집합일지 모르나 그로 인해 무수한 생명이 싹을 트고 생명이 없는 광물의 탄생도 돕는다.

"심연과 늪의 소리로 말을 주고받고 마술 능력밖에 몸을 두기 위하여 수천의 리아나 속에 있는 신들을 졸라맨 싹의 활기를 띤 존재자들이 사는 심연의 소리를 마치 식물이 대지를 뒤덮었다는 듯이 마치 의복이 여인을 구속하였다는 듯이. 이렇게 해서 민중들은 신과 대지와 여인들과의 내적인 연관을 잊었다는 것같이 보인다."

단순한 자연의 흐름으로 보아서는 그 대자연의 마술을 능력을 알 수조차 없다. 비가 오고 생명이 움트고 다시 죽음에 이르는 그 과정에 얼마나 많은 마술적 능력이 존재하는지는 우리 평범한 민중들은 알기가 힘들다. 하지만 우리의 삶이나 대자연의 삶이나 마찬가지이다. 그 모두가 마술 같은 삶일 수밖에 없다는 것은 아는 이는 알고 있을 것이다.

# 68. 가와바타 야스나리 (일본, 1968)

〈설국〉

가와바타 야스나리의 설국은 일본의 가장 서정적인 소설 중의 하나이다. 일본에서 가장 눈이 많이 오는 지역 중의 하나인 니가타현을 배경으로 진솔한 남녀의 사랑을 그렸다. 그는 1968년 이 작품으로 일본 최초로 노벨 문학상을 받는다.

"묘한 얘기도 다 있다며 대수롭지 않게 여겼는데, 한 시간가량 지나 여자가 하녀를 따라왔을 즈음, 시마무라는 화들짝 놀라 앉음새를 고쳤다. 곧바로 자리를 뜨는 하녀의 소매를 여자가 붙들어 다시 제자리에 앉혔다. 여자의 인상은 믿기 어려울 만큼 깨끗했다. 발가락 뒤 오목한 곳까지 깨끗할 것이라고 생각했다. 초여름 산들을 둘러보아 온 자신의 눈 때문인가 하고 시마무라가 의심했을 정도였다."

주인공은 왜 눈이 많이 오는 지역에 갔던 것일까? 겨울 내내 하얀 눈이 쌓여 있는 곳에 간 이유는 무엇일까? 순수하고 깨끗한 사람을 만나고 싶었던 것은 아닐까? 온통 하얀 눈으로 덮인 지역에서 가슴이 설레고, 자신의 관심을 끄는 그러한 사랑이 그리웠던 것은 아닐까?

"그러자 여자는 이제 그의 손바닥에 몸을 맡기고 그대로 낙서를 시작했다. 좋아하는 사람의 이름을 쓰겠다며 연극이나 영화배우들의 이름을 이삼십 개 남짓 늘어놓고 나서, 이번에는 시마무라라고만 무수히 적어나갔다."

새로운 인연이 불현듯 찾아왔다. 하얀 눈을 닮은 게이샤였다. 서로의 마음은 열렸고 손바닥 위에 그 사람의 이름을 계속 쓰기만 한다. 삶은 어떤 방향으로 흐를지 아무도 모른다. 인연은 그렇게 시작되지만 끝이 어떻게 될지 알 수도 없다.

"고마코의 아들의 약혼녀, 요코가 아들의 새 애인, 그러나 아들이 얼마 못 가 죽는다면, 시마무라의 머리에는 또다시 헛수고라는 단어가 떠올랐다. 고마코가 약혼자로서의 약속을 끝까지 지킨 것도, 몸을 팔아서까지 요양시킨 것도 모두 헛수고가 아니고 무엇이랴."

순수한 사랑도 허무할지 모른다. 삶은 순리대로 흘러가는 것도 아니고 자신이 꿈꾸는 대로 이루어지는 것도 아니다. 그렇다면 이런 사랑의 의미는 어디서 찾아야 하는 것일까?

" '힘들어요. 당신은 이제 도쿄로 돌아가세요. 힘들어요.'
힘들다는 건 여행자에게 깊이 빠져버릴 것만 같은 불안감 때문일까? 아니면 이럴 때 꾹 참고 견뎌야 하는 안타까움 때문일까? 여자의 마음이 여기까지 깊어졌나 보다 하고 시마무라는 한참 동안 말이 없었다."

힘들지 않은 사랑은 존재하지 않는다. 순탄한 것만 생각한다면 사랑을 시작도 하지 말아야 할 것이다. 사랑은 어쨌든 과정이 존재하기 마련이다. 그것을 함께 겪느냐 그렇지 못하느냐만이 문제가 될 뿐이다.

" '당신은 좋은 여자야'

'어떻게 좋은데요?'

'좋은 여자야'

'이상한 사람'하고 어깨가 가려운 듯 얼굴을 가렸다가 무슨 생각에서인지 갑자기 한쪽 팔꿈치를 세우고 고개를 들고는,

'그게 무슨 뜻이죠? 네, 무슨 말이에요' "

진정한 사랑은 많은 것이 필요 없다. 하나면 충분하다. 그 이상을 바란다는 것은 상대를 생각하는 것보다 자신을 더 많이 생각하기 때문이다. 자신이 앞서는 것은 사랑이 아니다. 상대가 존재하는 것 만으로 그것으로 충분할 뿐이다. 그러기에 그 사람이 좋을 수밖에 없다.

# 69. 사뮈엘 베케트 (아일랜드, 1969)

⟨고도를 기다리며⟩

사무엘 베케트의 ⟨고도를 기다리며⟩는 그에게 노벨 문학상을 안겨준 희곡이다. 이 연극은 2막밖에 되지 않는 상대적으로 짧은 편이며, 등장인물도 몇 명 되지 않는다.

내용도 상당히 간단하다. 두 명의 주인공인 에스트라공과 블라디미르가 단순히 이런저런 얘기를 하며 고도를 기다린다는 내용이다.

블라디미르는 에스트라공에게 말한다.

"하지만 문제는 그런 게 아니야. 문제는 지금 이 자리에서 우리가 뭘 해야 하는가를 따져보는 거란 말이다. 우린 다행히도 그걸 알고 있거든. 이 모든 혼돈 속에서도 단 하나 확실한 게 있지. 그건 고도가 오기를 우린 기다리고 있다는 거야."

두 주인공인 블라디미르와 에스트라공이 하는 일은 하루종일 고도를 기다리는 것밖에 없다. 놀라운 사실은 그들이 고도를 기다린 것은 무려 50년 이었다. 그 50년이라는 세월을 하루 같이 고도를 기다리고 있었던 것이다. 매일 똑같이 기다리기만 했다.

하지만 고도는 그 많은 시간이 흘러도 오지 않았고, 그들은 그래도 언젠가는 고도가 오리라 기대하며 새로운 날이 되면 다시 일어나 고도를 기다린다.

고도는 누구일까? 그들은 왜 고도를 기다리고 있는 것일까? 고도는 언제 오는 것일까? 언제 올지 모르는 상황에서 그들은 왜 고도를 그리도 계속해서 기다리고 있는 것일까?

그들은 삶의 허무함, 낭패감, 살아간다는 것의 지겨움 같은 것들이 고도가 오면 해결될 것이라 믿고 있었다. 하지만 그들이 기다림의 한계에 다다랐을 때 나타난 것은 고도가 아니라 고도의 소식을 전하는 소년이었다. 그 소년은 오늘 밤에는 오지 못하고 내일은 고도가 올수 있을 것이라 알려주고 사라진다. 기다리다 지친 그들은 절망하지만 다음날 고도가 오지 않을까 하는 마음으로 또 다시 기다린다.

그 오랜 세월을 기다렸지만 고도는 오지 않았다. 오지 않을지도 모르는 사람을 기다린다는 것은 어쩌면 부조리한 것일지 모른다. 오지 않을 사람을 기다리는 삶, 그러한 삶이 부조리한 삶이 아니면 무엇이란 말인가?

우리의 살고 있는 이 세상은 부조리로 가득한 세상이다. 부조리한 세상에서 우리가 할 수 있는 것은 무엇일까? 오지도 않을 사람을 기다린다는 것, 그 사람이 언제 올지도 모른채 매일 기다리고만 있다는 것, 그러한 부조리한 과정에서 살아가고 있는 것이 우리들이다. 왜 그런 것일까?

어쩌면 기다림이라는 고통이 우리의 삶을 지배하고 있는 것인지도 모른다. 현재는 어렵고 힘들지만 더 나은 미래를 기다리기에 우리는 버틸 수 있는 것일 수도 있다. 하지만 그러한 기다림 자체는 고통일 수 밖에 없다. 언제 올지도 모른 채 무작정 기다리기만 해야 하는 고통, 그것은 사실 아무나 할 수 있는 것이 아니다. 차라기 포기하는 것이 더 나을지도 모른다. 그들은 왜 기다려야 하는지도 모른다. 그러기에 더 힘이 들수 있다. 기다리는 것 외에는 아무것도 할 수 없다. 실제로 너무 무기력하고 너무 의미 없는 기다림이다.

하지만 주인공들은 기다림에서 오는 고통과 절망을 자살로 해결하지는 않는다. 목을 맬수 있는 나무가 바로 눈앞에 있지만 그들은 자살을 시도하지 않고 다시 내일을 기약한다.

어디까지 기다려야 하는 것일까? 기다림의 끝은 어디일까? 그 기다림의 한계에 이르러서 우리는 깨닫게 되는 것이 있을 수 있다. 그것은 우리 인간 존재의 극한 상황에서야만 가능한 어떤 것이다. 우리가 살아가고 있는 삶의 존재의 핵심은 그러한 것을 통해 알게 될 수 있을지도 모른다.

삶의 깊은 나락에 떨어져 본 자는 삶의 실체를 진실로 이해할 수 있다. 그곳에 가본 자와 그렇지 못한 자의 차이는 삶의 인식 자체가 다를 수 있기 때문이다.

오지도 않는 것을 기다림은 그렇게 우리의 삶의 경지를 높여줄 수 있다. 그렇기에 힘들더라도 내일 아침이 되면 다시 일어나 고도를 기다리게 된다.

석가모니도 자신의 해탈을 이루기까지 그렇게 기다렸다. 노자도 도에 이르기 위해 그 많은 세월을 기다리며 인내했고, 공자도 성인의 경지에 이르기까지 끝없이 학문을 하며 기다렸다. 기다릴 수 있었기에 이룰수가 있었다.

고도는 오지 않을 수도 있다. 아무리 기다려도 고도를 만나지 못할 수도 있다. 하지만 그래도 그러한 부조리를 이기고 기다리다 보면 고도가 아닌 다른 이를 만날 수 있을 것이다. 그가 누구일까? 잘은 모르겠지만 그건 바로 나 자신이 아닐까? 그렇게 기다렸던 고도는 어쩌면 내 자신이었는지 모른다. 그렇다. 바로 내가 고도였다.

# 70. 알렉산드르 솔제니친 (소련, 1970)

〈이반 데니소비치의 하루〉

1917년 11월 볼셰비키는 쿠데타를 통해 인류 최초의 사회주의 국가인 소비에트 사회주의 공화국 연방, 즉 소련을 세운다. 1920년대 초 트로츠키와 갈등이 심해진 레닌은 소련 공산당 서기장의 권력을 강화시키며 그 자리에 한 인물을 앉히는데 그가 바로 스탈린이었다. 인류 역사상 가장 잔인한 독재자의 등장은 그렇게 시작되었다.

1924년 소련의 최고 권력자 레닌이 죽자, 스탈린은 트로츠키를 포함한 그의 정적을 전부 숙청해 버리고 소련의 모든 권력을 자신의 손안에 넣는다. 1933년부터 1938년까지 약 5년 동안 스탈린의 권력에 의해 죽은 사람이 수백만명이었고, 천만명 정도는 시베리아의 극심한 기아로 죽었다고 한다. 또한 3천만명 이상이 시베리아나 중앙아시아로 강제 이주 되었는데 그중 절반인 1500만명 정도가 가난과 질병으로 죽었다고 전해진다. 스탈린이 죽는 1953년까지 약 30년간 소련은 그의 철권 통치가 계속되었고 이에 엄청난 수의 사람들의 죽음이 이어졌으며, 수많은 죄없는 사람들이 명목도 없이 수용소 생활을 하게 된다.

솔제니친의 소설 〈이반 데니스비치, 수용소의 하루〉는 소련 시베리아의 강제노동수용소에서 일어나는 매일 똑같이 반복되는 절망적인 인간의 가장 비참한 모습을 보여준다. 솔제니친 그 자신이 1945년부터 1956년까지 강제노동수용소 생활을 하였는데 이 소설은 그의 이러한 경험을 바탕으로 하고 있다.

주인공 이반 데니스비치 슈호프는 아무런 범죄 행위를 한 적도 없고, 어떤 특별한 정치적인 임무를 갖고 활동한 적도 없으며, 특별한 정치사상조차 가지고 있지 않은 아주 평범한 소시민에 불과했다. 당시 스탈린의 정치적 허울로 인해 억울하게 억압받고 비극에 몰렸던 수많은 약자의 대표적인 예라 할 것이다.

그는 특별한 죄목도 없이 권력의 희생물이 되었고, 자신이 알지도 못하는 죄명으로 인해 절망적인 삶을 살아갈 수 밖에 없었다. 힘든 강제 노동과 시베리아 벌판의 혹독한 강추위를 견뎌야 했고, 인간으로서의 기본적인 권리는 전혀 보장되지 않았다.

시간이 지나면서 수용소에서의 그들의 참혹한 삶은 정상적인 사고조차 할 수 없게 되었고, 가족에 대한 그리움마저 잃어버리게 되었으며, 그들의 육신은 날로 쇠약해져 갔다.

그와 그의 동료들은 죽음의 수용소에서 학대당하고 병에 걸려 한 명씩 이 세상을 떠나게 된다. 인간다운 삶을 제대로 누리지도 못한 채 한번 뿐인 이 생에서의 삶은 그렇게 사그러져 갔다.

아쉽게도 인류의 처참한 흑역사는 반복되는 경우가 너무나 많았다. 역사적으로 수많은 악의 권력자들이 힘도 없는 평범한 사람들의 인생을 빼앗았던 경우는 너무 흔했다. 하지만 그러한 아픔의 역사 속에서도, 그러한 무소불위의 엄청난 권력을 휘둘러 대는 험한 환경에서 희망을 잃지 않는 이들도 있었다.

단순하고 아무 욕심 없이 자기에게 주어진 운명을 살아갈 수 밖에 없었던 그들이었지만, 그 가혹한 환경을 인내하고, 아직도 마음 밑바탕에서 선한 것을 바라며, 언젠간 좋은 날이 오리라는 작은 소망을 가지고 하루 하루를 버티어 나갔다.

엄청난 권력의 핍박속에서도 작은 희망을 잃지 않고 인내하며 버티어 낸 사람들, 그들이 오히려 커다란 권력을 가지고 있었던 자들보다 더 위대한 것이 아닐까?

# 71. 파블로 네루다 (칠레, 1971)

 파블로 네루다는 1907년 칠레에서 태어났다. 1915년 어린 나이부터 시를 쓰기 시작했다. 네루다가 학교에 다닐 때 훗날인 1945년 노벨 문학상을 받게 되는 가브리엘라 미스트랄이 선생님으로 부임하면서 네루다는 문학의 열정이 타올랐다. 1924년 〈스무 편의 사랑의 시와 한 편의 절망의 노래〉라는 시집을 펴내며 본격적인 시인의 길로 들어선다. 이후 라틴아메리카의 가장 대표적인 시인으로 발돋움하면서 1971년 노벨 문학상을 받는다.


〈아침은 가득하다〉

한여름
아침은 폭풍우로 가득하다.

구름은 작별의 흰 손수건들처럼 흘러가고
바람은 그것들을 손에 쥐고 흔들며 불어간다.

바람의 수많은 심장은
우리의 사랑하는 침묵 위로 고동친다.

오케스트라 같고 신성하게, 나무들 사이에 반향한다.
싸움과 노래로 가득 찬 언어처럼.

급습하여 죽은 나뭇잎들을 쓸어가는 바람
새들의 박동하는 화살들을 빗나가게 한다.

그녀를 물보라 없는 파도 속에 흔드는 바람.
무게 없는 물질, 그리고 사위어가는 불.

그녀의 키스는 갑작스럽고 잠수하게 하며,
여름 바람의 문으로 습격한다.


〈그대는 나의 전부입니다〉

그대는
해질 무렵
붉은 석양에 걸려 있는
그리움입니다

빛과 모양 그대로
내가 가장 좋아하는 구름입니다

그대는 나의 전부입니다
부드러운 입술을 가진 그대여,
그대의 생명 속에는
나의 꿈이 살아 있습니다.
그대를 향한
변치 않는 꿈이 살아 숨 쉬고 있습니다

사랑에 물든
내 영혼의 빛은
그대의 발밑을
붉은 장밋빛으로 물들입니다

오, 내 황혼의 노래를 거두는 사람이여,
내 외로운 꿈속 깊이 사무쳐 있는
그리운 사람이여
그대는 나의 전부입니다
그대는 나의 모든 것입니다

석양이 지는 저녁

고요히 불어오는 바람 속에서
나는 소리 높여 노래하며
길을 걸어갑니다

사랑하는 그대여,
내 영혼은

그대의 슬픈 눈가에서 다시 태어나고
그대의 슬픈 눈빛에서 다시 시작됩니다.

 나에게 전부인 사람은 누구일까? 그러한 사람 한 명만 있어도
삶은 충분하다. 붉은 석양만 봐도 생각이 나고, 하루 종일 그리운
사람, 그 사람이 있기에 오늘도 살아볼 만한 것이 아닐까 싶다.
 모든 것을 같이 하고 함께 같은 길을 걸을 수 있기에 그 길을 걸
으면서 노래를 부를 수 있다. 삶이 더 이상 외롭지 않으며 하루하
루 살아있음을 느낀다.
 나의 영혼은 그로 말미암아 다시 태어난다. 그가 있기에 내가
있고 나의 삶은 충만하다. 그런 사람이 곁에 있을 수 있는 것에
대해 감사할 뿐이다.

# 72. 하인리히 뵐 (독일, 1972)

〈그리고 아무 말도 하지 않았다〉

하인리히 뵐의 〈그리고 아무 말도 하지 않았다〉는 2차 세계대전의 패망 후 독일 사회의 암울한 배경 속에서 한 가정과 그 주위의 이야기를 다룬 소설이다.

"내 손이 지폐를 헤아리고, 분류하고, 동전을 쌓아 올리는 동안 아이들은 나를 지켜보고 있다. 어느 성당의 관청에서 전화 교환수로 일하는 내 남편의 월급은 320마르크 83페니히. 지폐는 방세로, 한 장은 전기료와 가스비로, 한 장은 의료 보험비로 떼어 놓고, 빵집에 갚을 돈을 제하고 나니, 내가 쓸 돈 240마르크가 남는다. 프레드는 내일 돌려준다는 쪽지를 보내 놓고 10마르크를 가져갔다. 그는 그 돈을 술 마시는 데 쓸 것이다."

전후 가장 커다란 문제는 먹고 살아가기도 빠듯한 경제 사정이다. 한 가족이 살아가기에는 너무나 힘든 경제적 상황은 삶을 암울하게 만들 수밖에 없다. 이로 인해 그 어떤 삶의 다른 여유를 생각할 수조차 없다. 현실은 우리를 숨조차 쉬기 힘들게 만들어 버린다.

"나는 가끔 죽음을, 이승의 삶에서 저승의 삶으로 변화하는 순간을 생각해 본다. 그리고 그 순간 내게 남아있게 될 것을 상상해 본다. 아내의 창백한 얼굴, 고해실에서 본 신부의 빛나는 귀, 듣기 좋은 전례의 선율로 가득 찬 어스름한 성당에서 갖는 몇 차례의 차분한 미사, 아이들의 따스한 장밋빛 피부, 내 핏속을 돌아다니는 알코올, 아침 식사, 몇 번의 아침 식사, 그리고 커피 머신의 꼭지를 돌리는 소녀를 바라보는 순간, 나는 그녀도 남아 있게 될 것임을 알았다."

삶이 고단하다 보면 죽음을 상상하기 마련이다. 힘들기에 탈피하고 싶은 마음이 간절하기 때문이다. 자신이 원해서 그렇게 된 것도 아닌데, 시대가 만든 암울한 현실에서 그저 도피하고픈 마음뿐이다. 세상을 떠나면 모든 것이 해결될 수 있기에 우리는 죽음을 꿈꾸는지도 모른다. 삶은 그래서 슬프다.

"나는 물이 천천히 흘러나오는 수도꼭지 밑에 빈 양철통을 자꾸만 갖다 댄다. 내 시선이 거울 안쪽 뿌옇게 흐려져 가는 먼 곳을 빨아들인다. 내 두 아이의 몸이 빈대에 물려 부어오른 것과 몸에 생긴 이에 물린 자국이 보인다. 전쟁 때문에 생긴 엄청난 무리의 해충을 생각하면 구역질이 난다. 전쟁이 발발하자마자 수십억 마리의 이와 빈대, 모기와 벼룩이 움직이기 시작했는데, 그것은 무슨 일이 벌어질 것임을 알려주라는 말 없는 명령에 따른 것이었다."

전쟁은 많은 것을 앗아가 버렸다. 삶의 희망마저 잃어버리게 된 것인지도 모른다. 인간은 역사에서 무엇을 배우고 있는 것일까? 그 많은 역사의 흐름에서 전쟁이 가져다주는 결과가 어떤 것인지를 뻔히 알면서도 왜 인간은 똑같은 일을 반복하는 것일까?

"신은 이런 구역질 속에서 내게 남아 있는 유일한 것인 듯했다. 내 심장에 넘쳐흐르고 내 혈관을 가득 채우는 이 구역질이란 것이 피처럼 내 몸속을 돌아다녔다. 나는 식은땀을 흘리며 극도의 불안감을 느꼈다. 순간 프레드와 아이들이 떠올랐고, 어머니 얼굴이 보였고, 거울 속에서처럼 아이들 얼굴이 보였다. 하지만 그들은 모두 구역질의 홍수 속에 떠밀려 가버렸다. 그들 모두는 아무래도 상관없고 신이라는 그 단어 말고는 내게 남아 있는 것이라곤 아무것도 없다는 생각이 들었다. 나는 울었다. 이런 단어 하나 말고는 아무것도 보이지도 생각나지도 않았다. 뜨거운 눈물이 두 눈에서 얼굴 위로 마구 흘러내렸다."

울고 싶어서 우는 것이 아니다. 삶이 너무 고단해 나도 모르게 눈물이 나는 것이다. 이렇게 살고 싶지 않았다. 내가 원한 것도 아니고 나의 잘못도 아니다. 시대가 사회가 우리의 삶을 그렇게 뭉개 버렸다. 희망은 있는 것일까? 삶은 진정 살아볼 만한 것일까?

"나는 광채를 발하는 부인의 끔찍한 눈초리를 보며 언젠가 들었던 허스키한 목소리의 흑인 영가가 그리워졌다. 딱 한 번 듣고 그 이후로 다시는 들을 수 없었던 허스키한 목소리로 부르는 노래. 그리고 아무 말도 하지 않았다."

한 번밖에 주어지지 않은 생이기에 우리는 누구나 행복을 꿈꾸며 삶의 기쁨을 맛보며 살아가기를 원한다. 하지만 내가 원하는 대로 삶이 살아지는 것이 아니다. 우리의 삶은 언제 어떻게 될지 아무도 모른다. 삶의 고단함이 우리를 아무 말도 하지 못하게 만든다. 그래서 그도 아무 말도 하지 않았던 것이다.

# 73. 패트릭 화이트 (오스트레일리아, 1973)

〈신비스런 결혼〉

 1912년 영국 런던에서 태어난 패트릭 화이트는 케임브리지 대학을 졸업하고 제2차 세계대전에는 영국 공군에서 복무한다. 전쟁이 끝난 후 오스트레일리아에서 작가의 길을 걷는다. 의식의 흐름을 추구하는 작품을 추구했고 1950년대 이후 국제적인 명성을 얻는다. 20세기 오스트레일리아의 가장 뛰어난 작가로 1973년 노벨 문학상을 수상하였다.

 〈신비스런 결혼〉은 서로 관심이 없던 두 남녀가 대화를 하다가 전혀 생각하지 않는 방향으로 이야기가 흐르고 그로 인해 결혼하게 된다는 소설이다.

 "당신이 인간적인 감동을 갖는다면 그것은 자기 자신을 추켜세우는 것에 지나지 않지요. 그리고 그런 감동이 남에게 충동을 주었다손 치더라도 그것 역시 스스로를 위한 자만에 지나지 않아요. 그러기 때문에 당신이 겪는 그런 대부분의 자만이 바로 가냘픈 성격을 가진 사람들의 증오나 격앙을 시켜줄 뿐이라고 나는 생각합니다."

라우라와 보스는 우연히 대화를 하기 시작한다. 서로 호감이 없는데도 불구하고 대화는 계속되고, 서로 주장하는 것이 다르지만 시간이 갈수록 같은 방향으로 가게 됨을 느낀다.

"그런 격렬한 말을 주고 받으면서 그의 팔뚝과 맞닿았다. 그녀는 그의 팔목을 잡았다. 그들의 몸짓은 모두가 보기 흉했고 발작적이었다. 그들은 둘만의 순진한 울타리 속에서 서로 거리를 둔 채 서 있었다. 흔들거리는 둘만의 견해를 보다 굳게 하기 위해서"

남녀 간의 처음 만남은 남남으로부터 시작된다. 그래서 처음에는 서로의 거리가 멀 수밖에 없다. 하지만 어떠한 알 수 없는 힘이 작용하면서 그 거리는 좁혀지게 된다. 서로 많은 시간을 따로 살아왔기에 생겼던 원래의 거리가 점점 줄어들 수밖에 없다. 그 신비한 힘은 둘 사이의 거리를 완전히 줄이기도 한다.

"그렇게 그는 그날 저녁의 남은 시간을 보냈다. 그 자신 무엇을 생각했었는지 정확하게 설명할 수가 없었다. 그는 그가 확신하지 않은 것을 할 수만 있었다면, 그리고 처음부터 신중한 냉정으로 자신을 파괴하지 않았다면, 설명하려 들었을 것이다. 다만 불이 켜있는 방안에는 음악의 흔들림과 이미 그가 걸어 들어간 넓은 공간이 남아 있을 뿐이었다."

남녀 간의 관계는 이해할 수 없는 것이 존재한다. 그 알 수 없는 힘으로 인해 인연이 되어 평생을 같이 가게 되기도 한다.

# 74. 에위빈드 욘손 (스웨덴, 1974)

〈소녀와 늑대〉

1900년 스웨덴 스바르비외른스빈에서 태어난 에위빈드 욘손은 초등학교 교육밖에 받지 못했다. 14세부터 채석장의 석수, 벌목꾼, 벽돌공장 직공 등의 일을 했고, 이후 독일, 프랑스, 스위스, 영국을 돌아다니며 혹독한 가난에 많은 고난을 겪었다. 이후 기회가 닿아 작가 수업을 할 수 있었고 1927년 〈어둠 속의 도시〉의 출간을 시작으로 작품 활동을 이어갔다. 그의 많은 경험은 그가 작품을 쓰는데 있어서 중요한 소재가 되었고 1974년 노벨 문학상을 수상하게 된다.

〈소녀와 늑대〉는 어떤 한 소녀와 나이 차이가 얼마 나지 않는 어린 삼촌 간의 아름다운 이야기이다.

"하지만 지금은 우리 단둘이서 달랑 집을 지키며 밤이 되어 오는 것을 창밖으로 지켜보고 있다. 그것은 조금도 지루하지 않았다. 우리는 구름을 나누어 가지고 있었다. 저 구름은 내 것, 저쪽 것은 네 것, 그래서 우리는 하얗고 엷은 구름 조각을 일곱 개씩 나누어 가졌다. 구름 조각을 다 나눠 갖자, 힐데는 소꿉장난을 하자고 했다. 나는 싫다고 했다. 삼촌 체면에 소꿉장난을 같이 할 수는 없는 것이 아닌가. 그러자 힐데는 뽀로통해졌다."

한 집안에 같이 살고 있는 한 소녀와 나이 차이가 얼마 나지 않은 어린 삼촌은 단짝이다. 가장 친한 친구이기도 하고 가장 믿고 좋아하는 사이이다. 어린 시절 함께 모든 것을 하며 아름다운 추억을 만들어 가는 소녀와 삼촌, 친척 관계가 아니었으면 더 좋았을지도 모른다.

"우리 둘 사이의 옛날 얘기는 대부분이 늑대 이야기였다. 우리가 사는 시내엔 늑대가 없다. 버스가 곧장 집 앞에 정차하는 셈이니 무슨 늑대가 있겠는가. 우리가 사는 도시는 대도시이다. 동물원을 찾으면 늑대쯤은 얼마든지 볼 수가 있었다. 그런데도 동물원의 늑대 울은 늘 비어 있었다. 그래서 힐데가 본 것은 그림책에서 본 늑대뿐인 것이다. '힐데야, 이제 삼십 초 안에 네가 잠들지 않으면 내가 숲 속의 큰 늑대를 불러 올 테야!' 나는 올러댄다. 그래서 내가 '늑대야 와라!'하고 소리를 쳐야만 후다닥 침대로 뛰어들어 담요를 머리끝까지 뒤집어쓴다."

어린 소녀인 힐데를 재우는 것도 삼촌의 몫이다. 삼촌과 더 놀고 싶어 자고 싶지 않은 힐데, 늑대 이야기를 해주며 조카를 잠재우려는 삼촌, 그들은 그렇게 매일 같이 하루를 보내며 정을 쌓아간다.

"나는 별수 없이 힐데의 뜻대로 늑대 이야기를 다시 시작해야 했다. 그러나 힐데는 내가 늑대 이야기를 꺼내는 순간부터 이미

잠 속으로 빠져들고 있었다. 나는 창가에 한동안 더 기대서서 별들이 반짝이는 것을 바라보았다. 별들은 서로 무섭지 않다는 말들을 주고받는 것 같았다."

사랑하는 감정은 모든 조건을 넘어서는 것인지도 모른다. 이루어질 수 없는 사랑이지만 그래서 더욱 애틋한 것인지는 모르지만 인간에게 있어서 이보다 더 좋은 것은 없다. 그들의 순수한 사랑은 저 높은 하늘의 별처럼 아름답게 빛나고 있었다.

# 75. 에우제니오 몬탈레 (이탈리아, 1975)

1896년 이탈리아 제노바에서 태어난 에우제니오 몬탈레는 대학 재학중 제1차 세계대전의 일어나 보병장교로 참전한다. 전쟁 후 1925년에 발표한 시집 〈오징어의 뼈〉로 유명해졌고, 현대 이탈리아의 대표적 시인이 되었다. 제2차 세계대전 이후 그의 작품에는 현대 사회의 비참한 현실과 그 속에 존재하는 미의 순간을 시로 노래했다. 1975년 노벨 문학상을 수상한다.

〈해바라기〉

바닷바람에 그을린 내 영토에
옮겨 심은 해바라기 내게 가져와 주오,
번쩍이는 푸른 창공에 노란 얼굴로
종일토록 초조함을 내비친다오.

어스레한 사물이 광명을 향하고
몸체는 흐르는 어둠 속에 마멸되는데,
사물은 음악 속에 사그라진다.

소멸은 곧 행운 중의 행운이려니.

황금빛 투명함이 일어나는 곳으로
안내하는 그 화초를, 그대 내게 가져와 주오.
삶의 모든 본질을 증발시킨다.

빛에 미쳐버린 해바라기, 내게 가져와 주오.


　해바라기는 따스함이다. 햇살을 그리워하고 푸근한 태양 아래 하루종일 그 자리에 서 있다. 우리에게 따스한 사람은 얼마나 존재하는 것일까? 아무런 조건없이 항상 양지바른 곳에서 우리를 반겨 주는 사람은 얼마나 될까?
　해바라기는 그저 바라봄이다. 항상 태양을 바라보고 종일 따라다닌다. 자신을 계속 따라다니는 해바라기가 태양은 귀찮을지도 모른다. 하지만 해바라기는 그런 것은 전혀 상관하지 않고 태양이 무어라 하건 말건 하루종일 태양만 바라본다.
　어느 날은 태양이 구름에 숨어버리기도 하고, 많은 비가 내리기도 하지만 그런 것은 전혀 개의치 않는다. 구름이 지나가고 비가 멈추면 다시 태양을 향해 미소를 지을 뿐이다.
　무슨 일이 일어나더라도 오직 하나만 바라본다는 것은 그리 쉬운 일이 아니다. 자신의 이익을 생각한다면 절대 불가능하다. 삶을 자기 위주로만 살아가는 이들에게는 상상할 수 없는 것이다.

# 76. 솔 벨로 (캐나다, 1976)

〈오늘을 잡아라〉

솔 벨로는 1915년 캐나다 퀘벡에서 태어나 9세 때 시카고로 이주해 거기서 평생을 살았다. 시카고 대학교, 노스웨스턴 대학교, 위스콘신 대학교에서 공부를 했고, 1941년부터 작품 활동을 시작했다. 현대 사회에서 인간 소외에 관한 이야기를 주로 썼으며 1976년 노벨 문학상을 수상한다.

〈오늘을 잡아라〉는 솔 벨로의 대표적인 중편 소설로 직업을 잃어버리고 가족으로부터 버림받은 채 소외된 삶을 살아가고 있는 한 중년의 남성에 대한 이야기이다. 모든 것을 잃어버린 채 인생의 가장 밑바닥을 경험하며 삶의 비참함을 느끼는 그는 바로 우리 주위에 있는 그 누군가일 것이다.

"그즈음 윌헬름에게도 새로운 이름이 생겼다. 캘리포니아로 오면서 그는 토미 윌헬름이 됐다. 애들러 박사는 아들의 이름이 바뀌었다는 사실을 받아들이지 않았다. 요즘도 그는 아들을 여전히 윌키라고 불렀다. 지난 사십 년 넘게 그렇게 해 왔듯이. 지금 윌헬름은 아무렇게나 뭉쳐진 신문을 겨드랑이에 낀 채, 사람이 자기 마음대로 바꿀 수 있는 것은 별로 없다는 생각을 해 본다. 사람은 자신의 폐부, 신경, 체격, 기질 같은 것들을 바꿀 수 없다. 그러나 젊고 팔팔하고 매사에 충동적이고 세상 돌아가는 방식이 불만스러울 때는, 자신의 자유를 주장하기 위해 그런 것들을 마음대로 뜯어고쳐 보고 싶어한다."

주인공 토미 윌헬름은 자신의 꿈이었던 할리우드에서의 배우가 되기 위해 오랜 세월 자기의 젊은 청춘을 모두 바치지만 결국 실패하고 만다. 그는 이제 더 이상의 노력은 의미가 없다고 생각하고 자신의 꿈을 접는다. 그는 어릴 적 아버지가 원하는 삶을 살지 못했고 그렇게 되고 싶지도 않아 이름마저 바꾸고 노력하였지만 결국 아무런 것도 얻지 못한 채 세월이 흘러 중년이 되었고 다시 새로운 길을 가야만 했다.

"나는 너한테 한 푼도 줄 수 없어. 돈을 주기 시작하면 끝이 없을 거야. 너와 네 누이는 내가 가진 돈 마지막 한 푼까지 가져갈 거야. 그러나 나는 아직 죽지 않고 살아 있어. 나는 여전히 이 세상에 있다는 말이다. 생명이 아직 붙어 있어. 나도 너나 다른 사람처럼 살아 있어. 그리고 나는 누구도 내 등에 짊어지고 싶지 않단다. 다들 내 등에서 내려가. 그리고 윌키야, 너에게도 똑같은 충고를 해 주마. 누구도 네 등에 태우지 말아라."

경제적인 파산에 가까운 어려움 속에 몰리게 된 윌헬름은 최후로 아버지에게 가 도움을 요청하지만 어릴 때부터 아버지를 실망시켜 왔기에 아버지는 그에게 모든 도움을 거절한다. 그는 이제 그 누구에게도 도움을 받을 수 없을뿐더러 이 황량한 세상에서 혼자가 되었다. 그의 아내도 그를 버렸고 이제 아이들도 만날 수가 없었다. 외로움의 극치를 맛보게 된 것이다.

"이 시각이 또 다른 바로 지금의 순간이야. 이 순간을 살아야 하는데, 자네는 그것을 거역하려 하고 있어. 한 사람이 지금 자네에게 도움을 청하고 있잖아. 증권시장에 대한 생각일랑 잠시 접게. 그게 어디로 달아날까 봐. 이 일이 더 가치 있을 수도 있으니까"

힘들고 외로운 상황에서 그는 탬킨이라는 남자를 만난다. 탬킨은 윌헬름에게 과거는 지나가 버렸기에 소용없고, 미래는 아직 오지 않았기에 걱정할 필요가 없으니 오늘을 살라고 충고해 준다. 하지만 탬킨은 진실한 사람이 아니었다. 윌헬름이 어려운 상황에 처해 있다는 것을 알고 그에게 다가온 사기꾼이었다.

"그의 마음 한구석에는 탬킨이 지난 삼사십 년 동안 여러 차례의 힘든 고비를 넘겨 온 사람이니까 이번에도 이 위기를 잘 넘겨서 자신을 안전한 곳으로 데려가 주리라는 기대가 작용했던 것 같다. 사실 윌헬름은 자신이 탬킨의 등에 업혀 가고 있다는 것을 깨달았다. 그는 땅에 발을 딛지 않고 남의 등에 올라타 있다는 느낌이 들었다. 그는 공중에 떠 있었다. 발걸음을 옮기는 사람은 탬킨이었다."

윌헬름은 절망에 빠져 있는 자기에게 조그만 빛을 비추어 주는 탬킨을 믿고 그가 가지고 있던 모든 것을 탬킨에게 맡긴다. 탬킨이 윌헬름의 재산을 주식시장에서 커다란 수익을 올려 줄 거라 말했기 때문이었다. 하지만 탬킨은 윌헬름에게 전략적으로 다가온 철저한 사기꾼이었다. 탬킨은 윌헬름의 전 재산을 가지고 어느 날 사라져 버리고 만다. 더 이상 헤어 나올 수 없을 것 같은 절망 속에 빠진 윌헬름, 그는 우연히 길을 지나가다가 길가의 교회에서 진행되는 장례식에 인파와 섞여 들어가게 된다. 그 장례식에서 관에 누워 죽어 있는 사람을 보고 그는 흐느낀다.

"이윽고 그는 말도 제대로 못하고 이성을 잃은 채 일관성을 발휘할 수 없는 상태에 빠졌다. 그는 제어할 수가 없었다. 그의 체내 깊은 곳에 있는 모든 눈물보가 갑자기 터져서 뜨거운 눈물을 펑펑 쏟아 내게 하고, 몸에 경련을 일으키게 하고, 고개를 떨구게 하고, 손수건을 들고 있던 손을 마비시켰다. 정신을 가다듬으려는 그의 노력은 소용없었다. 목구멍에 맺혔던 커다란 비탄의 응어리가 부풀어 올라와 그는 완전한 포기 상태에서 두 손에 얼굴을 묻고 울었다."

윌헬름은 더 이상 아무것도 남아 있지 않았다. 부모, 아내, 자녀, 친구, 재산 등 모든 것이 떠나가 버렸다. 그는 남은 인생을 무엇을 위해 살아야 할지 막막했다. 죽은 사람이 누워 있는 것을 보자 자신도 죽은 삶이나 마찬가지라 생각했다.

"눈물이 앞을 가려 보이지 않는 윌헬름의 눈에는 꽃과 불빛이 황홀하게 뒤섞였다. 파도 소리 같은 무거운 음악이 귓가에 들려왔다. 눈물이 가져다주는 위대하고 행복한 망각으로 인해 군중들 한가운데에 자신의 몸을 숨기고 있던 그에게 음악 소리가 밀려왔다. 그는 그 음악을 듣고, 흐느낌과 울음에서 헤쳐 나와 그의 가슴이 궁극적으로 요구하는 극치를 향하여, 슬픔보다도 더 깊은 심연으로 빠져들어 갔다.”

무언가를 잃었다는 것을 그것을 바랐다는 것이다. 하지만 이 세상에 올 때 우리는 아무것도 가지고 온 것이 없다. 그러니 잃을 것도 없는 것과 마찬가지다. 지금 가지고 있는 것은 잠시 내게 맡겨져 있는 것일 뿐이다. 어차피 시간이 지나면 모두 나로부터 떠나가게 될 수밖에 없다. 삶을 깨닫는 순간 잃어버릴 것은 하나도 없다는 것을 알게 된다. 어차피 내 것이 아니었기 때문이다. 그러기에 우리는 항상 오늘을 살아가는 것으로 삶에 충실하면 될 뿐이다.

# 77. 비센테 알레익산드레 (스페인, 1977)

1898년 스페인 세비야에서 태어난 비센테 알레익산드레 1928년 첫 시집 〈경계〉를 발표한다. 1935년에는 에스파냐의 전통적 서정시와 초현실주의를 결합한 시집 〈파괴 또는 사랑〉을 출간했고, 1954년 현대 사회에서 인간 존재의 의미를 노래한 〈낙원의 그늘〉을 발표했다. 1977년 노벨 문학상을 수상하였다.

〈희망을 가지렴〉

그걸 알겠니? 넌 벌써 아는구나
그걸 되풀이 하겠니? 넌 또 되풀이 하겠지
앉으렴. 더는 보지 말고. 앞으로!
앞을 향해, 일어나렴. 조금만 더. 그것이 삶이란다
그것이 길이란다. 땀으로, 가시로, 먼지로, 고통으로 뒤덮인
사랑도, 내일도 없는 얼굴…,
넌 무얼 갖고 있느냐?
어서, 어서 올라가렴
얼마 안 남았단다

아, 넌 얼마나 젊으니!

방금 태어난 듯이 얼마나 젊고 천진스럽니!
네 맑고 푸른 두 눈이 이마 위에 늘어진
너의 흰 머리칼 사이로 빛나고 있구나
너의 살아 있는, 참 부드럽고 신비스런 너의 두 눈이.
오, 주저 말고 오르고 또 오르렴. 넌 무얼 바라니?
네 하얀 창대를 잡고 막으렴.
원하는 네 곁에 있는 팔 하나, 그걸 보렴.
보렴. 느끼지 못하니? 거기, 돌연히 고요해진 침묵의 그림자.
그의 투니카의 빛깔이 그걸 알리는구나.
네 귀에 소리 안 나는 말 한마디.
비록 네가 듣더라도, 음악 없는 말 한마디.
바람처럼 싱그럽게 다가오는 말 한마디.
다 해진 네 옷을 휘날리게 하는
네 이마를 시원하게 하는 말. 네 얼굴을 여위게 하는 말.
눈물 자국을 씻어내는 말.
밤이 내리는 지금 네 흰 머리칼을 다듬고 자르는 말.
그 하얀 팔을 붙잡으렴. 네가 거의 알지 못해 살펴보는 그것.
똑바로 서서 믿지 못할 황혼의 푸른 선을 쳐다보렴.
땅 위에 희망의 선을.
커다란 발걸음으로, 똑바로 가렴, 신념을 갖고, 홀로

서둘러 걷기 시작하렴……

우리가 살아가다 보면 많은 일들을 겪을 수밖에 없지만 어떤 상황에서도 길은 있고, 내일은 열린다. 스스로 희망을 가질 필요가 있다. 그것이 우리에게 커다란 힘이 된다는 것은 너무나 당연하다.

하지만 많은 상황이 우리를 슬프게 하고 절망에 빠뜨리게 하는 것도 사실이다. 그러한 것을 바라보지도 말고 생각도 하지 않은 채 그냥 앞으로 나갈 것만 마음에 두는 것이 낫다.

삶은 그러려니 하고 받아들이고 또 다른 내일을 위해 오늘을 살아가는 것으로 족하다. 그 누가 나에게 어떻게 하건, 나의 일상에 어떠한 일이 일어나건 어쨌든 다 지나가고 만다.

나이가 얼마가 되었건 오늘을 살아가는 사람은 현명한 사람이고, 내일을 바라보는 사람은 희망을 가진 사람이다. 삶은 충분히 살아볼 만한 가치가 있지 않을까?

# 78. 아이작 바셰비스 싱어 (폴란드, 1978)

〈원수들, 사랑 이야기〉

1902년 폴란드에서 태어난 아이작 싱어는 아버지 어머니 모두 랍비였다. 어릴 적부터 종교적인 분위기에서 성장한 그는 신학교에 입학하지만, 중도에 그만두고 잡지사와 신문사에서 일하게 된다. 1935년 나치의 박해를 피해 미국으로 망명했다. 많은 단편과 장편소설을 썼으며 1978년 "폴란드계 유대인의 문화적 전통을 바탕으로 인류의 보편적 상황을 이야기하는 감동적인 문학"이라는 이유로 노벨 문학상을 수상한다.

〈원수들, 사랑 이야기〉는 1940년대 말 뉴욕을 배경으로 어느 유대인 지식인의 고단한 삶을 다룬 작품이다. 대필 작가였던 헤르만에게는 그가 걸어온 인생의 길에서 뜻하지 않게 세 명의 아내를 가지게 된다. 나치들의 손에 죽은 줄 알았던 타마라가 첫 번째 아내였고, 그를 나치의 박해로부터 숨겨준 야드비가라는 순진한 여인이 두 번째였으며, 홀로코스트에서 살아남아 결혼한 마샤가 세 번째 여인이었다. 헤르만은 이혼이나 사별하지 않고 그렇게 세 명의 아내가 생겼던 것이다. 그의 인생의 굴곡처럼 그는 여

러 여인과 얽힌 사랑을 하면서 뉴욕까지 흘러 들어왔다. 홀로코
스트의 아픔과 고통도 있었지만, 그로 인한 여인과의 관계에서도
너무나 많은 상처와 어려움이 있었다.

"사실 인생이 아무리 괴로워도, 그리고 남은 삶이 단 하루가 될
지 한 시간이 될지조차 모르는 상황에서도 우리에겐 사랑이 필요
했어. 정상적인 상황일 때보다 훨씬 간절하게 사랑을 갈망했지."

헤르만은 우유부단했다. 야드비가를 사랑하지 않으면서도 은혜
를 갚기 위해 그녀와 결혼했고, 마샤를 진심으로 사랑하면서도
차마 야드비가를 버리지 못했다. 그는 경제적으로도 무능했고 삶
의 선택에 있어 결단을 하지 못한 채 이리저리 질질 끌려다니면
서 살아왔다.

"히틀러의 가스실도 최악이었지만 사람들이 모든 가치관을 잃
어버린 거야말로 고문보다 더 지독한 고통이죠"

세 명과 결혼했던 헤르만, 그는 인간에 대한 정에 약했던 사람
이었을까? 아니면 부도덕한 사람이었을까? 확실한 것은 나치 권
력의 희생양이 되면서 그의 삶이 그렇게 힘든 길을 걸을 수밖에
없었던 운명이었다는 것은 부인할 수 없는 사실일 것이다.

고단한 삶을 살아온 헤르만은 길을 가다 죽은 비둘기를 보고 다
음과 같은 말을 한다.

"신성한 새야, 넌 벌써 너의 삶을 다 살았구나. 넌 운이 좋은 거
란다."

나치의 유대인 박해를 피해 미국으로 망명하여 뉴욕에서 살았

던 아이작 싱어, 그 또한 지금 뉴저지주 유대인 묘지에서 편안히 잠들어 있다.

# 79. 오디세아스 엘리티스 (그리스, 1979)

　1911년 그리스에서 태어난 오디세아스 엘리티스는 아테네 대학에서 법학을 공부하다 프랑스 시인 폴 엘뤼아르에게 매료되어 법학을 포기하고 시를 쓰며 작품 활동을 하였다. 그리스의 모더니즘 문학을 대표하는 작가로서 1979년 노벨 문학상을 수상한다.

〈홀로 내 슬픔 다스리고〉

홀로 나는 내 슬픔을 다스리고
홀로 나는 버림받은 5월을 정복하고
고요한 시절의 들판에
홀로 나는 향기를 가득 내뿜고

칼에 찔린 상처는 아픔의 외침보다 깊지 않겠고
불의는 피보다 경건하지 못하다고 나는 말했다

나는 홀로 평원에 남고
폭풍을 맞아 홀로 접혀 성으로 끌려가니

부르짖던 말을 나는 홀로 간직하도다.

 내 슬픔은 오로지 나만의 것이다. 그 누구도 나의 슬픔을 대신해
줄 사람은 없다. 그 슬픔이 아무리 크다고 할지라도 그것이 나의
삶을 좌우할지라도 이를 다스리는 사람은 나밖에는 없다.
 누구나 버림받을 수 있다. 나라는 존재도 예외는 아니다. 삶은
결코 평탄하지 않다. 버림을 받았기에 버릴 줄도 알게 된다. 그리
고 그 버림받은 운명을 우리는 이겨내야 한다. 그 버림 뒤에는 그
보다 나은 훨씬 아름다운 순간이 분명히 올 것이다.
 아무리 상처가 아프다 할지라도 죽음을 넘어서지는 않는다. 누
구나 상처는 있기 마련이기 받아들이기에 따라 그 상처가 달리
치유될 수 있다.
 삶은 그러한 상처를 얼마나 나 홀로 스스로 치유하는 데 달려 있
는지도 모른다. 나 스스로 그 치유의 장인이 될수록 나의 삶은 오
히려 더 아름다워질 수도 있다.

# 80. 체스와프 미워시 (폴란드, 1980)

　1911년 리투아니아에서 태어난 체스와프 미워시는 빌뉴스대학과 파리에서 공부를 하고 시를 쓰기 시작했다. 제2차 세계 대전 당시 반나치 활동을 한 저항 시인이며 1951년 공산당 치하의 폴란드를 탈출하여 1970년 미국에 귀화한다. 1953년 출간된 〈유폐된 넋/사로잡힌 마음〉으로 국제적 명성을 얻었고 1980년 노벨 문학상을 수상한다.

〈젊은이〉

불행하고 어리석은 젊은이여
도회의 한 구역에서 방금 돌아온 젊은이여
안개 서린 전차 창문으로 비치는
군중의 비참하고 불안한 모습들
사치스런 장소에 들어갈 때마다 밀려드는 두려움
모든 게 너무 비싸기만 하다, 너무 고급스럽다,
자네의 미숙한 매너와 유행에 뒤진 옷, 그리로 서투른 행동을
사람들은 다 알아봤을 테지.

자네 곁에 서서 이렇게 말할 사람은 아무도 없어

당신은 잘생긴 청년이군요
당신은 건장하고 튼튼해 보입니다
당신이 불행하다니 믿기지 않는군요
낙타 털 외투를 걸친 테너 가수를 부러워할 필요도 없지
자네가 그의 마음속 두려움을 알고 그가 어떻게 죽을지 안다면

자네가 근심거리인 빨간 머리 여인
너무나 아름다운 그녀는 마치 불 속의 인형처럼 보이고
그녀가 익살꾼들의 놀림에 깔깔대는 것을
자네는 이해하지 못할 테지

자네를 떨게 하는 저택
눈부신 아파트
바로 이곳에서 기중기가 잡석을 치웠다네

자네 차례가 오면 자네도 무언가를 소유하고 지키고
아무런 이유가 없을지라도 자부심을 느끼겠지

소원은 이루어질 테고 그러면 자네는

연기와 안개로 짜여진 시간의 정수를 갈망할 테지

변치 않는 바다처럼 밀려왔다 밀려가는
단 하루에 불과한 무지갯빛 인생

자네가 읽은 책이 무슨 소용이겠나
답을 찾았지만 해답 없는 인생을 살았을 뿐

자네는 남쪽 도시의 거리를 걷게 될 거네
다시 처음으로 되돌아가서 황홀하게 바라보겠지
간밤에 내린 첫눈이 쌓인 하얀 정원을


  젊은 시절은 어리석을 수 있다. 삶이 무엇인지 그 경험이 없었기에 그럴 수밖에 없다. 젊었을 때 원하는 것이나 바라는 것을 모두 이룰 수는 없다. 그로 인해 번민과 고민도 있을 수 있지만 삶은 그러한 과정의 연속일 뿐이다.

  젊었을 때 이해하지 못하는 것도 세월이 지나면 이해가 되고, 바라고 욕심내던 것을 이루지 못해도 삶은 별것이 아니라는 것을 언젠가는 알게 된다.

  살아가다 보면 나에게 다가온 것은 언젠가 다 떠나가기 마련이다. 영원히 나와 함께 하는 것은 존재하지 않는다. 젊었을 때는 많은 것이 나의 곁에 오래도록 있을 것이라는 신념이 존재했지만, 그 신념도 헛된 꿈이었다는 것을 알게 된다. 그래서 인생은 무지개 빛일 수밖에 없다.

삶의 답을 찾아 열심히 달려왔건만 지나고 나서 보면 삶에는 답이 없다는 것을 언젠가는 알게 된다. 삶은 그저 존재했던 것만으로 충분하다. 젊은 시절은 그렇게 아름다운 추억으로 족할지 모른다.

# 81. 엘리아스 카네티(불가리아, 1981)

〈군중과 권력〉

1905년 불가리아 루스추크에서 태어난 엘리아스 카네티는 1911년 영국으로 이주했고 이후 오스트리아, 프랑스, 독일, 스위스 등을 전전하며 살았다. 오스트리아 빈에서 대학을 다녔고, 1938년 영국으로 망명했다. 1981년 "폭넓은 시각, 풍부한 기지와 예술적 힘이 깃든 작품들로 깊은 인상을 주신 점을 인정하여 이 상을 드립니다."라는 이유로 노벨 문학상을 수상하였다.

〈군중과 권력〉은 군중의 본질을 새로운 각도로 조명한 책이다. 카네티는 신화와 전설을 중심으로 한 원시 문화, 세계종교의 원전, 동서고금의 수많은 권력자에 대한 전기와 기록 등 광범위한 자료를 바탕으로 군중과 권력에 대한 메커니즘을 해부한다.

"군중은 언제나 성장하기를 원한다. 군중의 분출 현상은 언제고 일어날 수 있으며 또 가끔은 일어난다. 군중의 내부에는 평등이 지배하고 있다. 군중이 형성되는 것은 이 평등을 얻기 위해서이다. 그들은 이 평등으로부터 벗어나 어떤 것도 관심을 갖지 않으려는 경향이 있다. 군중은 밀집 상태를 사랑한다. 그 어느 것도 군중의 내부 틈새로 끼어들거나 군중을 갈라놓을 수는 없다. 모든 것은 군중 그 자체이어야 한다. 밀집감은 방전의 순간에 가장 강하다. 군중은 하나의 방향을 필요로 한다. 군중은 항상 동적이다. 군중은 어떤 목표를 향해 움직인다. 모든 구성원에게 공통인 이 방향은 군중의 평등감을 강화시킨다. 군중은 늘 와해를 두려워하므로 어떤 목표라도 받아들이려 한다."

공동체의 운명은 군중에 의해 좌우될 수 있다. 그렇기에 군중에 대한 이해가 필수적이다. 어떠한 방향으로 사회를 발전시켜야 할지는 군중에 의해 결정될 수 있다. 보다 많은 사람이 만족할 수 있는 사회는 군중과 더불어 창조되어야 한다.

"고양이는 쥐를 가지고 놀 때, 쥐를 얼마쯤 도망치게 버려두기도 하고 쥐에게서 등을 돌리기까지 한다. 그러나 쥐가 고양이의 권력의 테두리 안에 있다는 것에는 다를 바가 없다. 만일 쥐가 그 테두리를 뛰쳐나오면 고양이의 권력의 범위를 벗어나는 것이다. 그러나 잡힐 수 있는 한계를 벗어나기 전에는 그 권력의 테두리 안에 있는 것이다. 고양이가 지배하는 공간, 고양이가 쥐에게 허용하는 희망의 순간들, 그러나 잠시도 눈을 딴 데로 돌리지 않는 면밀한 감시와 해이해지지 않는 관심, 그리고 쥐를 죽이려는 생각, 이것을 모두 합친 것, 즉 공간, 희망, 빈틈없는 감시와 파괴적인 의도를 권력의 실체, 좀 더 단순히 말해 권력 그 자체라고 부를 수 있다."

보다 나은 사회를 위해서는 권력에 대해서 정확히 이해할 필요가 있다. 권력의 남용은 우리의 삶과 행복을 파괴할 수 있기 때문에 그러한 것을 막기 위한 제도적, 법적 장치를 마련해야 한다. 권력은 소수를 위한 것이 절대 아니다. 권력을 가진 자는 그 권력이 자신에게 주어진 그 의미와 가치를 이해하고 권력을 부여한 자는 그 권력의 잘못 쓰임을 방지할 의무와 책임이 뒤따른다. 그러한 노력 없이는 권력에 의해 우리 사회는 퇴보할 수밖에 없다. 그래서 군중과 권력은 뗄레야 뗄 수 없는 관계이며 그 메커니즘을 충분히 알아야 우리 사회는 보다 나은 단계로 발전될 수 있다.

# 82. 가브리엘 가르시아 마르케스
## (콜롬비아, 1982)

〈내 슬픈 창녀들의 추억〉

죽음을 바로 눈앞에 두고 있는 90살 먹은 노인과 이제 막 14살이 된 소녀의 사랑은 가능한 것일까? 게다가 그 소녀는 가난한 집안과 어린 동생을 보살피기 위해 나이를 속인 창녀였다면 우리가 생각하는 모든 상식을 뛰어넘지 않고는 불가능한 사랑일 텐데 그것이 정말 가능한 것일까?

가브리엘 마르케스의 소설 〈내 슬픈 창녀들의 추억〉은 우리가 생각하는 평범한 사랑을 뛰어넘는 진정한 사랑이 무엇인지를 가슴 깊이 생각하게 하는 소설이다.

가브리엘 마르케스(Gabriel Garcia Marquez, 1927~ )는 남미 콜롬비아 출신으로 지난 세기 남미 문학의 가장 대표적인 작가이다. 보고타 대학에서 법학을 공부하였으나 19세에 "세 번째 단념"이라는 작품으로 등단을 하면서 저널리스트와 작가의 길로 들어선다. 그의 소설은 라틴아메리카 출판 역사에서 하나의 신화였다. 1982년 노벨 문학상을 수상하였다.

소설의 주인공 엘사비오는 지방 신문의 칼럼니스트였다. 그는

"낡은 라디오 대신 교양 있는 음악 프로그램에 주파수가 맞추어진 단파 라디오를 가져다 놓아 델가디나는 모차르트의 사중주를 들으며 잠잘 수 있었다. 그러나 어느 날 밤 나는 유행하는 볼레로만 들려주는 방송 프로를 발견했다. 의심할 나위 없이 볼레로는 그녀의 취향이었고, 나는 아무런 고통 없이 그 사실을 받아들였다. 나 자신도 한창때는 마음속으로 그 음악을 듣는 훈련을 하기도 했었으니까. 이튿날 집으로 돌아가기 전에 나는 거울에다 립스틱으로 이렇게 적었다. '나의 소녀여, 우리는 이 세상에 단 둘이다.'"

어떤 이의 모든 것을 받아들이는 것은 지극히 어려운 것이다. 하지만 진정한 사랑이라면 가능하다. 그 어떤 장애물도 넘어설 수 있다. 그렇게 이제까지 자신이 살던 세상과는 결별한 채 새로운 세상이 가능해진다. 둘이 함께 존재함만으로 더 이상 바라는 것이 없게 된다.

"그러자 어느 날 밤, 하늘에서 한 줄기 빛이 내려온 것과 같은 일이 일어났다. 그녀가 처음으로 웃은 것이다. 그리고 한참 후 아무런 이유도 없이 몸을 뒤척이더니 못마땅한 듯이 중얼거렸다. 달팽이들을 울린 사람은 이사벨이었어요. 나는 그녀와 대화를 나눌 수도 있다는 환상에 흥분해서, 같은 어조로 물어보았다. 그게 누구 것이었는데? 하지만 그녀는 묵묵부답이었다. 그녀의 목소리에는 천격스러운 억양이 있었는데, 그건 마치 그녀가 아니라 그녀 안에 있는 누군가 다른 사람의 목소리 같았다. 그러자 내 영혼에 드리워졌던 온갖 의혹의 그늘이 말끔히 걷혔다. 나는 잠들어 있는 그녀를 더 사랑하고 있었다."

옷음은 받아들임이다. 14세의 소녀 델가디나 역시 90세인 엘사비오를 마음에 서서히 받아들이고 있었다. 우연한 만남이었지만 인연이었다. 인연을 거스를 수는 없었다. 나이건, 조건이건, 환경이건, 그렇게 모든 것을 넘어서서 진실한 사랑은 시작되고 있었다. 함께하는 시간이 많아지면서 그렇게 닫혀 있던 마음도 서서히 열리기 마련이다. 만남은 그래서 우연이 아닌 것이다.

"그날 밤 나는 모든 것을 준비하고 아흔한 살이 되는 첫 번째 순간에 닥칠 마지막 고통을 기다리면서 드러누웠다. 멀리서 종소리가 들려왔고, 옆으로 누워 자고 있던 델가디나의 영혼이 내뿜는 향내가 풍겨 왔다. 수평선에서 비명이 들렸는데, 아마도 한 세기 전에 이 방에서 죽었던 그 누군가의 흐느낌인 것 같았다. 그러자 나는 마지막 힘을 다해 불을 껐고, 그녀를 데려가고 싶은 마음에 그녀의 손을 잡아 깍지를 끼었다. 나는 12시를 알리는 열두 번의 종소리를 세면서 마지막 열두 방울의 눈물을 흘렸다. 그러자 닭들이 울기 시작했고, 영광의 종소리가 울려 퍼졌으며, 아흔 살까지 무사히 살아남은 기쁨을 축하하는 축제의 불꽃이 솟아올랐다."

주인공인 엘바시오는 자신의 삶을 그녀와 함께하기를 진정으로 소원했다. 모든 것을 잊고 오직 그녀와 이 세상에서 남아 있는 마지막 시간들을 같이 하기만을 기원했다. 그리고 그는 그녀의 손을 잡았다. 닭이 울었다. 새벽이 열렸다. 남아 있는 시간이 얼마인지는 알 수 없지만 새로운 세계의 날이 밝았다.

"소녀가 따를 거라고 생각하오?"

"아, 나의 서글픈 현자 양반, 늙는 것은 괜찮지만 멍청한 소리는 하지 마세요." 로사 카바르카스는 우스워죽겠다는 듯이 말했다. "그 불쌍한 아이는 당신을 미칠 정도로 사랑하고 있어요."

비록 나이는 어린 소녀였지만 그 소녀 역시 아흔 살의 그를 마음 깊이 진정으로 사랑하고 있었다. 진실한 사랑을 받았기에 가능했던 것이다. 엘사비오는 전혀 상상할 수 없었던 일이 벌어졌다. 어떻게 14살 소녀가 자신을 사랑할 수가 있었던 것일까? 사랑은 그렇게 모든 것을 초월해서 다가올 뿐이었다.

"햇빛이 환하게 비추는 거리로 나선 나는 처음으로 내가 나의 첫 번째 세기의 희미한 수평선에 이르러 있음을 알았다. 아침 6시 15분경 고요하고 정돈된 나의 집은 행복한 여명의 색깔을 즐기기 시작했다. 다미아나는 부엌에서 목청껏 노래를 부르고 있었고, 되살아난 고양이는 내 발목에 꼬리를 둘둘 말더니 책상까지 함께 걸어갔다. 나는 누렇게 바랜 종이와 잉크병, 오리 깃털 펜을 정돈했다. 태양은 공원의 편도나무 사이로 떠올랐고, 강이 마른 탓에 일주일이나 늦게 도착한 우편선이 포효하면서 항구로 들어왔다. 마침내 현실이 되었다. 그러니까 나는 건강한 심장으로 백 살을 산 다음, 어느 날이건 행복한 고통 속에서 훌륭한 사랑을 느끼며 죽도록 선고받았던 것이다."

사랑은 모든 것을 바꾼다. 자신이 바라보는 세계도, 자신이 속해 있는 현실도 모두 다 바꾸어 버린다. 매일 똑같이 떠오르는 태양이 새로운 태양이 되고, 매일 드나드는 항구의 배도 새로운 배로 거듭 태어난다. 가슴 깊은 진정한 사랑은 그렇게 삶마저 아름답게 만들어 버린다.

### 〈백 년 동안의 고독〉

마르케스의 소설 〈백 년 동안의 고독〉은 근친상간과 관계된 부엔디아 집안의 백 년간에 걸친 이야기를 담고 있다.

"우르술라의 어머니가 태어날 아이에 대해서 오만 가지 불길한 예언으로 그녀에게 겁을 주며 혼례의 마무리라고 할 수 있는 남편과의 사랑 행위를 거부하도록 하지만 않았던들 그들은 그날 밤부터 행복할 수 있었을 것이다. 잠자는 사이에 힘세고 고집스러운 남편에게 침범당하는 것을 두려워한 우르술라는 잠자리에 들기 전에 반드시 어머니가 돛배 천으로 장만해 준 빳빳한 바지를 입었다. 그것은 얽히고설킨 몇 개의 끈으로 다시 보강되었고, 앞부분은 튼튼한 자물쇠로 잠갔다."

소설의 주인공 호세 아르카디오 부엔디아와 우르술라 이구아랑은 사촌지간이었으며 근친상간적 결혼이었다. 조상 중에 근친혼으로 인해 돼지 꼬리가 있는 아기를 낳았다는 이야기를 들은 우르술라는 결혼 후에도 남편과의 부부관계를 거부한다. 이것은 결국 남편이 살인을 하게 되는 비극으로 이어진다.

"그는 피에 굶주린 조부의 창을 들고 10분 뒤에 돌아왔다. 마을 사람들의 절반가량이 모여 있는 투계장 입구에선 프루덴시오 아길라가 기다리고 있었다. 그는 싸울 자세를 취할 틈도 없었다. 아우렐리아노 부엔디아 1세가 표범을 잡을 때와 같은 정확한 겨냥이었다. 호세 아르카디오 부엔디아는 황소 같은 힘으로 창을 던졌고, 마침내 그의 목에 푹 꽂히고 말았다."

부엔디아의 살인으로 인해 아내인 이구아랑은 남편과의 부부관계를 허락할 수밖에 없었고 그들은 마을을 떠나 마콘도라는 곳으로 이주를 하게 된다.

마콘도로 이주한 후 부엔디아와 이구아랑에게서 자손들이 차례차례 태어나고 집시들이 이 마을을 방문하면서 신기한 물건들도 전해진다. 그리고 세월이 흐르면서 이 마을엔 이상한 일들이 계속해서 일어난다.

"문을 연 순간 바닥에 즐비하게 놓여 있는, 어느 것이나 두세 번은 사용한 흔적이 있는 요강의 견딜 수 없는 악취가 코를 찔렀다. 완전히 대머리가 된 호세 아르카디오 세군드는 숨 막힐 듯한 냄새로 더럽혀진 공기를 꺼림칙하게 여기지도 않고 이해할 수 없는 양피지를 싫증도 내지 않으며 되풀이 읽고 있었다. 신성한 빛이 그를 에워싸고 있었다. 문이 열린 것을 알고 그는 눈을 살짝 들었다. 동생은 그의 눈을 본 것만으로 그가 증조부와 같은 운명을 걸어왔다는 것을 깨달았다.

'삼천 명도 더 될 거다. 틀림없다. 역 앞에 모였던 사람들은 모두 학살당한 거야!'"

마을에서는 혁명전쟁을 일으킨 자유파 사람들과 정부군에 의해 마을 사람들이 사살된다. 게다가 4년 동안 계속되는 홍수와 10년 넘게 이어지는 가뭄으로 마콘도는 황폐화되어 간다.

"아우렐리아노 부엔디아가 양피지의 해독을 마친 그 순간에 이 거울의 마을, 신기루의 마을은 바람에 날려갈 것이며, 인간의 기억으로부터 영원히 사라져 버릴 것이 확실했기 때문이었다. 또 백 년 동안의 고독으로 운명 지어진 이 집안의 가계는 두 번 다시 이 세상에 나타날 기회를 갖지 못할 것이므로, 거기 적혀 있는 모든 것은 과거와 미래를 가릴 것 없이 영원히 되풀이될 가능성은 없다고 생각했기 때문이었다."

우르슬라는 자신의 후손들에게 근친상간을 하지 말 것을 계속해서 강조하지만, 결국 그들의 후손 중 한 명인 아우렐리아노 2세가 돼지 꼬리를 달고 태어나는데 이 아기는 불개미에게 잡아먹혀 버리고 만다. 이와 더불어 부엔디아 집안의 백 년에 걸친 역사도 마콘도와 함께 끝이 나버리고 만다.

인간인 우리가 지켜야 할 선은 어디일까? 사람으로서 해야 할 일과 하지 말아야 일의 기준은 분명히 존재할 것이다. 그것을 넘어서는 순간 우리는 파멸의 길로 들어설 수밖에 없다. 우리의 삶이 파멸로 끝날지는 우리 자신에 의해 결정될 가능성이 가장 많을 수밖에 없다.

# 83. 윌리엄 골딩 (영국, 1983)

〈파리대왕〉

 인간의 내면에는 선과 악이 함께 존재하고 있다. 하지만 그 성향은 개인마다 다를 수밖에 없다. 문제는 선한 사람이 언제든 악한 인간으로 될 수도 있고 악했던 사람이 선한 쪽으로 변할 수 있는지이다. 선과 악이 대결할 경우 선이 항상 이기는 것도 아니다.

 윌리암 골딩의 〈파리 대왕〉은 인간 내면의 선과 악의 대결을 어린 아이들의 모습을 통해 이야기하고 있다. 골딩은 1911년 영국 태생으로 옥스퍼드 대학을 졸업한 후 2차 세계 대전에 참전하였다. 전쟁 후 교사로 일하면서 소설을 쓰기 시작하였고 1983년 노벨 문학상을 수상하였다.

 "그는 물이 들어 있는 열매껍질을 들고는 무릎을 꿇었다. 동그란 햇볕의 반사점이 얼굴에 맞아 그 반사로 물속에 밝은 그림자가 나타났다. 그는 놀라며 그 속을 들여다보았다. 거기 보이는 것은 이미 자기의 모습이 아니었고 무시무시한 다른 사람이었다. 그는 물을 내버리고 신명 나게 웃으며 일어섰다. 못가에는 그의 건장한 육체가 하나의 마스크를 쓰고 있는 모습에는 남의 이목을 끌고 그들을 위압하는 서슬이 있었다. 그는 덩실덩실 춤을 추기 시작했고 그의 웃음소리는 피에 주린 으르렁 소리로 변했다."

우리 내면에 존재하는 악은 언제 어떠한 모습으로 나타날지 모른다. 인간에게는 누구에게나 이러한 악의 가능성이 존재하는 것이다. 내면에 잠재하던 악이 나타남은 자아가 어떤 선택을 하느냐에 달려 있을 뿐이다.

"여기서 더위에 녹초가 된 암퇘지는 쓰러졌다. 소년들은 마구 덤벼들었다. 이 미지의 세계로부터의 무시무시한 습격에 암퇘지는 미친 듯이 날뛰었다. 비명을 지르고 뛰어오르고 했다. 온통 땀과 소음과 피와 공포의 난장판이었다. 로저는 쓰러진 암퇘지 주위를 달리면서 살이 드러나 보이기만 하면 닥치는 대로 창으로 찔러댔다. 잭은 암퇘지를 올라타고 창칼로 내리 찔렀다. 로저는 마땅한 곳을 찾아서 제 몸무게를 가누지 못해 자빠질 정도로 창을 밀어 넣기 시작하였다. 창은 조금씩 속으로 밀려 들어가고 겁에 질린 암퇘지의 비명은 귀가 따가운 절규로 변하였다. 이어 잭은 목을 땄다. 뜨거운 피가 두 손에 함빡 튀어 올랐다. 밑에 깔린 암퇘지는 축 늘어지고 소년들은 나른해지며 이제 원을 풀었다."

악은 사냥감을 찾기 마련이다. 소설에서는 소년들이 단순히 하는 사냥놀이로 묘사하였지만, 사실 이는 인간 내면에 존재하는 악이 활동을 함을 뜻한다. 악에 익숙해지자 사람들은 악을 즐기는 정도의 단계까지 이를 수 있음을 상징한다.

"'어느 편이 좋겠어? 너희들같이 얼굴에 색칠한 검둥이처럼 구

는 것과 랠프같이 지각 있게 구는 것과'

오랑캐들 사이에서 큰 함성이 터졌다. 돼지는 다시 소리쳤다.

'규칙을 지키고 합심을 하는 것과 사냥이나 하고 살생을 하는 것, 어느 편이 더 좋겠어?'

랠프는 커다란 바위 구르는 소리를 들었다. 그가 그것을 본 것은 한참 뒤의 일이었다. 바위는 턱에서 무릎으로 스치면서 돼지를 쳤다. 소라는 산산조각 박살이 나서 이제 없어져 버렸다. 무슨 말을 하기는커녕 신음 소리를 낼 틈도 없이 돼지는 바위에서 조금 떨어진 채 공중으로 치솟았다. 떨어지면서 재주를 넘었다. 바위는 두 번 튀어 오르더니 숲속으로 처박혀 보이지 않게 되었다. 돼지는 40피트 아래로 내려가 바다 위로 삐져나온 네모진 붉은 바위에 등을 부딪치고 떨어졌다. 머리가 터져서 골통이 튀어나와 빨갛게 됐다."

우리의 내면에는 선과 악, 합리적 이성과 광기, 동물적 본능과 도덕적 양심의 대결이 항상 존재하고 있는지도 모른다. 소년들은 자신들의 친구마저 죽여버리고 말았다. 악은 진화한다. 진화된 악은 서슴지 않고 더 커다란 사냥감을 찾아 헤매며 이를 해치워 버린다. 선은 어쩌면 이러한 악을 상대할 수 없게 될 수도 있다. 인간이 악의 노예로 전락하고 마는 것이다.

"잭은 암퇘지 머리를 들고 막대기의 뾰족한 끝에 부드러운 목구멍을 쑤셔 박았다. 막대기는 아가리께로 빠져나왔다. 그는 물러섰다. 암퇘지 머리는 거기에 걸려 있고 피가 막대기로 조금 흘러내렸다. 창자 더미 위에는 파리가 새까맣게 모여들어서 톱질을 하는 소리같이 윙윙거렸다. 얼마 후에 이 파리떼는 사이먼을 알아챘다. 잔뜩 배를 채웠기 때문에 파리떼는 사이먼이 흘리는 땀을 찾아와 마셨다. 파리떼는 사이먼의 콧구멍 아래를 간질이고 넓적다리 위에서 등넘기 장난을 하였다. 파리떼는 새까마니 다채로운 초록빛을 띠고 있었고 헤아릴 수 없을 만큼 많았다. 그리고 사이먼의 전면에는 〈파리 대왕〉이 막대기에 매달려 씽긋거리고 있었다."

우리의 내면뿐만 아니라 우리 사회에서도 선과 악은 대결을 벌이고 있다. 어느 사회건 악의 집단은 있고 그 우두머리는 존재하기 마련이다. 그가 바로 파리 대왕이다. 우리 사회의 악의 우두머리는 누구일까?

우리의 내면도 또한 마찬가지이다. 살아가면서 어느 쪽으로 더 가야 하는 것인지는 본인 자신의 결정일 뿐이다. 나는 선한 모습이 더 많은 사람일까, 아니면 악의 모습을 더 많이 가지고 있는 것일까? 악을 대변하는 나의 내면에 존재하는 파리 대왕은 무엇일까?

# 84. 야로슬라프 사이페르트 (체코, 1984)

1901년 체코의 프라하에서 태어난 야로슬라프 사이페르트는 1931년부터 주간지의 편집장을 하면서 작품 활동을 하였다. 1936년 〈비너스의 손〉, 1954년 〈어머니〉라는 시집을 냈다. 개인주의와 예술지상주의를 지향하는 포에티즘 운동을 이끌었다. 1984년 노벨 문학상을 받았다.

〈이젠 안녕〉

세상의 수많은 시에 나도 몇 줄 보탰지만
그것들이 귀뚜라미 소리보다 더 현명할 것 없다는 것을 나는 안다.
그러니 용서해 달라
이제 그만 작별을 고하리라.

그것들은 달에 내디딘 첫 발자국도 아니었으며
어쩌다 잠깐 반짝거렸다 해도
그 자체의 빛이 아니라 반사한 것이었다.

나는 다만 언어를 사랑했다.

시는 처음부터 우리와 함께 있어 왔다.
사랑처럼
굶주림처럼, 전염병처럼, 전쟁처럼
때로는 나의 시가 당혹스러울 만큼
어리석을 때도 많았다.

그러나 변명할 생각은 없다.
아름다운 단어들을 찾는 것이
사람을 죽이고 살생하는 일보다
한결 나은 일이라고 믿으니까

시는 우리의 삶과 항상 함께한다. 시는 우리의 마음이기 때문이다. 평생을 함께해 온 시였기에 이제 안녕을 고해도 미련이 없을 것이다.

언어는 우리의 존재를 대변한다. 그러한 언어로 우리는 살아가고 소통하고 이해한다. 그기에 언어를 사랑하지 않을 수 없다. 언어를 통해 나의 존재의 확장을 느낄 수 있다.

그러한 언어로 나의 삶을 이야기할 수 있는 시를 쓴다는 것은 축복이 아니면 무엇이겠는가? 매일의 삶 속에서 나의 평생의 삶을 통해 시가 함께 해 왔다면 더 무엇을 바라겠는가?

# 85. 클로드 시몽 (프랑스, 1985)

〈레 제오르지크〉

1913년 프랑스령인 마다가스카르에서 태어난 클로드 시몽은 누보 로망의 대표적 작가이다. 제2차 세계 대전에서 프랑스 기병대에 복무하였고 독일군의 포로가 되었으나 탈출하여 레지스탕스에 참가하였다. 이후 작품 활동에 전념하였고 1985년 "자신의 소설 속에서 인간의 조건을 묘사하는데 있어 시간을 깊이 의식하며 시인과 화가의 창의성을 양립시켰다"라는 이유로 노벨 문학상을 수상하였다.

〈레 제오르지크〉는 두 세기 동안을 배경으로 프랑스 혁명과 나폴레옹 시대의 이야기가 교차되면서 여러 등장 인물들의 생애를 복잡하게 엮은 누보 로망이다.

"전쟁에서 아주 작은 조약돌의 소름 끼치는 소리에 신경질적으로 소스라치기, 증가되고 끝이 없는 시간, 거리가 무시무시하게 느리다는 인상, 일 분 한 시간, 백 미터 수 킬로미터의 한없는 전진, 이 밤, 이 모든 지구가, 마치 공포에 질려 어둠 속에서 꿈틀거리면서 앞으로 나아가지도 못하고 기다리기만 하는 벌레처럼"

클로드 시몽의 누보 로망의 특징은 인간을 심리나 영혼의 입장에서 관찰하지 않고 물질 상호간의 관계를 바라보는 시선으로 인간을 관찰하는 것이 특징이다. 전쟁 또한 클로드 시몽은 그러한 입장에서 관찰하고 있다.

"시간은 정지되고 동시에 공전되고 있었으며, 역사는 앞으로 나아감이 없이 갑작스러운 뒤로의 복귀와 예견할 수 없는 우회를 가지고 제자리에서 소용돌이치고 있었으며, 목적 없이 떠돌고, 이런 종류의 소용돌이 범위 내에 있는 모든 것을 끌어들이고, 전보다 더 초연한 채, 이 기념비적인 거대한 평온 속에서 혹은 그 뒤에서 밀려난 채, 쓰러질 듯한 가구들과 해진 양탄자를 가진 그들의 성에서 농부처럼 살고 있는, 도금이 벗겨진 가문을 가진 시골 귀족의 오랜 혈통인 그의 조상들로부터 유증 받은 땅에서 사는 사람의 세심하고 기대를 갖게 하는 시선으로 그의 주위를 휘둘러 보고 있었다."

레 제오르지크는 우리 나라 말로 농경시로 번역된다. 주인공도 없고 스토리도 없으며 2세기에 걸친 긴 시간을 배경으로 수많은 인물과 사건이 수없이 교차되고 있다.

# 86. 월레 소잉카 (나이지리아, 1986)

〈오브 아프리카〉

1934년 아프리카 나이지리아에서 태어난 월레 소잉카는 나이지리아의 이바단 대학을 졸업한 후 영국 리즈 대학에서 영문학을 전공했다. 이후 런던의 한 극장에서 배우 겸 감독으로 일했다. 1960년대 후반 나이지리아 내전 때 정전을 촉구하는 기사를 기고했다가 수감된다. 이후 나이지리아 군사정부에 대한 저항운동에 가담한 그는 미국과 프랑스에서 망명 생활을 하다가 나이지리아에 민정이 회복되면서 귀국한다. 1986년 "폭넓은 문화적 관점과 시적인 배움으로 존재의 드라마를 유행하는 작가"라는 이유로 아프리카 출신으로는 처음으로 노벨 문학상을 수상하였다.

〈오브 아프리카〉는 아프리카의 자유와 인권, 종교와 종족 간의 갈등, 아프리카 정치에 대한 비판으로 아프리카의 문제와 그 나아갈 바를 제시한다. 이슬람과 기독교 문화가 아프리카 원주민들을 노예화한 것을 비롯하여 아프리카 대륙에 저지른 물질적인 잔혹 행위는 아프리카 주민들에 대한 엄청난 죄악으로 다시는 반복되어서는 안 되는 비극이었다.

"아프리카는 공산주의와 자본주의 이데올로기의 손에 놀아나는 존재였다. 더 정확히 말하면 이 이데올로기나 저 이데올로기의 깃발을 든 블록 사이에서 놀아나는 존재였다."

지난 몇백 년 동안의 아프리카의 역사는 피와 눈물의 역사였다. 아프리카 주민들에게 인권이란 단어는 존재하지도 않았고, 가진 자의 노리개에 불과했을 뿐이다. 천연자원뿐 아니라 인적 자원의 수탈은 차마 인간으로서 할 수 있는 수준의 행위들이 아니었다. 그 어떤 보상도 그러한 아픔과 고통을 대신할 수는 없다.

"아프리카의 모든 나라는 제국주의 열강들이 이해관계에 따라 순수한 동기를 가진 모험가에 의한 허구, 상업적인 허구화, 권력 지향의 내적 허구화, 대륙 간 교환을 위한 주도권의 허구화로 점철되어 있다."

제국주의자들은 아프리카의 원주민을 미개인으로밖에 보지 않았다. 수천 년 동안 내려온 그들의 고유한 문화나 전통, 관습은 한낱 어린애들 오락거리 정도로만 인식했을 뿐이다. 그 많은 수탈과 억압의 죄악을 어떻게 책임질 것인가?

그는 평상시 "국가가 인간이 지닌 고귀한 가능성에 대한 신념을 인식하게 하기 위해서는 지속적으로 싸워야 한다"라고 말한 것처럼 잘못된 권력에 대한 저항으로 평생을 살아왔다.

하버드 대학에서 강의도 하고 미국의 영주권을 가지고 있었던 그는 트럼프가 인종 차별 논란을 일으킨 대선 공약을 발표하자 "트럼프의 승리가 발표되는 순간 나는 영주권을 찢어버리고 짐을 싸겠다."라고 말했는데, 트럼프가 당선되자 바로 영주권을 포기하고 고향인 나이지리아로 돌아갔다.

# 87. 조지프 브로드스키 (소련, 1987)

조지프 브로드스키는 1940년 러시아 레닌그라드(현재의 상트 페테르부르크)에서 태어났다. 15세에 학교를 그만두고 노동자로 일하며 독학한다. 1956년 헝가리 사태로 인해 반체제 성향을 가지게 된다. 1963년 〈존 던에게 바치는 비가〉라는 시를 발표한 후, 1964년 북극 아르한겔스크 부근의 강제노동수용소에 유배된다. 18개월 만에 석방되었지만, 강제 추방되었다. 미국으로 망명하였고, 후에 미시간 대학교와 컬럼비아 대학의 교수가 된다. 1980년 그의 시를 모은 〈연설 한 토막〉을 발간한다. 1987년 노벨 문학상을 수상한다.

〈겨울 물고기〉

물고기는 겨울에도 산다
물고기는 산소를 마신다
물고기는 겨울에도 헤엄을 친다
눈으로 얼음장을 헤치며
저기

더 깊은 곳
바다처럼 깊은 곳으로
물고기들
물고기들
물고기들
물고기는 겨울에도 헤엄을 친다
물고기는 떠오르고 싶어한다
물고기는 빛 없어도 헤엄을 친다
겨울의 불안한 태양 밑에서
물고기는 죽지 않으려고 헤엄을 친다
영원히 같은
물고기의 방식으로
물고기는 눈물을 흘리지 않는다
얼음조각 속에 머리를 기대고
차디찬 물 속에서
얼어붙는다
싸늘한 두 눈의
물고기들이
물고기는 언제나 말이 없다
그것은 그들이 말을 하지 않기 때문이다
물고기에 대한 시도
물고기처럼

목구멍에 걸려 얼어붙는다.

　겨울은 생명체가 살아가기 힘든 계절이다. 한겨울 추운 날씨로
인해 강물이 꽁꽁 얼어버렸다. 그 두꺼운 얼음 아래에서도 겨울
물고기는 살아가고 있다. 영하의 낮은 온도에도 불구하고 겨울
물고기는 헤엄을 치며 얼음장을 헤치며 생명을 유지한다.
　삶은 아무리 추운 겨울이라 하더라도 이어진다. 빛이 없더라도
낮은 온도라 할지라도 이를 버티고 이겨내야 한다. 생명은 그만
큼 위대하고 소중하다. 자기 나름대로의 방식으로 삶을 이어간
다. 차디찬 얼음의 강물 아래에서도 눈물을 흘리지 않은 채 생명
을 이어간다. 말없이 그러한 추위를 버텨 낸다. 한번 밖에 주어지
지 않은 삶이기에 어떠한 추위가 닥치더라도 그만둘 수가 없다.
　포기하지 않는 한 언젠간 그 얼음이 녹는 날이 있을 것이다. 따
스한 태양 빛을 받는 날이 머지않을 것이다. 그런 날을 기다리며
겨울 물고기는 오늘도 헤엄을 치고 있다. 삶은 그에게 엄숙하고
경건하다. 삶을 존중하기에 삶을 사랑하기에 오늘을 버티고 내일
을 희망하며 그렇게 겨울 물고기는 살아간다. 어려움이 있어도
우리가 버티고 살아가야 할 이유는 충분하다.

# 88. 나지브 마흐푸즈 (이집트, 1988)

〈우리 동네 아이들〉

1911년 이집트 카이로에서 태어난 나지브 마흐푸즈는 대학에 입학해 철학을 공부하며 작가의 길을 선택한다. 1938년 단편집 〈광기의 속삭임〉을 출간한 후 공무원으로 일하며 작품 활동을 계속하였다. 1952년 〈궁전 샛길〉〈욕망의 궁전〉〈설탕 거리〉로 이루어진 카이로 3부작을 완성하며 소설가로서 확고한 명성을 얻는다. 1988년 "현실을 통찰력 있게 꿰뚫는 동시에 지난 일을 어렴풋이 떠올리게 하는 뉘앙스가 풍부한 작품으로 인류 전체가 공감할 만한 아랍 고유의 서사 예술을 구현했다"라는 이유로 아랍 어권 작가로는 최초로 노벨 문학상을 수상한다.

〈우리 동네 아이들〉은 나지브 마흐푸즈의 인류의 역사처럼 동네에는 막강한 권력을 가지고 있는 지배층과 항상 핍박당하는 피지배층이 생겨나고 그들 간의 갈등이 증폭되면서 권모술수와 폭력이 난무하는 어지러운 세상을 비유한 소설이다. 가난한 사람들은 생활이 힘들고 지칠 때마다 대저택을 가리키며 한탄을 한다. 이에 은둔자 자발라위는 어지러운 동네를 바로잡고 정의 사회를 구현하라고 자발과 리파아, 까심에게 명령을 내리고 이들은 어려움을 극복하며 이를 완수하려 노력한다. 하지만 리파아는 아내의 배신으로 살해되고 그의 유지는 그와 뜻을 같이 했던 친구들에 의해 이루어진다.

"우리 동네에 망각이라는 전염병이 돌지 않았었더라면 그는 좋은 본보기로 남아 있었을 것이다. 그러나 망각은 동네에 전염병처럼 늘 창궐한다."

하지만 그러한 세상은 오래가지 않았다. 사람들은 이를 전염병 때문에 그렇다고 했지만, 원래의 세상으로 다시 돌아가 버린 것뿐이었다.

"당신은 어디 계신가요? 어떻게 지내세요? 더는 존재하지 않으신 것처럼 왜 모습을 드러내지 않으세요? 당신의 뜻을 저버린 자들이 당신의 집에서 엎어지면 코 닿을 곳에 있습니다. 산속에 격리된 이 여인들과 이 아이들이 당신이 가장 아끼는 사람들이 아닌가요? 관재인이 살해되지 않고 수장들이 폭력을 휘두르지도 않고 당신의 뜻이 이행되는 그 날 당신은 당신의 자리로 되돌아오실 수 있을 거예요. 마치 내일 태양이 하늘 높이 떠오르듯 말입니다. 당신이 없다면 우리에게 아버지도, 세상도, 땅도 희망도 없습니다."

동네 사람들은 어지러운 세상을 바로 잡아줄 것을 동네의 아름다운 대저택에 은거한 자발라위에게 부탁을 하고 동네 사람들 중 몇몇을 선발하여 다시 동네를 바로 잡으려고 노력한다.

"예전 상태로 돌아가느냐 아니냐는 여러분에게 달려 있습니다. 여러분의 관재인을 지켜보십시오. 만약 그가 여러분을 배신하거든 그를 해임하십시오. 만약 여러분 가운데 누군가가 폭력에 의존하려 한다면 그를 때리십시오. 만약 누군가가 혹은 어떤 구역이 권력을 장악하려 한다면 그에게 그 구역에 따끔한 맛을 보여주십시오. 꼭 그렇게 해야 예전으로 돌아가지 않고 여러분은 앞날을 보장할 수 있습니다. 하느님께서 여러분과 함께 하실겁니다."

까심은 바뀐 세상을 유지하는 것은 지배층 뿐만 아니라 피지배층의 몫이기도 한 것이라고 이야기한다. 정의로운 사회는 스스로 지키는 것이라는 그는 동네 사람들에게 당부한다.

소설의 우리 동네는 사람이 살고 있는 그 어디나 마찬가지일 것이다. 그 사회를 어떻게 만들어 가느냐는 지배층, 피지배층에 국한되는 것이 아닌 모든 사람에게 해당된다. 지배층이 자신만을 위하거나 피지배층 또한 자신만을 생각한다면 끝없는 악순환만 계속될 뿐이다. 공동사회는 공동체 구성원 모두의 책임일 뿐이다. 어떻게 뜻을 모아 나아갈 것인지는 전적으로 그 사회 모든 일원에 달려 있다.

# 89. 카밀로 호세 셀라 (스페인, 1989)

〈파스쿠알 두아르테 가족〉

1916년 스페인의 갈리시아에서 태어난 카밀로 호세 셀라는 1934년 의과대학을 입학했지만 1년이 지난 뒤 학업을 포기하고 방황했다. 이 시기에 그는 문학에 뜻을 두게 되고 처음으로 시를 쓰기 시작했다. 그가 스무 살이 되던 해 스페인에는 내전이 일어나 그는 프랑코의 반란군에 가담해 싸우다 부상을 입고 전장에서 돌아와 노동조합 사무실에서 서기로 일하면서 본격적으로 소설을 쓰기 시작했다. 이때 쓴 소설이 바로 〈파스쿠알 두아르테 가족〉이다. 출간한 당시 금서 조치를 당했지만, 상업적으로는 커다란 성공을 거두었다. 이후 많은 작품을 계속하면서 스페인 왕립학술원의 종신회원이 되었고 1989년 스페인 출신으로 처음 노벨문학상을 수상한다.

소설 〈파스쿠알 두아르테 가족〉은 가족 내의 불화가 한 개인을 어떻게 악하게 변하도록 만들며 그로 인해 가족 전체가 몰락하게 되는 과정을 그린 소설이다.

"사실 우리 가족에게는 화목함이란 거의 없었습니다. 하지만 가족은 우리가 선택할 수 있는 것이 아니라 태어나기도 전에 운명 지어지는 것이기에 나는 내 인연에 순응하려고 노력했지요. 내가 절망하지 않는 유일한 방법이었으니까요. 자기 의지대로 하기가 좀 더 쉬울 때인 어린 시절, 나는 잠깐 동안 학교에 다녔습니다. 아버지는 삶을 위한 투쟁은 매우 혹독하다면서 우리가 그 싸움을 지배할 수 있는 유일한 무기인 지성으로 맞설 준비를 해야 한다고 말하곤 했거든요."

어릴 적 파스쿠알 두아르테는 자신의 부모가 툭하면 격렬하게 치고받고 싸우는 모습만 보고 자랐다. 그의 부모는 서로를 배려하거나 아껴주는 것은 전혀 없었다. 심지어 그의 아버지가 사망했을 때 그의 어머니는 오히려 잘 죽었다고 생각할 정도였다.

"어머니는 아들의 죽음에도 역시 울지 않았습니다. 그 어린 것의 불행을 위해 흘릴 눈물조차 남아 있지 않을 만큼 심장이 굳어 버린 여자, 그 여자가 내 어머니였습니다. 나는 로사리오가 그랬듯 울어 버렸는데, 그것에 대해서는 지금도 부끄럽게 생각하지 않습니다. 그러면서 나는 어머니에게 증오를 느꼈습니다. 그 증오심이 너무도 빨리 커져서 나 자신에 대해 두려움을 느낄 정도였지요. 울지 않는 여자는 물이 솟아나지 않는 샘과 같아 아무짝에도 쓸모가 없답니다. 혹은 노래하지 않는 하늘의 새와 같아 하느님이 원하신다면 날개가 떨어져 버릴 테지요. 들짐승들이 그걸 필요로 하니까 말입니다."

파스쿠알은 평범한 소년이었다. 하지만 자신의 아버지의 죽음

그리고 동생의 죽음에도 아무런 감정조차 느끼지 못하는 어머니의 모습을 보고 충격을 받는다. 게다가 자신에게 혹독하게 대하는 어머니에게 점점 증오와 분노의 감정이 쌓이게 되고 결국 그는 자신도 모르는 사이에 악한 내면의 소유자로 변하게 된다.

"우리 두 사람은 우주의 섭리를 위해 모든 것을 주관하는 하느님께서 우리로부터 그 녀석을 빼앗아 가시려는 것을 전혀 모르고 있었습니다. 우리들의 희망, 우리들의 전 재산이자 모든 행운이었던 아이를 제대로 키워 보기도 전에 잃게 될 줄이야. 사랑이란 참 알 수 없는 겁니다. 우리가 가장 필요로 할 때 우리를 떠나버리니까요. 며칠 가지 않았습니다. 우리가 아이를 땅에 되돌려 줄 때는 아이가 열한 달 되었을 때였지요. 열한 달 동안 살면서 보살핌을 받았는데 사악하고 못된 찬바람이 그 세월을 쓰러뜨려 버린 것이었습니다."

결혼한 파스쿠알은 자신의 분신과도 같은 아이를 진정으로 사랑했다. 그 아이를 위해서라면 모든 것을 할 수 있을 정도였다. 하지만 세상에서 가장 사랑했던 아이마저 허무하게 삶을 마감하게 되자 그는 모든 희망을 잃어버린 상태로 삶에 대한 의욕을 잃게 되고 만다.

"도망가야 할 겁니다. 마을에서 멀리 떨어진 곳으로, 아무도 모르는 다시 새로운 증오를 시작할 수 있는 곳으로 말입니다. 증오가 알을 낳는 데는 몇 년이 걸립니다. 그즈음이면 그도 이제 어린애가 아니고 증오가 자라서 맥박을 두드릴 때가 되면 그의 삶도 끝날 겁니다. 마음은 더 이상 고통을 담아내지 못하고 두 팔뚝은 힘없이 늘어져 버리겠지요."

파스쿠알의 내면에는 시간이 갈수록 점점 증오와 분노가 쌓이게 되고 그러는 사이 그의 아내가 동네 사람에 의해 사망하게 되는 사건이 발생하게 되자 그의 내면은 결국 폭발하게 되고 만다.

"나는 내 마누라를 죽인 놈, 내 누이의 몸을 망치고 내 가슴에 피멍이 들게 한 놈을 찾아 나섰습니다. 놈이 숨어 지내서 찾는 게 쉽지 않았지요. 그 건달 놈은 내가 돌아왔다는 소식을 듣고는 마을을 떠나 네 달 동안이나 알멘드랄레호에 나타나지 않았거든요. 나는 놈을 잡으러 나섰다가 나에베스의 집에 가서 로사리오를 보았습니다. 로사리오가 얼마나 변해 있었는지. 겉늙은 얼굴에는 때 이른 주름살이 가득했고, 눈가는 기미가 끼어 시커멨으며 머릿결도 윤기가 없었습니다. 예전의 예뻤던 모습을 상상하니, 그 애를 바라보는 게 고통스러웠습니다."

파스쿠알은 자신이 아꼈던 아내와 동생에게 아픔을 주었던 동네의 건달을 결국 살인하게 되고 만다. 그로 인해 그는 3년 동안 감옥을 가야 했고 감옥생활 이후 집으로 돌아왔지만, 주위의 환경은 더 나아진 것은 없고 오히려 더 악화되었을 뿐이었다. 어머니는 나이가 들수록 더욱 파스쿠알을 괴롭히기만 했고 그의 인내는 결국 한계점에 도달하게 되고 만다.

"어머니는 계속해서 내 성질을 건드리는 재미로 사는 사람이었습니다. 나는 시체 냄새를 맡고 파리떼가 모이듯 악해져 갔죠. 참고 삼킨 미움에 중독된 내 마음은 아주 사악한 생각들을 만들어 내, 나는 스스로의 분노에 놀랄 정도였습니다. 어머니가 꼴도 보기 싫었습니다. 하루하루 똑같은 날들이 지나갔습니다. 내장에 박혀 있는 고통도, 시야를 가리는 폭풍의 전조도 한결같은 채 말입니다."

재혼한 파스쿠알은 아내가 임신을 했는데 어느 날 그 아이가 자신의 아이가 아니라는 것을 알게 된다. 게다가 자신의 어머니가 아내의 포주 역할까지 했다는 사실을 알게 되면서 결국 인간으로서의 최후의 선을 넘어서며 어머니를 죽이게 되고 만다. 그렇게 한 인간과 가정 전체가 한순간에 몰락되어 버리고 만다. 파스쿠알 두아르테 가족은 행복한 시간을 누리지도 못한 채 그렇게 끝이 나게 되어 버린다.

물론 파스쿠알은 가족이나 환경에 영향을 받지 않고 그러한 조건에도 불구하고 더 나은 모습으로 살아갈 수도 있었을 것이다. 부모를 좀 더 이해하려고 노력하고 자신도 더욱 발전하려고 했다면 다른 결과로 되었을지도 모른다. 하지만 중요한 것은 우리 인간은 나약하여 환경이나 조건을 오로지 혼자의 힘으로 극복해 나가는 것이 그리 쉽지만은 않다는 것이다. 결국 서로가 노력하지 않는다면 모든 것이 더 좋지 않은 상황으로 갈 가능성이 크다. 쉽게 말하면 모든 사람들에게 다 책임이 있다는 것이다. 그것을 인식하는 것조차 쉽지는 않은 것이 현실이다. 왜냐하면 대부분의 사람은 자신이 살아가는 모습이 정답이고 옳다고 생각하기 때문이다. 그렇기에 타인이 옳지 않고 타인이 바뀌어야 된다고 생각할 뿐이다. 파스쿠알도 행복한 가정을 원했을 것이다. 자신의 아이가 태어났을 때 세상을 다 얻은 것처럼 행복해 했던 그 사람이 어떻게 자신을 낳아준 어머니마저 죽이게 되었던 것일까?

우리의 삶은 서로가 얽혀 있을 수밖에 없고 누구 한 사람의 책임이 아니다. 서로가 노력을 해야 함에도 불구하고 다른 사람 탓만 하다 보면 모두가 불행으로 가게 될 수밖에 없다.

# 90. 옥타비오 파스 (멕시코, 1990)

1914년 멕시코 시티의 가난한 가정에서 태어난 옥타비오 파스는 어린 시절부터 글쓰기에 몰두했고 19세에 〈야생의 달〉이라는 첫 시집을 냈다. 1937년 내전 중인 스페인을 방문하고 그 경험을 쓴 시집 〈그대의 뚜렷한 그림자 밑에서〉를 출간한다. 멕시코에 돌아와 작품 활동을 계속하면서 라틴 아메리카의 가장 대표적인 문인으로 인정받으며, 1990년 노벨 문학상을 수상한다.

〈시〉

너는 말없이, 은밀하게 온다.
와서는 분노와 행복을 일깨우고
이 무서운 고뇌를 불러일으킨다.
만지는 대로 불을 붙이고
사물마다 어두운 목마름을 심는다.

세상은 물러나고, 불 속에 집어넣은 쇠붙이처럼
허물어져 녹는다.

허물어진 나의 형체 사이에서 나는
홀로, 벌거숭이로, 껍질이 벗겨진 채 일어선다.
내가 선 곳은 침묵의 큼직한 바위 위
나는 눈에 보이지 않는 군대를 향한
외로운 투사다.

불타는 진실이여,
너는 나를 어디로 밀어붙이는가?
나는 너의 진실을 원하지 않는다,
너의 그 철없는 질문도
뭐하러 이 소득 없는 전쟁을 벌인 것이냐?
인간은 너를 포용할만한 존재가 못 된다.
너의 목마름은 또 다른 목마름으로 배가 찰 뿐,
너의 불길은 모든 입술을 태울 뿐
너의 정신은 아무 형태로든 살기를 거부한다.
모든 형태를 불타오르게만 할 뿐,
너는 나의 가장 깊은 곳에서,
내 존재의 이름 모를 중심에서
병대처럼, 밀물처럼 올라온다.
너는 점점 커지고 너의 목마름은 나를 질식시킨다
너는 폭군처럼 너의 열광의 칼끝에
항복하지 않는 모든 무리를 추방한다.

그리고 마침내 너 혼자 나를 점령한다.
이름도 없는 너, 분노의 실체여,
지하의 목마름, 그 광기여,

너의 유령들이 내 가슴을 친다,
내 감촉을 일깨우고
내 이마를 얼리고
내 눈을 띄운다.

세상을 감지하며 너를 만진다
너, 만질 수 없는 실체여,
내 영혼과 내 육체의 조화여.
나는 내가 싸우는 싸움을 바라보며
땅의 결혼식을 본다.

상반된 이미지들이 내 눈을 어지럽힌다.
그리고 그 같은 이미지들에
다른, 더 깊은 이미지들이 앞의 이미지를 거부한다.
불타는 더듬거림,
더욱 숨겨진, 더욱 짙은 물길이 앞의 물길을 흩트린다.
이 젖은 어둠의 싸움 속에 삶도 죽음도
고요도 움직임도 모두 하나다.

계속하라, 승리자여,
내가 존재하기 위해, 오직 그것만을 위해 나는 존재한다.
그리고 나의 입, 나의 혀도
오직 너의 존재를 이야기하기 위해 만들어진 것.
너의 은밀한 음절들, 만질 수 없는
횡포한 말은
내 영혼의 실체다.

너는 오직 하나의 꿈.
하지만 세상은 네 속에서 꿈꾼다.
그리고 말 없는 세상은 너의 말로 입을 연다.
너의 가슴을 만지면서 나는
삶의 지평의 기류를 더듬고
어두운 피는 사랑에 취한 잔인한 입과 세상을 묶는다.
너의 입은 사랑하는 것을 파괴하려는 욕망으로
파괴하는 것을 다시 살 욕망으로
항상 똑같은 비정한 세상과 결탁한다.
세상은 어떤 형태로든 머물지 않고
스스로 창조한 어느 것 위에서도 오래 머물지 않기에.

외로운 사람아, 나를 데려가 다오,

꿈속으로 나를 데려가 다오,
나의 어머니가 되어
나를 모든 것으로부터 일깨워주고
내 너의 꿈을 꿈꾸게 하라,
내 눈을 올리브유로 적시어
내 너를 찾음으로 하여 나를 찾게 해다오.


시는 그 존재의 내면을 모두 나타낸다. 시는 행복일 수 있고, 고뇌일 수 있으며, 분노일 수 있다. 나의 내면의 세계를 모두 담아내며 나를 상징한다.

시는 나에게 다가오고, 나는 시에게 다가간다. 그렇게 시는 우리의 삶을 가감 없이 보여준다.

시는 나의 존재의 깊은 곳에서부터 올라온다. 또한 시는 나의 의식과 무의식의 세계에서도 나에게 다가온다. 알 수 없는 그러한 세계에서 시는 나를 보여준다.

진실된 나의 세계를 시가 대신하기에 나는 나와 더불어 나의 삶을 풍요롭게 할 수 있다. 나는 언어가 되고 언어는 내가 되어 그렇게 시로 승화한다. 시는 나이며 나는 시가 된다.

# 91. 나딘 고디머 (남아프리카 공화국, 1991)

〈거짓의 날들〉

1923년 남아프리카공화국 요하네스버그에서 태어난 나딘 고디머는 1952년 〈사탄의 달콤한 목소리〉를 시작으로 많은 작품을 남겼다. 그녀는 인종 차별 문제를 다룬 작품을 주로 썼으며 인물의 심리 묘사에 뛰어나 국제적인 명성을 얻기 시작했고 1991년 노벨 문학상을 수상한다.

〈거짓의 날들〉은 그녀의 자전적인 소설이다. 주인공인 헬렌이 10대와 20대에 걸쳐 겪어야 했던 문제들을 이야기하고 있다. 그녀는 남아프리카의 정치적, 사회적, 그리고 가정의 상황에서 많은 일들을 경험하며 마음의 눈을 떠가게 된다.

"내가 주변의 흑인들을 가구, 나무, 내 인생이 지나가는 도로에 있는 표지판과 같은 것이 아니라 노인과 소녀, 어린아이 같은 사람의 얼굴로 구별해서 보기 시작했을 때부터 내 마음 속에서는 무엇인가가 작동하기 시작했다. 그것은 흑인 죄수 노동자들을 발로차고 구타하는 백인 민족주의자 농부에게도 있었고, 내 안에도 있었다. 우리는 입 밖으로 끄집어낼 수 없는 모호한 고통처럼 그것을 다른 방식으로 물리치려 했다. 그러나 마음 약한 사람의 경우에는 그것이 거친 모직 셔츠처럼 몸에 들러붙을 수도 있는 법이다."

남아프리카 사회에서 백인 부르지아의 환경은 이기적이고 거짓의 날들로 채워져 있었다. 이런 상황에서는 어떠한 정신적이거나 내면적인 성장이 가능할 수가 없었다. 같은 인간이면서도 단지 피부색이 다르다는 이유만으로 일상을 함께 하는 것조차 거부하곤 했다.

"가끔 나는 그때 내가 정말로 행복했는지 생각해 본다. 행복의 척도는 얼마나 강렬한 일체감을 느끼며 살았느냐 하는 것이다. 행복이라는 것은 언제부터 사람이 늙느냐 하는 문제처럼 살아가면서 늘 변화하는 법이다."

주인공인 헬렌은 자신의 내면의 눈을 뜬 후 새로운 세상을 보게 된다. 진정 인간다운 삶을 누릴 수 있는 세상, 피부색과는 상관없는 세상, 이기적이지 않고 남을 배려하는 세상을 꿈꾸게 된다. 그렇게 거짓의 날들은 지나가고 남아있는 나날은 거짓이 없는 진실된 인간다운 날들로 채워지기를 희망한다.

# 92. 데릭 월컷 (세인트루시아, 1992)

1930년 카리브해 세인트루시아에서 태어난 데릭 월컷은 1948년 시집 〈25편의 시〉를 출간한 후 1962년 쓴 시집 〈녹색 밤 속에서〉로 주목을 끌기 시작했다. 1990년에 호메로스의 〈오디세이〉의 형식을 빌려 쓴 서사시 〈오메로스〉를 발표했는데 카리브 지역의 다양한 문화가 공존하는 것을 압축적으로 그려냈다는 호평을 받는다. 1992년 노벨 문학상을 수상한다.


〈카스트리스 항구에 닻을 내리다〉

카리트리스 하늘의 별들이 아직 젊었을 때
나는 당신만을 그리고 온 세상을 사랑했습니다.
우리의 생애가 다르다는 것이 무슨 상관이 있습니까?

우리의 각기 다른 아이들의 사랑에 의한 짐 때문에?
당신의 젊은 얼굴이 바람에 씻기고
바다소리 속에 낄낄 웃는 당신의 목소리를 생각할 때?

라 톱 갑(岬)에는 병원을 제외하고는 모두 불이 꺼졌다.
그러나 '비지' 건너편 요트 계선장의 아크는 불침번을 서고 있다.

나는 유일한 재산인 시를
나의 첫사랑인 당신에게 주겠다는
약속을 지켜왔습니다.

여기에서 하룻밤 지낸 다음
내일 '홀라이트'는 떠날 것이다.

　우리들의 마음의 닻은 어디에 있는 것일까? 그 닻을 어디에 내려야 하는 것일까? 닻을 내릴 수 있는 항구가 있다는 것만으로도 행복한 것인지도 모른다.

　마음 편히 닻을 내릴 수 있는 곳이 있었으면 좋겠다. 아무 걱정 없이 쉼을 얻을 수 있는 곳, 따스하고 '나'라는 존재를 온전히 받아주는 그런 곳이 한 군데라도 있다면 삶이 그리 힘들지는 않을 것이다.

　비록 오래 머물지 못할지라도, 단 하룻밤을 지내고 다시 떠나야 할지라도 모든 것을 잊어버린 채 나의 마음을 편안케 해 줄 수 있는 그러한 곳이 이 넓은 세상에서 어디 한 군데라도 있기를 희망할 뿐이다.

나의 마음을 모두 내려놓은 채, 아무 숨김도 없이 나의 모습을 부끄럼 없이 보여 줄 수 있는 곳이 있다면 그곳이 어디든 나는 가리라.

# 93. 토니 모리슨 (미국, 1993)

〈솔로몬의 노래〉

1931년 미국 오하이오주 로레인에서 태어난 토니 모리슨은 하워드 대학에서 영문학을 공부하고 출판사 편집자로 일을 하며 글을 쓰기 시작했다. 1970년 〈가장 푸른 눈〉을 처음으로 출간한 후 미국 사회에서의 흑인의 정체성과 가족에 대한 많은 소설을 썼다. 1987년 〈빌러비드〉로 퓰리처상을 받았고 1993년 흑인 여성으로는 처음으로 노벨 문학상을 수상한다. 〈솔로몬의 노래〉는 어느 한 청년 흑인의 정신적 성숙에 이르기까지의 과정을 담은 성장 소설이다.

소설의 주인공 밀크맨은 도시에서 유명한 흑인 의사이자 부유한 아들로 태어난다. 비록 유복한 집안에서 태어났지만 그를 둘러싼 주위의 모든 사람이 흑인이었기에 그들이 짊어질 수밖에 없는 삶의 고통을 알게 된다. 하지만 밀크맨은 주위의 사람의 어려움에는 아랑곳없이 자신의 안위만 추구할 뿐이다.

청년이 되어 자신의 고향을 떠난 밀크맨은 자신의 뿌리와 가족의 역사를 마주치게 된다. 지나간 세대들의 뼈아픈 삶의 흔적들을 발견하고 자신의 과거와 타자를 이해하게 된다.

"누구 것이라는 말은 아주 나쁜 말이에요. 특히 사랑하는 사람한테 쓸 때는 정말 나쁜 말이죠. 사랑은 그래서는 안 돼요. 구름이 산을 어떻게 사랑하는지 본 적 있어요? 구름은 산을 빙 둘러싸요. 가끔은 구름 때문에 산이 보이지 않을 때도 있어요. 하지만 그거 알아요? 꼭대기까지 올라가면 뭐가 보이는 줄 알아요? 산머리가 보여요. 구름이 산머리까지 덮는 일은 결코 없거든요. 산머리가 구름 사이로 불쑥 솟아 있어요. 구름이 그렇게 놔두었기 때문에요. 구름은 산을 완전히 뒤덮지 않아요. 산이 머리를 높이, 자유롭게 치켜들게 해주고, 그래서 그 무엇도 산을 가리거나 구속하지 않게 해주죠."

그가 떠난 삶의 여정에서 그는 사람과 자신의 뿌리를 이해하고 사랑이 무엇인지 알게 되면서 정신적으로 한 단계 성장하게 된다. 그의 고모인 파일러트는 이렇게 말한다.

"더 많은 사람을 알았다면 좋았을걸. 그들을 모두 다 사랑했을 텐데. 더 많은 사람을 알았더라면, 더 많이 사랑할 수 있었을 텐데."

# 94. 오에 겐자부로 (일본, 1994)

〈만엔 원년의 풋볼〉

오에 겐자부로는 1935년 일본 에히메에서 태어나 도쿄 대학에서 불문학을 공부했다. 특히 그는 사르트르의 영향을 많이 받은 것으로 알려진다. 1963년에 태어난 그의 장남의 지적 장애를 계기로 그의 작품 세계는 큰 변화를 겪는다. 이후 치유와 화해가 그의 작품의 주된 테마가 된다. 전후 일본의 정치 사회적 문제에 대한 비판 의식도 그의 작품의 주된 주제가 된다. 솔제니친과 김지하 석방 운동에도 참여하였고 1994년 노벨 문학상을 수상하나 일본 정부가 문화훈장과 문화공로자상을 수여하기로 결정하자 이는 거부한다.

〈만엔 원년의 풋볼〉은 주인공 미쓰부로가 친구의 자살로 인해 미국에서 돌아온 자신의 동생 다카시와 고향으로 오게 되고 고향 집에서 살면서 폐쇄된 고향의 골짜기 환경에서 겪게 되는 일들을 이야기하고 있다.

소설에서 고향 골짜기에 슈퍼마켓 천황이라 불리는 조선인이 골짜기의 상권을 모두 장악하는데 그 슈퍼마켓 천황이 골짜기 사람들을 힘들게 한다는 이유로 다카시는 슈퍼마켓을 상대로 봉기를 일으키고 결국 그 슈퍼마켓을 장악하게 된다. 주인공인 마쓰부로는 조선인이 일본에 강제로 끌려와 해방되면서 어쩔 수 없이 일본에 살게 된 것을 알지만, 다카시는 그가 단지 조선인이라는 이유로 배척을 한다.

"진, 원래 조선인은 자기가 원해서 골짜기 마을로 들어온 것이 아니야. 그들은 모국에서 강제 연행되어 온 노예 노동자라고. 또한 내가 알기로는 골짜기 마을 사람들한테 그들이 직접적으로 피해를 끼친 사실도 없어. 전쟁이 끝난 후 조선인 부락의 토지문제만 해도 그것 때문에 골짜기에 사는 개인이 직접 손해를 본 일은 없잖아? 어째서 자신의 기억을 왜곡하는 거지?"

이에 마쓰부로는 슈퍼마켓 천황을 정당한 이유 없이 공격하는 것은 비인륜적 행위라고 주장하지만 많은 사람들의 여론에 밀려 물러서게 되고 결국 슈퍼마켓 천황은 마을 사람들에 의해 처형되고 만다.

"네가 가장 의존하고 있는 증조부님 동생은 봉기를 지도하고 살육을 행한 다음, 최후에는 동료들을 죽게 내버려 두고 자기만 숲을 지나 행방을 감췄어. 그 후 그가 새로이 위험한 환경으로 들어가 폭력적인 인간으로서의 자신을 정당화하면서 여전히 광포하게 살았다고 너는 믿고 있는 거니?"

소설은 일본 제국주의의 정치적 선동도 문제가 있었지만, 그에 동조했던 일본인 전체에도 문제가 있음을 암시하고 있다. 이러한 범죄적 과거를 어떻게 현재의 시점에서 치유하고 화해할 것인가가 저자인 오에 겐자부로가 묻고 싶은 것이 아닌가 싶다.

　시간이 지나서도 그 과거의 잘못을 인식하지 못하는 현재의 상황도 안타까울뿐더러 앞으로의 미래에도 그러한 진실된 역사 앞에 바로 설 수 있을지 의문이 제기되기도 한다.

# 95. 셰이머스 히니 (아일랜드, 1995)

셰이머스 히니는 1939년 북아일랜드에서 태어났다. 벨파스트 퀸스 대학에서 영문학을 전공하고 시를 쓰기 시작했다. 후에 교수로서 시와 시인의 역할에 대한 탐구를 하면서 작품 활동을 이어 갔다. 아일랜드의 고통스러운 정치적 상황에서 비롯된 갈등을 섬세하게 표현하는 시들을 써왔다. 노벨상 위원회는 "서정적 아름다움과 윤리적 깊이를 갖추어 일상의 기적과 살아있는 과거를 고양시키는 작품을 썼다"라는 평가로 1995년 그에게 노벨 문학상을 수여한다.

〈늪지〉

우리에겐 저녁이면 긴 풀이
거대한 태양을 난도질하는 초원이 없다.
어디서든 그 눈은 침입해 들어오는
지평선에 양보하고

거인의 눈과 같은 늪에 들어가 박힌다.

우리의 울타리 없는 국토는
태양의 눈길 사이로
끊임없이 꾸덕꾸덕 굳어가는 늪이다.

수백만 년 동안 녹으며
발아래 쑥쑥 빠지며,
직전의 모습은 금방 잃어버리니
사람들은 여기서 석탄을 캐내지는 않을 것이다.

단지 물을 흠씬 머금어 펄프처럼 부드러워진
전나무의 나무둥치가 있을 뿐.
우리의 개척자들은 안으로 아래로
계속 캐들어갈 뿐

그들이 벗겨내는 지층들은
예전에 캠프를 한 곳이었던 듯
늪의 구멍은 대서양 바닷물이 스며들어온 것일지 모른다.
축축한 가운데는 밑이 없으니.

 늪지란 아름다운 자연이라기보다는 투쟁에 가깝다. 자연을 멀리
서 바라보면 서정적이며 아름답지만 가까이서 보면 우리들의 일
상과 함께하는 힘든 현실이다.

발이 쑥쑥 빠지는 그러한 늪지는 우리의 삶을 고단하게 한다. 그것은 아일랜드라는 국가적 현실과 맞물려 벗어나고 싶은 마음밖에 없을지도 모른다.

뜨거운 태양이 내리쬐는 풀만 무성한 초원이 차라리 그리울지도 모른다. 밑이 어딘지도 모르는 늪지에서 탈출하고 싶은 욕망밖에는 없다.

우리의 현실은 늪지와도 같아서 우리의 일상을 그리고 우리의 삶을 그렇게 붙들고 우리를 놓아주지 않는 것인지도 모른다.

# 96. 비스와바 심보르스카 (폴란드, 1996)

〈두 번은 없다〉

비스와바 심보르스카

두 번은 없다. 지금도 그렇고
앞으로도 그럴 것이다. 그러므로 우리는
아무런 연습 없이 태어나서
아무런 훈련 없이 죽는다.
우리가, 세상이란 이름의 학교에서
가장 바보 같은 학생일지라도
여름에도 겨울에도
낙제란 없는 법
반복되는 하루는 단 한 번도 없다.
두 번의 한결같은 입맞춤도 없고,
두 번의 동일한 눈빛도 없다.
어제, 누군가 내 곁에서
네 이름을 큰 소리로 불렀을 때,

내겐 마치 열린 창문으로
한 송이 장미꽃이 떨어져 내리는 것 같았다.
오늘, 우리가 이렇게 함께 있을 때
난 벽을 향해 얼굴을 돌려버렸다.
장미? 장미가 어떤 모양이었지?
꽃이었던가, 돌이었던가?
힘겨운 나날들, 무엇 때문에 너는
쓸데없는 불안으로 두려워하는가
너는 존재한다-그러므로 사라질 것이다
너는 사라진다-그러므로 아름답다
미소 짓고 어깨동무하며
우리 함께 일치점을 찾아보자
비록 우리가 두 개의 투명한 물방울처럼
서로 다를지라도....


    모든 것은 처음이자 마지막이다. 나에게 오늘이 별로 중요한 것 같지 않아도 나의 생에서 오늘은 다시 돌아오지 않는다. 내 옆에 항상 있을 것 같은 사람도 어느 순간 내 곁을 떠나가 버린다.
    삶에는 연습도 없고 훈련도 없다. 오늘은 미래를 위해 존재하는 것이 아니다. 우리는 그저 연습 없이 오늘을 살아가야만 한다. 나의 생각대로 나의 기대대로 나의 삶이 살아지지 않더라도 방법은 없다. 지나간 것에 대해 후회할 필요도 없고 미련을 가질 이유도 없다. 다시 돌아오지 않는 것을 생각할 시간에 오늘을 충실히 살아가는 것이 오늘마저 잃지 않는 최선의 길이기 때문이다.

의미 있는 순간의 삶을 지속적으로 만들어 갈 수는 없다. 나에겐 한계가 있기 때문이다. 다만 나름대로 노력할 뿐이다. 보다 중요한 것을 위해 보다 의미있는 것을 위해 나의 시간을 채워갈 뿐이다.

모든 것이 나에게 처음이자 마지막이기에 모든 것이 소중하다. 그렇기에 품으려 노력해야 한다. 받아들이고 용서해야 한다. 나를 비우고 나를 내려놓아 더 많이 무언가를 할 수 있도록 나 자신을 낮추어야 한다.

나의 오늘은 어땠는가? 나의 내일을 어떠할까? 무엇을 위해 나의 오늘은 존재하는 것일까? 나의 내일은 왜 또 나에게 주어지는 것일까?

어느새 가을이다. 곧 겨울이 오고 올해도 지나갈 것이다. 세월은 어김없다. 그 세월 속에서 나는 지금 어디에 있는 것일까?

# 97. 다리오 포 (이탈리아)

〈어느 무정부주의자의 우연한 죽음〉

1926년 이탈리아 롬바르디아주 산지아노에서 태어난 다리오 포는 2차 세계 대전이후 공과대학에서 건축학을 전공했으나 학업을 중단하고 연극과 관련된 일을 하기 시작한다. 이후 직접 극단을 창단하여 공연을 하며 희곡을 쓰게 되었고 시대를 풍자하는 작품으로 알려지기 시작했다. 1997년 희곡 작가로는 두 번째로 노벨 문학상을 수상한다.

〈어느 무정부주의자의 우연한 죽음(실수로 죽은 사내)〉는 경찰서에서 취조를 당하던 중 경찰이 창문에서 떨어뜨려 죽인 한 철도 노동자의 죽음에 대한 이야기이다. 이 희곡은 실화를 바탕으로 했는데 이탈리아의 한 노동자가 심문을 받다가 자살을 했다는 발표로 경찰은 사건을 은폐 조작하였다. 이러한 일들은 당시 이탈리아의 70년대 상황 그대로라 할 수 있다.

"미친 사내 : 그리고 반장 당신은 그자가 살아 있을 때 범인에다 불한당이라고 으르렁거렸지요! 그런데 불과 몇 주 후에 당신, 국장님은, 여기 서류를 보면, 이렇게 말했어요. '당연히'란 말을 반복해가며, '당연히 그 불쌍한 철도원에게는 구체적인 증거가 하나도 없다'라고 말했어요. 맞습니까? 그러니까 그 사람은 완전히 무죄였단 얘기네요. 그때는 반장 당신까지도 '그 무정부주의자는 매우 똑똑한 청년이었다.'라고 코멘트를 했구만."

"국장 : 아니 판사님. 어떻게 그럴 수가 있습니까? 우리 직업이란 게, 판사님도 인정하셨잖습니까? 용의자들을 심문하는 것이라고. 용의자들의 입을 열게 하자면 어쩔 수 없이 이따금 계략도 쓰고 함정도 파고 또 정신적인 폭력도 약간 쓰게 되는 것입니다."

연극에서 일명 미친 사내는 경찰서에 잡혀오지만 자신은 정신이 온전치 못한 미친 사람이니 정상인처럼 자신을 다루면 형사들이 처벌을 받을 것이라고 겁을 준다. 형사 반장은 그를 경찰서에서 내쫓고, 내쫓긴 미친 사내는 몰래 다시 경찰서로 돌아온다. 형사 반장이 없는 사이 걸려온 전화를 받게 되었는데, 경찰서에서 문제가 되는 한 무정부주의자의 죽음에 대한 감사를 위해 판사가 파견된다는 전화였다. 이에 그 미친 사내는 자신이 판사인 것처럼 가장하여 경찰에게 유도 심문을 하여 경찰들이 무고한 무정부주의자를 테러범이라고 억울하게 누명을 씌워, 협박과 고문을 하며 취조를 하다가 그만 실수로 그를 창문에서 떨어뜨려 죽게 만들었다는 사실을 밝혀낸다.

권력기관의 오만과 횡포로 인해 아무 죄가 없는 상황에서도 죽음에 이르게 되는 것은 심각한 문제가 될 수밖에 없다. 아무리 실수라고 하지만 한계를 넘어선 것이기에 용납되지 않는다. 권력

앞에서 힘이 없는 소시민은 할 수 있는 것이 아무것도 없었던 시대였다.

# 98. 주제 사라마구 (포르투갈, 1998)

〈눈먼 자들의 도시〉

만약에 모든 사람들이 한꺼번에 눈이 멀게 된다면 세상은 어떻게 달라질까? 그렇게 된다면 자동차나, 버스, 비행기 등 모든 교통 수단들도 의미 없을 것이며, 현재의 모든 사회 문화 경제의 대부분이 혼돈 속으로 빠지게 될 것이다. 인간은 야생의 동물과 다를 것이 없을 것이기에 문명이나 문화도 별 의미가 없을 것이다.

　주제 사라마구의 〈눈먼 자들의 도시〉는 모든 인간들이 시력을 잃게 되었을 경우 어떠한 일들이 일어날 수 있는지를 무한한 상상력으로 보여주고 있다. 특히 그러한 사회에서의 인간의 살아가는 모습을 인간의 본능적 관점에서 철저하게 파헤치고 있다. 이 소설을 읽어보면 인간이 시력을 잃는 것 하나로 인해 얼마나 그 존엄성이 무참하게 허물어져 내리는지, 그리고 인간의 내면의 본능이 어떤 것인지를 이해할 수 있게 된다.

　주제 사라마구는 1922년 포르투갈의 가난한 농부의 아들로 태어나 젊었을 때 용접공으로 사회생활을 시작했다. 1947년 〈죄악의 땅〉이라는 작품을 발표했으나 이후 19년 동안 창작 활동을 중단한 채 공산당 활동에만 전념했다. 50대 중반에 이르러서야 창작에 대한 열정을 불태우기 시작했고 1982년 〈수도원의 비망록〉이라는 작품으로 당시 유럽 최고의 작가로 떠올랐다. 1998년 그는 포르투갈인으로는 처음으로 노벨 문학상을 수상한다.

〈눈먼 자들의 도시〉는 사라마구의 인간 본성에 대한 고찰을 가장 잘 표현한 작품일 것이다. 비록 그의 '만약 이 세상에 모든 사람이 눈이 멀게 되고 오직 한 명만 볼 수 있게 된다면 어떤 일이 일어날지'라는 특유한 가정이 개연성을 내포하고 있지는 않지만, 소설의 상상력을 감안한다면 이러한 가정은 전혀 문제 될 것이 없다. 우리는 그 가정의 도움으로 인간의 진실된 본능을 충분히 알아낼 수 있기 때문이다.

"사려 깊지 못한 수많은 사람들의 배반하고, 또 그보다 더 많은 사람들이 거부해온 도덕적 양심은 지금도 존재하고 또 전에도 늘 존재해왔다. 그것은 영혼이란 것이 혼란스러운 명제로 전락해버린 제사기의 철학자들이 발명한 것이 아니다. 세월이 흐르고, 더불어 사회도 진화하고 유전자도 바뀌면서, 우리의 양심은 결국 피의 색깔과 눈물의 소금기로 나타나게 되었다."

인간은 언제까지 자신의 양심을 지켜가며 도덕적, 윤리적인 모습을 유지할 수 있을까? 소설에서는 눈이 멀게 되는 사회가 도래하기 시작하자 우리의 윤리나 양심은 한순간에 너무나 쉽게 무너져 내리는 것을 보여주고 있다. 인간이 인간임을 스스로 포기하는 것은 너무나 쉬운 것이었다.

"이제 곧 우리가 누군지도 잊어버릴 거야, 우리 이름조차 기억하지 못할지도 몰라, 사실 이름이 우리에게 무슨 의미가 있을까, 개는 이름을 가지고 다른 개를 인식하는 것도 아니고, 다른 개들의 이름을 외우고 다니는 것도 아니잖아, 개는 냄새로 자신의 정체를 드러내고 또 상대방이 누군지도 확인하지. 여기 있는 우리도 색다른 종자의 개들과 같아, 우리는 으르렁거리는 소리나 말로 서로를 알 뿐, 나머지, 얼룩 생김새나 눈이나 머리 색깔 같은 것들은 중요하지 않아, 존재하지 않는 것과 마찬가지지"

인간은 어쩌면 야생의 동물과 하나도 다를 바가 없다. 그런데도 불구하고 서로를 구별하며 차별하게 된다. 이로 인해 수많은 문제들이 발생하며 이러한 문제는 차라리 눈이 보이지 않은 동물들 사회에서는 나타나지 않는 문제일 수도 있다.

"우리는 결국 공포 때문에 미쳐버릴 거야, 의사는 생각했다. 이윽고 의사는 밑을 닦으려 했으나 휴지가 없었다. 손으로 뒤의 벽을 쓰다듬어보았다. 두루마리 화장지, 또는 화장지 걸이라도 있을 거라고 기대했다. 좋은 것은 없어도, 그래도 낡은 종이 조각들은 끼워져 있을 것이라고 기대했다. 그러나 아무것도 없었다. 비참한 기분이었다. 서글펐다. 자신의 모습이 참을 수 없을 정도로 가련하게 느껴졌다. 지저분한 바닥에 닿는 바지 자락을 추스르다가, 그는 무너지고 말았다. 눈먼 병신, 눈먼 병신, 눈먼 병신, 그는 더 이상 자신을 어쩌지 못하고 조용히 울기 시작했다."

인간의 존엄성은 어디까지 지켜질 수 있는 것일까? 단순히 눈이 멀게 된 지 얼마 되지도 않아 사람으로서의 최소한의 존엄을 지키는 것조차 힘들다는 것을 소설은 보여주고 있다. 자신의 존엄성이 바닥까지 추락하고 나면 인간은 동물과 다른 것이 전혀 없다는 것을 알게 되고, 그로 인해 삶의 비참함을 느낄 수밖에 없다.

"우리가 완전히 인간답게 살 수 없다면, 적어도 완전히 동물처럼 살지는 않도록 우리가 할 수 있는 일을 다 합시다. 그녀가 이 말을 자주 되풀이했기 때문에, 병실에 있는 사람들은 결국 그녀의 충고를 하나의 금언으로, 격언으로, 교리로, 생활 규칙으로 받아들이게 되었다."

모든 사람이 눈이 먼 세상에서 인간은 어쩌면 원시시대의 동물과 다를 바 없을 것이다. 윤리도, 도덕도 존재하지 않는 그러한 삶을 인간은 살게 될지도 모른다. 하지만 인간이 이성이 있기에 이를 극복해 내려 노력할 수 있다. 이성이 올바른 역할을 해야 할 이유가 바로 여기에 있다.

"분명히 말해두는데, 이제부터는 사정이 다르다, 오늘부터는 우리가 음식을 맡겠다, 미리 경고해두는데, 아무도 음식을 찾으러 저 앞마당으로 나가겠다는 생각은 하지 않는 게 좋을 것이다. 우리가 입구에 경비를 세워둘 테니까, 누구든 이 명령을 어기는 자는 그 결과가 어떻게 되든 우리는 책임을 못 진다, 이제부터 음식은 돈을 받고 팔겠다, 먹고 싶은 사람은 돈을 내라."

모두가 눈이 멀어진 사회에서 부족한 식량은 인간의 본성을 적

나라하게 보여준다. 힘이 센 자가 힘이 약한 자를 짓밟는 것이다. 모든 것을 차지하겠다는 인간의 탐욕이 힘의 우열에 의해 결정되고 힘 있는 자가 모든 것을 차지하는 것이다. 서로 협조를 하면 공평하게 해결할 수 있는 문제지만 윤리와 도덕이 땅에 떨어지니 짐승 같은 본성만 남게 되는 것이다. 그로 인해 산 자와 죽은 자가 구별되어 나올 수밖에 없다. 인간의 본성은 이렇게 무자비하고 야만적일 수 있다.

"우리가 살아가야 하는 이 지옥에서, 우리 스스로 지옥 가운데도 가장 지독한 지옥으로 만들어 버린 이곳에서, 수치심이라는 것이 지금도 어떤 의미를 가지고 있다면, 그것은 오로지 하이에나의 굴로 찾아가 그를 죽일 용기를 가졌던 사람 덕분이기 때문이오."

인간의 본능만이 존재하는 지옥에도 그 지옥을 벗어나려고 몸부림치는 인간의 희망 또한 인간의 본성인지도 모른다. 모두가 낙담하고 있는 지옥 같은 생활을 끝내기 위해 용기를 내는 자가 있었고 그 한 명의 힘으로 인해 그러한 악마들의 세계에서 모든 사람들이 자유를 얻을 수 있게 된다.

"내가 무슨 생각을 하는지 알고 싶어요. 나는 우리가 눈이 멀었다가 다시 보게 된 것이라고 생각하지 않아요. 나는 우리가 처음부터 눈이 멀었고, 지금도 눈이 멀었다고 생각해요. 눈은 멀었지만 본다는 건가. 볼 수는 있지만 보지 못하는 눈먼 사람들이라는 거죠."

우리는 눈이 멀지 않은 상태로 살아가고 있지만 어쩌면 우리 모두가 현재에도 눈이 먼 상태에 있는지도 모른다. 어떠한 것을 정확하게 바라보지도 않고 자신의 프레임에 갇혀 세상을 그리고 다른 사람을 본다면 그 또한 눈을 뜨고 있지만 볼 수 없는 자와 마찬가지이다.

눈먼 자들의 도시에서는 인간의 추악한 본능이 지배를 한다. 하지만 현재 눈을 뜨고 있는 우리들의 지금 사회에도 인간의 더러운 본능이 더 많은 작용을 하는 사람들도 너무나 많이 존재하고 있다. 그러한 이들이 진정으로 눈이 먼 자들일지도 모른다.

우리는 눈을 뜨고 있는 것일까? 세상을 있는 그대로 객관적으로 보고 있는 것일까? 눈먼 자들처럼 인간의 추악한 본능으로 일상을 지내고 있는 것은 아닐까?

# 99. 귄터 그라스 (독일, 1999)

〈양철북〉

귄터 그라스의 양철북은 독일의 단치히를 중심으로 바이마르 시대, 나치스 시대 그리고 2차 세계 대전을 경험한 세 살 때 성장이 멈추어버린 난쟁이 오스카의 삶을 통해 그 파란만장한 시대를 엿보고 있다.

이 소설은 당시를 살았던 소시민들의 모순과 부조리, 범죄와 성에 대한 사실을 하나도 숨김없이 거칠게 있는 그대로 보여주는 것이 특징이다. 삶에 대한 어떤 미화도 포장도 하지 않은 채 날것 그대로의 인간의 내면과 언행 모두를 적나라하게 보여주고 있다. 이러한 진실성으로 인해 인간의 본질이 무엇인지에 대한 참회의 기회를 우리는 가질 수 있다.

귄터 그라스는 지금의 폴란드 그단스크, 당시엔 독일의 단치히에서 식료품 집 아들로 태어나 17세에 2차 대전에 징집된다. 소년병이었던 그는 19세에 전쟁에서 부상을 당하고 전쟁 포로가 된다. 그 후 광산에서 석공으로 일을 하다 뒤늦게 베를린 예술대학에서 조각을 배웠고 29세에 처음으로 시집을 냈고 31세에 〈양철북〉을 쓰면서 작가로 알려지기 시작했다. 이후 많은 소설을 남기며 1999년 노벨 문학상을 수상한다.

권터 그라스는 양철북이라는 소설에서 왜 오스카라는 세 살에서 성장이 멈춘 아이를 주인공으로 삼았던 것일까? 여러 가지 답이 가능하겠지만, 당시 독일이 2차 세계 대전을 일으키고 패망을 하였음에도 불구하고 전쟁 이후의 독일은 전과 변함이 없기에 독일 사회의 지극한 유아성을 비판하고 싶었던 것이 아닐까 싶다.

어떤 사람은 시간이 가면서 지속적으로 내면의 성장을 이루기도 하지만, 몸은 성장하나 어떤 유아기적 단계에서 내면의 성장을 멈추는 사람도 있다. 자신의 발전에 아예 관심이 없는 사람이 많은 것도 사실이다.

사회도 이와 마찬가지가 아닐까 싶다. 수많은 사람으로 모인 집합체인 사회지만 어떤 사회는 계속해서 성장을 이루어 가기도 하지만, 어떤 사회는 성장하지 못한 채 어린이와 같은 단계에서 머무르고 있기도 하다. 이는 어떤 이유에서 이러한 차이가 나타나는 것일까? 이유는 한가지가 아닌 여러 복합적인 것에 있을 것이다. 그 이유가 어떻든 성장하지 않는 사회의 책임은 변명의 여지 없이 그 사회 일원인 사람들에게 있는 것이 아닐까 싶다.

소설에서는 시대적 악의 대명사인 나치스 정권의 영향력이 어떻게 일상 생활에까지 스며드는지를 보여주고 있다. 악이란 먼 곳에 있는 것이 아니라 우리 가까운 곳인 일상에도 있다는 것을 알아야 한다. 예를 들어 그것이 악인지도 모른 채 나치스 정권을 무조건 따르는 일부 독일 국민들의 우매함이 가장 결정적인 근거다. 그 악의 모습은 기괴하면서도 악랄하고 비합리적이며 이해할 수조차 없는데도 불구하고 수많은 사람이 나치 정권에 줄을 맞추어 따라가며 "하일 히틀러(Heil Hitler, 히틀러 만세)"를 외치곤 한다. 지극히 유아적인 사회상의 현실이다. 자신들이 무엇을 하고 있는지도 모르는 것과 마찬가지인 것이다.

소설에서는 어느 부두 노동자가 말 대가리를 이용하여 뱀장어를 잡는데, 그 말 대가리의 입과 코 그리고 귀에서 쏟아져 나오는 뱀장어를 보고 주인공 오스카의 엄마는 구토를 하게 되고 이에 더하여 오스카 아빠는 그 뱀장어를 돈을 주고 사서 엄마에게 억지로 그 뱀장어를 먹이게 한다. 그 강압에 못 이겨 오스카 엄마는 눈물을 삼키며 자신의 보기만 해도 구토를 했던 그 뱀장어들을 꾸역꾸역 먹게 된다. 사회의 악이 그렇게 일상에 서서히 스며드는 것이다.

아무런 죄가 없는 착한 유대인의 장난감 상점을 죄의식 전혀 없이 부시고 뭉개 버리며 살인마저 하는 것은 악의 화신으로 변한 인간들의 전형적인 모습이다.

소설에서는 주체를 못 하는 성에 대한 정욕 또한 적나라하게 표현하고 있다. 절제를 모른 채, 도덕적 윤리적 기준도 잊은 채 마치 동물들처럼 인간의 성에 대한 끝없는 탐욕을 보여준다. 아버지가 누구인지도 정확히 알 수 없을 정도의 불륜과 나이건 상황이건 어떤 생각도 하지 않고 그저 되는대로 뒤엉키는 성의 영역은 인간이 동물과 그리 다르지 않다는 것을 느끼게 해 준다.

세 살에서 성장이 멈춘 오스카가 두드리는 그 양철북의 소리가 기괴하고 듣기 싫은 이유는 바로 우리 사회의 역겨운 악에 리듬을 맞춘 채 성장하지 못하는 데 있다. 성장을 제대로 한 사람은 시간이 갈수록 아름다운 소리가 나는 북을 두드릴 수 있지만, 그렇지 못한 난쟁이 오스카가 두드리는 북소리는 어린아이가 아무 생각 없이 마구잡이로 찢어질 듯한 양철북을 두드려 대기에 듣기가 괴로운 것이다.

지금을 살아가고 있는 우리라고 해서 예외는 아니다. 성장을 멈추는 순간 그는 계속해서 그 단계의 양철북을 두드리고 있는 것과 마찬가지일 뿐이다. 그 사회 또한 마찬가지이다. 수십 년이 지나도 바뀌지 않는 사회적 관습과 인습은 우리가 계속 두드리는 양철북과 같다. 나이가 들어도 예전의 모습과 다른 사람이라면 그 또한 그 단계에서 양철북을 두드리는 것이다. 계속해서 성장하는 개인이나 사회라야 비로소 장난감 같은 양철북이 아닌 정상적인 북으로 아름다운 소리를 만들어 낼 수가 있다.

나는 매일매일을 나의 성장을 위해 노력하고 있는 것일까? 우리 사회는 시간이 지나면서 보다 나은 방향으로 성장하고 있는 중일까? 혹시 나 자신이나 우리 사회는 성장을 멈추고 있는 것은 아닐까? 아니 그러한 성장을 거부하고 있는 것은 아닐까? 오늘이 우리에게 주어진 것은 보다 나은 내일을 위한 성장의 기회가 부여된 것이 아닐까?

# 100. 가오싱 젠 (프랑스, 2000)

〈버스 정류장〉

　1940년 중국 장시성 간저우에서 태어난 가오싱 젠은 북경외대에서 프랑스어를 전공하고 1980년 문화 대혁명이 끝난 후 극작가로 활동하기 시작했다. 그의 희곡은 사회주의 사실주의를 깨는 실험적인 시도를 하였는데 이로 인해 공연 금지를 당했고, 1987년 중국을 떠나 프랑스에 정착한다. 천안문 사태 당시 중국 정부를 비판하여 중국에 귀국할 수 없게 되었고 그의 모든 작품은 중국 내에서 금지되었다. 2,000년 중국계 작가로는 처음으로 노벨 문학상을 수상한다.

　〈버스 정류장〉은 정류장에서 버스를 기다리는 사람들의 모습을 통해 삶의 부조리한 상황을 보여주는 희곡이다. 버스를 기다리는 시간이 지날수록 그들의 마음과 태도의 변화를 들여다볼 수 있으며 현 세태의 진솔한 문제도 알 수 있다.

　"아이 엄마 : 누가 우릴 여자로 만들었을까? 우린 운명적으로 기다려야, 한도 끝도 없이 기다려야 하나 봐. 우선 한 남자가 찾아와주길 기다리고, 어렵사리 시집을 가서는 애가 세상에 나오기를 기다리고, 또 그 애가 성인이 되기를 기다리고, 그러다 우린 늙어 버리니."

버스를 기다려도 잘 오지는 않고, 버스가 와서도 서지도 않은 채 계속 그냥 지나가기만 하는 것을 보고 사람들은 기다림에 지쳐 간다. 우리가 살아가는 삶도 기다림의 연속이 아닐까? 하지만 아무리 기다려도 오지 않는 것도 너무나 많다. 또한 그렇게 오래 기다렸는데도 불구하고 오는 것 같다가도 바로 지나쳐 버리고 만다. 그러한 기다림의 시간이 우리에게는 의미가 있는 것일까? 어차피 오지도 않을 것도 존재하며, 왔다가 바로 가버리는 것도 많은 것이 사실인데, 오히려 기다림에 커다란 의미를 두지 않는 것이 나을지도 모른다.

버스를 기다리다 지친 사람은 포기하고 다른 방법을 찾으려는 사람도 있지만 계속해서 버스를 기다리기로 마음먹은 사람도 있다. 어느 쪽이 더 현명한 것일까? 버스가 올 때까지 그냥 순응하며 기다리는 것과, 아예 다른 방법을 찾은 것과 어느 선택이 옳은 것일까?

# 101. V. S. 나이폴 (트리니다드 토바고, 2001)

⟨미겔 스트리트⟩

　1932년 영국의 식민지였던 남미 베네수엘라 근처인 트리니다드 섬에서 인도계 후손으로 태어난 나이폴은 18세에 영국 옥스퍼드 대학에서 공부한 후 기자 생활을 했다. 23세부터 소설을 쓰기 시작해 1957년 ⟨미겔 스트리트⟩를 발표해 명성을 얻었다. 이후 많은 작품 활동을 하며 2001년 노벨 문학상을 받는다.

　"미겔 스트리트(Miguel street)"는 트리니다드 섬의 수도인 포트 오브 스페인에서 하류 계층이 사는 지역으로 그곳에 거주하는 사람들의 모습을 그린 이야기이다. 식민지 사회의 하류 지역에 존재하는 도덕적인 퇴폐와 무기력 그리고 비능률의 현실을 적나라하게 보여주고 있다.

　트리니다드 섬은 17세기에 스페인과 영국의 통치를 받으며 처음엔 아프리카 노예를 수입하다가 19세기에는 영국의 식민지였던 인도에서 정착민을 받아 이주시켰다. 이로 인해 아프리카계의 흑인과 인도계의 아시아인들이 주민의 주축을 이루고 있어서 흔히 말하는 '공동사회'가 불가능했다. 이곳 주민들에게는 식민지로서 민족주의나 반제국주의 성향도 없고 전통문화나 의식 같은 것도 없다. 따라서 사회적 공익보다는 개인적 이익을 우선하는 경향이 심했다. 사회적 타락 현상은 극심하여 사회적 비리와 절도, 폭력, 중혼, 뇌물 수수 같은 일들이 만연했다. 이런 사회에서 인간은 어떤 모습을 지킬 수 있는 것일까? 인간의 존엄성이 가능할 것일까? 2차 대전이 끝나고 1962년 인접한 토바고 섬과 함께 트리니다드 토바고 공화국으로 독립한다.

트리니다드에는 어떤 준칙도 없었다. 그저 자기가 맘대로 말하고 입고 먹고 하는 것이 전부였다. 자유가 아닌 방종으로 가득한 사회였다.

"에드워드는 미국인들에게 완전히 굴복하고 말았다. 그는 미국인식으로 옷을 차려입기 시작했고, 껌을 씹기 시작했으며, 미국식 악센트로 말하려고 했다. 우리는 일요일이 아닌 날에는 그를 잘 볼 수 없었지만 만날 때마다 그는 우리에게 열등감을 주었다."

미겔 스트리트에 사는 사람들은 자신의 전통이 존재하지 않기에 백인들의 가치를 비판 없이 수용하였고, 이로 인해 자신들은 백인들에 비해 크게 뒤지고 있음을 알고 자기 자신들을 멸시하기조차 했다. 자신에 대한 자존감은 전혀 없고 열등감만 가득한 채 생활을 하고 있는 것이다.

"기독교 및 헬레니즘의 전통이야말로 백인들의 백인됨을 대표하는 것이라고 볼 수도 있겠거니와, 바로 이 전통을 추구함에 있어 주민들은 자기네의 과거를 부정하고 자기 자신을 멸시하지 않을 수 없었다. 그들은 검은 피부를 희게 만들 수 있는 양 덤비고 있었던 셈이다. 집단 수용소에 오래 갇혀 있다 보면 사람들이 참으로 자기네가 죄를 지은 것으로 믿게 된다는 말이 있다. 기독교 및 헬레니즘의 전통을 추종하는 가운데 서인도제도 주민들은 어느새 자기의 검은 피부를 죄악시하게 되었다. 그들은 자기네가 갈망하던 백인 문화가 지닌 여러 가지 편견의 타당성을 한 번도 진지하게 의심해 보지 않았다."

트리니다드 사람들은 오래도록 식민지 생활을 해와서 그런지는 모르겠으나 그들은 정신적으로도 노예였다. 스스로 무언가를 창조해 나가려거나 자기 삶을 개척하려는 의지, 자기들의 미래를 위해 더욱 보람 있는 생활을 하려는 열정은 전무했다.

이 소설을 쓴 나이폴도 자신이 트리니다드를 떠나고 나서야 그곳의 참모습을 볼 수가 있었다. 그 속에 함께 묻혀 살다 보면 무엇이 문제인지조차 모를 경우가 너무나 많기 때문이었다.

우리에게는 개인적으로나 사회적으로 어떤 문제가 있기는 마련이다. 그러한 문제를 인식하고 해결하지 못하는 한 그 굴레에서 벗어나기는 힘들 수밖에 없다.

자기 자신과 주위의 세계를 더 잘 이해하기 위해서는 그곳으로부터 멀리 떨어져 나와 거리를 둔 상태에서 객관적으로 그곳을 바라보아야 하는 것이 아닐까 싶다. 보다 나은 자아와 사회를 위해서는 현실을 가장 객관적으로 인식할 수 있는 능력이 필수적일 것이다.

# 102. 케르테스 임레 (헝가리, 2002)

〈운명〉

1929년 헝가리 부다페스트 유대인 가정에서 태어난 케르테스 임레는 15세 때 나치 강제 수용소에 수용되었다가 이듬해 풀려난다. 1975년 나치 수용소의 체험을 다룬 소설 〈운명〉을 출간으로 세계적 명성을 얻는다. 2002년 노벨 문학상을 수상한다.

소설 〈운명〉에서는 15살 소년인 죄르지가 1944년부터 강제 수용소에서 있었던 1년 동안의 생활을 이야기하고 있다. 죄르지는 수용소에서 억압이 존재함에도 불구하고 하루하루 자신의 목숨을 지켜가면 생존해 나가는 것에 몰두한다. 그곳의 엄격한 규칙에 따라 머리를 짧게 자르고, 몸에 맞지 않는 죄수복을 입고 그저 주는 대로 아무 음식이나 먹는다. 아우슈비츠에서 부헨발트 그리고 짜이츠로 이송되면서 그의 의지와는 상관없이 마치 운명이 결정된 것처럼 그는 이동해야 했다.

고된 강제 수용소에서 그는 살아남는 법을 나름대로 터득해 나간다. 삶에 대한 의지를 잃지 않고, 살고자 하는 의지를 굳건하게 간직한 채, 살아 있을 수 있는 것만도 행복하게 생각하며 언젠간 모든 고통이 사라지고 자유를 얻을 수 있는 시간이 올 것이라는 희망을 가지고 그는 모든 절망적인 상황을 이겨낸다.

"만일 운명이 존재한다면 자유란 불가능하다. 만일 자유가 존재한다면 운명은 없다. 이 말은 나 자신이 운명이라는 뜻이다."

죄르지에게는 매 순간이 자신의 운명을 스스로 개척해 나가는 것이라고 믿었다. 환경의 폭압에 무릎을 꿇는 것은 자신의 운명이 아니라고 생각했던 것이다. 그는 비록 어린 소년이었지만 미리 정해진 운명이라는 것은 존재하지 않으며 자기 자신이 운명이라고 굳게 믿는다.

"사람들은 어디서나 뭔가 새로운 것을, 그것도 처음에는 좋은 뜻으로 시작한다. 강제 수용소에서도 마찬가지였다. 나는 적어도 그렇게 체험했다. 당분간은 착실한 수감자가 되는 것으로 충분했다. 나머지는 미래의 일이었다. 이것이 대체로 내 기본 입장이었고, 나는 그것에 맞추어 처신을 했다."

그는 미래를 걱정하지도 않았고, 자신이 그곳에 있어야 하는 이유도 묻지 않은 채 그저 눈앞에 닥친 일을 하면 오늘에만 집중을 한다. 오늘을 이겨내면 또 다른 내일이 있을 것이라는 마음을 갖는다. 그리고 결국 1년이라는 시간이 지난 후 강제 수용소를 나오게 된다. 그는 자유의 몸이 되고 나서 다음과 같이 말한다.

"나는 살아 있다. 살아남기 위해서라면 모든 관점을 수용할 수밖에 없다는 점을 알고 있다. 나는 이어질 수 없는 나의 실존을 계속 살게 될 것이다. 사람들이 완전히 자연스럽게 살아가지 못하는 부조리는 없다. 이제 내가 가게 될 길 위에 피할 수 없는 덫처럼 행복이 나를 기다리고 있음을 잘 알고 있다. 아우슈비츠 굴뚝에서조차도 고통들 사이로 잠시 쉬는 시간에 행복과 비슷한 무엇이 있었기 때문이다. 사람들은 모두 내게 악과 끔찍한 일에 대해서만 묻는다. 내게는 이런 체험이 가장 기억에 남는데도 말이다. 그래, 난 사람들이 내게 묻는다면 다음엔 강제 수용소의 행복에 대해 말할 것이다."

내 주위의 환경이 어떠할지라도 나 자신에 대한 믿음과 희망을 가지고 있는 한 극복하지 못할 것은 없다. 그러한 것을 어떻게 받아들이냐는 것은 오로지 나에 의해 결정될 뿐이다. 그렇기 때문에 나 자신이 나의 운명이 아닐 수가 없는 것이다.

# 103. 존 맥스웰 쿳시(남아프리카 공화국, 2003)

## 〈소년 시절〉

존 쿳시는 1940년 남아프리카 공화국 케이프타운에서 태어나 케이프타운 대학에서 공부한 후, 미국을 거쳐 자신의 모교인 케이프타운 대학에서 영문학을 가르쳤다. 1974년 〈어둠의 땅〉으로 소설을 쓰기 시작한 그는 이후 그의 많은 작품이 세계적 관심을 끌었다. 2003년 노벨 문학상을 수상한다.

그의 작품 〈소년 시절〉은 그의 자서전적 이야기이다. 하지만 소설의 객관성을 위해 화자를 삼인칭으로 시제를 현재로 택한다. 이 작품에서 그는 어린 시절 그 주위 사람들과 아프리카 사회를 가장 객관적인 언어로 묘사해 나간다.

그에게 있어 아버지는 이기적이고 모순적이며 능력도 없다. 게다가 자신을 포함한 모든 사람의 허위를 거리낌 없이 폭로한다. 인간의 진실된 모습을 보여주기 위해서일 것이다. 식민주의와 종족차별로 대표되는 아프리카 사회의 단면도 보여준다.

"그는 자신이 거짓말쟁이라는 것을 안다. 나쁘다는 것도 안다. 그러나 그는 바뀌기를 거부한다. 바뀌고 싶지 않기 때문에 바뀌지 않는다. 그가 다른 아이들과 다른 점은 그의 어머니와 그의 비정상적인 가족과 관련이 있겠지만, 그의 거짓말과도 관련이 있다. 그가 거짓말을 그만두면, 그는 자신의 구두를 직접 닦아야 하고 공손하게 말해야 하고 보통의 아이들이 하는 모든 일들을 해야 할 것이다. 그렇게 되면 그는 더 이상 그가 아닐 것이다. 그가 더 이상 그가 아니라면 삶에 무슨 의미가 있겠는가?"

따라서 그의 소설의 가장 중요한 결과물은 진실성이 아닐까 싶다. 마치 진실 앞에 발가벗겨진 느낌이라 해야 할 것이다. 그 진실함에 인간과 그 인간이 속해 살아가고 있는 사회의 모순과 문제점을 여실히 알게 될 수 있을 것이다.

그의 폭력이 난무하는 남아프리카 공화국의 사회 현실을 적나라하게 쓴 이유는 폭력이 사라지는 그 사회를 염원했기 때문인지도 모른다. 그가 진실을 여과 없이 보여주고자 하는 것은 바로 더 나은 것들을 위한 몸부림이 아닐까 싶다.

# 104. 엘프리데 옐리네크 (오스트리아, 2004)

〈피아노 치는 여자〉

　1946년 오스트리아 슈타이마르크에서 태어난 엘프리데 옐리네크는 어려서 음악에 재능을 보여 빈 대학교에서 음악, 연극, 미술을 공부하였으나 졸업 후 전업 작가의 길로 들어선다. 1967년 시집 〈리자의 그림자〉를 시작으로 소설 〈우리는 새끼들이다〉를 출간하였고, 이후 많은 작품 활동을 하였다. 나치 전범 청산 운동 등 정치활동도 하였으나 1991년 자유당 집권 후 정치활동은 그만둔다. 2004년 "비범한 언어적 열정으로 사회의 진부한 사상과 행동, 그것에 복종하는 권력의 불합리성을 잘 보여주었다"는 이유로 노벨 문학상을 수상한다.

　〈피아노 치는 여자〉는 주인공 에리카 코후트를 탁월한 피아니스트로 만들려고 철저한 스파르타식으로 훈련시켰던 어머니와 딸에 대한 자전적인 소설이다. 소설에서 주인공의 아버지는 일찍 세상을 떠났고 주인공 에리카는 그녀의 어머니에게 있어 아버지를 대신하는 위치가 된다. 어머니와 딸은 부부처럼 한 침대에서 자고 정신적으로 서로에게 남성의 대리 역할을 한다. 어머니는 시간이 갈수록 딸에게 더욱 집착을 하게 되며 그 집착으로부터 벗어나기 위해 에리카는 몸부림친다.

"낙엽 더미가 바람에 휙 날리듯 에리카는 쏜살같이 현관문을 지나 어머니 눈에 띄지 않고 자기 방에 들어가려 한다. 그러나 벌써 어머니가 그 앞에 턱 버티고 서서 에리카를 붙들어 세운다. 국가와 가정에서 만장일치로 공인된 이 어머니라는 지위는 종교재판장의 심문권과 총살집행자의 명령권을 동시에 거머쥐고 있는 것이다. 어머니는 에리카가 왜 이제야, 이렇게 늦은 시간에 집에 돌아오게 되었느냐고 캐묻는다. 피아노를 배우는 마지막 학생이 에리카한테서 잔뜩 비웃음을 사고 벌써 세 시간 전에 집에 돌아갔을 텐데 말이다."

에리카의 어머니는 에리카의 모든 일상에 관여하고 있다. 에리카 없이는 어머니는 살 수 없고, 에리카 또한 어머니 없이는 살 수가 없다. 에리카가 태어나면서부터 나이가 들어 30대 중반이 넘도록 그런 관계는 유지되어 왔다. 아버지가 없는 세상을 두 모녀는 서로 의지한 채 그렇게 살아왔다.

"딸은 다시 돌아와 벌써 흥분해 울고 있다. 그녀는 어머니를 천박한 사기꾼이라고 욕하면서도 어머니가 다시 자기와 화해할 것을 바란다. 에리카가 어머니를 때렸고 머리카락을 뽑았으니 에리카의 손모가지를 잘라내야 한다고 어머니는 외쳐댄다. 에리카는 점점 소리 높여 훌쩍거린다. 자식을 위해 살과 뼈를 깎아 바치는 어머니가 머리칼까지 뽑힌 마당이니 에리카도 마음이 아프기 때문이다. 뭐든 어머니 뜻을 어기고 나면 에리카는 늘 마음이 아프다. 어린 시절부터 어머니를 사랑하고 있기 때문이다."

에리카는 어머니의 간섭에 숨이 막힐 때도 있어서 가끔씩 어머니에게 반항한다. 하지만 그러한 저항은 얼마 가지 못하고 다시 화해만을 바랄 뿐이다. 두 모녀는 서로 깊이 사랑하기에 불협화음이 생기는 경우 빠른 시간 안에 이것이 해결되어야만 서로가 편할 수밖에 없다.

"얌전한 침묵 속에서 에리카는 버터 백이십오 그램을 산다. 그녀는 아직 어머니가 있으니 남자와 결혼할 필요가 없다. 두 사람에게 새로운 가족이 하나 생기면 그는 당장 내쳐지고 소외당할 것이다. 그 인물이 예상대로 쓸모없고 보잘것없는 존재로 판명되는 날이면 즉시 그와의 관계는 끝이 난다. 어머니는 가족 구성원이 되려는 사람들을 망치로 두드려보고 하나씩 하나씩 추려낸다. 솎아내고 거절하고 시험해보고 버린다. 이런 방법을 쓰면 관계를 지속적으로 유지하려는 기생족들은 생길 수가 없게 된다. '우리끼리만 사는 거야, 에리카야, 우리는 그 누구도 필요 없지 않니?'"

에리카는 성장해 대학을 다녔고 대학 졸업 후 자기 일을 갖고 있다. 그러는 사이 남자를 만나기도 했지만, 어머니와 에리카 사이에 그 어떤 남자도 끼어들 수 없었다. 새로운 가족 구성원은 오히려 집안의 평화에 파문만 일으킬 뿐이다. 어머니 또한 남편이 오래전에 죽었지만, 에리카에게 집착할 뿐이다.

"들꽃 에리카. 그녀 이름은 이 꽃이름에서 딴 것이다. 아이가 태어나기 전에 어머니의 눈앞에는 수줍어하는 어떤 존재, 부드러운 어떤 것이 아른거렸다. 자기 몸에서 빠져나온 진흙 덩어리를 보았을 때, 어머니는 순수하고 섬세해지라고 여기서 한 조각, 저기서 한 조각씩 떼어내면서, 가차 없이 그 진흙 덩이를 주무르기 시작했다. 잡아끌지 않으면 아이들은 본능적으로 더러운 것과 오물을 따라가게 마련이다. 어머니는 일찍부터 에리카를 위한 예술적인 직업을 찾고 있었는데, 그건 평범한 다른 사람들이 이 예술가 주위에서 경탄하면서 박수갈채를 보내는 동안 노력으로 이룩한 품위 있는 예술성으로 돈을 짜내기 위해서였다. 이제 에리카는 완전히 길들여졌으니 음악이라는 자동차에 시동을 걸고 그 자리에서 운행을 개시하기만 하면 된다."

어머니의 의도대로 에리카는 성장해 간다. 비록 피아니스트로 성공을 하지는 못했지만, 피아노를 가르치는 것으로 남은 생을 보내면 된다.

에리카는 어머니의 집착에서 해방되고자 자신이 가르치는 젊은 남자와 일탈을 꿈꾸고 이를 실행한다. 하지만 그 일탈이 오히려 자신에게 더 커다란 상처가 된다는 것을 깨닫고 어머니에게 돌아간다. 어머니와의 관계가 훨씬 편하고 고향 같기 때문이다. 이제 어머니와 에리카는 홀로 독립적인 삶은 불가능하고 철저히 종속되어야만 살아갈 수 있는 관계가 되어 버린 것이다.

누군가에 집착하고 누군가에게 종속되어 살아가는 삶은 어쩌면 편하고 의지가 되는 것일지 모른다. 우리 또한 가까운 주위의 사람에게 많은 것을 기대하고 집착하고 있기도 하다.

　함께 하는 삶과 종속적인 삶은 분명히 다르다. 인간관계는 소유의 관계가 아니다. 서로의 존재를 인정해 주고 자신의 삶을 충실히 살아가며 주위의 사람과 함께 하는 것으로도 우리의 일생은 충분하다.

# 105. 해럴드 핀터 (영국, 2005)

〈풍경〉

해롤드 핀터는 1930년 영국 런던에서 태어나 배우로 활약하다 희곡을 쓰기 시작한다. 그의 작품은 극의 흐름에 있어 동기를 무시한 채 상황만을 보여주는 대담한 시도를 했다. 극작가로서 현대 연극에 기여한 공로로 2005년 노벨 문학상을 수상한다.

"베쓰 : 난 다시 부엌으로 돌아와서 앉아 있었어요. 개도 내 옆에 앉겠죠. 개를 쓰다듬어 주었어요. 창밖으로 언덕길이 내려다보이더군요. 어린애들이 언덕길에서 뛰어놀고 있었어요. 언덕 위를 막 뛰어오르기도 했어요.

더프 : 나, 한 번도 당신 얼굴을 보지 못했소. 당신은 창밖을 내다보고 있었지. 깜깜한 밤인데 말이야, 비까지 쏟아지고 있었어. 빗줄기가 유리창을 때리는 소리만 들렸지. 당신은 내가 들어온 걸 알면서도 그대로 서 있었지. 난 당신 곁에 바짝 다가섰어. 당신이 도대체 뭘 보고 있었는지, 칠흑같이 어두운 밤이었는데 말이야, 당신 모습이 어렴풋이 보였어. 어디선가 불빛이 새어들어 왔던 것 같애. 아마 당신 얼굴만 희미하게 반사되었던 것도 같애.

난 바로 당신 곁에 가 섰어. 건드리지는 않고, 아마 당신은 꿈을 꾸면서 무슨 생각에 잠겨 있었던 것 같애."

더프와 베쓰는 같은 장소에 있지만 서로를 이어주기도 하지만 서로를 완전히 소외시키기도 하는 각자의 기억 속에 있다. 특히 베쓰는 자신의 과거의 시간, 자신에게 제일 아름다운 순간인 바닷가에서의 사랑의 추억에만 빠져 있다.

이들은 대화를 하고는 있지만 진정한 의사소통은 없다. 베쓰는 과거의 기억에 빠진 채 외부와의 의사소통을 차단하며, 자신을 둘러싼 외부세계와의 접촉을 지워버린다. 오직 과거에 대한 기억으로 현재를 잊을 뿐이다. 반면에 더프는 현실에서 벗어나지 못하고 있다. 그의 기억은 현재를 이겨내지도 못한다. 그렇기에 더프는 베쓰를 현재에 끌어들이려 하지만 베쓰는 과거의 추억에 젖어 더프를 의식하지 못한다.

더프는 현재에서 베쓰와 함께 하려 하나 베쓰의 관심조차 끌지 못하고, 베쓰는 과거의 기억으로 현재를 살아갈 뿐이다. 두 사람의 과거에 대한 기억이나 현재에 있어서의 의사소통도 다 의미가 없었다.

# 106. 오르한 파묵 (터키, 2006)


〈하얀성〉

  오르한 파묵의 〈하얀 성〉은 나를 벗어나 다른 내가 되었을 때 그것에 만족하며 진정으로 행복할 수 있는지를 생각해 볼 수 있는 소설이다. 우리는 많은 경우 현재의 나의 삶이 바뀌기를 갈망한다. 현재의 나를 부정하는 것이다. 만약 지금의 내가 다른 나로 돼버린다면 그 세계에서 나의 삶은 얼마나 달라져 있을까? 그 세계에서 나의 삶에 만족할 수 있으며, 진정한 나로서 살아갈 수가 있는 것일까?

  "지금에 와서는 선장이 그렇게 겁에 질려 버리면서부터 내 인생이 조금씩 달라져 왔다는 생각이 든다. 처음부터 결정된 인생은 없다는 것을, 모든 이야기는 실상 우연의 연속이라는 것을 대부분의 사람은 알고 있다. 하지만 그럼에도, 이 사실을 아는 사람조차, 인생의 어느 시점에서 과거를 보고, 우연히 경험했던 것들이 사실은 필연이었다는 결론을 내리게 된다. 내게도 그런 시절이 있었다. 이렇게 오래된 책상머리에 앉아 책을 쓰려 하면서, 안개 속에서 유령처럼 모습을 드러낸 터키 함대들의 색깔을 그려 보는 지금 이 순간이 이야기를 시작하고 끝맺기에 가장 적당한 때라고 생각한다."

소설에서 주인공 호자는 우연히 알게 된 자기와 닮은 사람을 자신의 노예로 삼는다. 서양을 동경하던 호자는 이탈리아 출신인 자기 노예와 함께 오랜 시간을 보내면서 스스로 서양 출신이었던 노예처럼 되고 싶어 한다. 비록 자신의 노예였지만 서양을 동경하는 호자는 서양의 많은 지식을 알고 있던 자신의 노예가 부러웠다. 그렇게 호자는 다른 사람이 되고자 하는 마음을 노예에게 말을 하고 결국 서로를 바꾸어 호자는 이탈리아로 노예는 터키에서 각자의 인생을 바꾼 채 살아가기로 한다.

"어느 날 저녁 무렵 삐걱거리면서 집 안을 돌아다니던 발소리가 내 방으로 들어왔다. 마치 일상적이고 평범한 것이라는 듯 '왜 나는 나일까?'라고 말했을 때, 나는 용기를 북돋아 주기 위해 대답을 해 주었다. 나는 호자에게 왜 그가 그인지를 모른다고 말한 후, 그 문제는 그곳에서, 내가 살던 나라의 사람들이 굉장히 자주 묻고, 날이 갈수록 더 많이 묻는 것이라고 덧붙였다."

호자는 왜 나는 나인지에 대해 의문을 제기한다. 자신의 정체성을 알고자 노력했고, 자신이 바라는 것이 무엇인지 고민을 했다. 결국 그는 자기 자신보다는 자신이 되고자 하는 바를 쫓아 현재의 자신을 버리게 된다. 하지만 스스로를 버리고 자신이 동경하는 바를 쫓아 살아가게 된다고 해서 진정으로 행복을 누리면 살게 될 수 있는 것일까?

호자의 노예는 주인의 뜻에 따라 자신 또한 호자로 살아가야 했으나 자신의 인생의 길이 바뀌었을지라도 그것을 인정하고 실존에 적응하며 살아가는 방법을 터득하게 된다.

삶은 어떻게 주어지든 그것을 살아가는 사람에 의해 삶은 변할 수 있다. 내가 바뀐다고 해서 삶이 변하는 것은 아니다. 삶을 바꿀 수 있는 내가 더 중요할 뿐이다.

내가 누구이고, 내가 원하는 것이 무엇인지 알며, 어떤 상황이건 무엇을 해야 행복해질 수 있는지가 중요하지, 나 자신이나 조건이 바뀐다고 해서 반드시 행복하게 되지 않는다.

호자의 노예는 말한다. "어쩌면 몰락이란 우월한 사람을 보고 그들을 닮으려 하는 것을 의미하는지도 모른다."

우리에게 가장 소중한 것은 바로 나 자신일 뿐이다. 그 외는 내가 어떻게 하느냐에 따라 달려 있을 뿐이다.

# 107. 도리스 레싱 (영국, 2007)

〈풀잎은 노래한다〉

도리스 레싱은 1919년 이란에서 영국인 부모 밑에서 태어나 아프리카 짐바브웨에서 성장했다. 13세 때 학교를 그만두고 혼자 공부했다. 15세 때 집을 떠나 여러 직업을 전전하여 힘들게 살았고 이것이 계기가 되어 작가의 길로 들어선다. 두 번의 이혼의 아픔을 뒤로한 채 영국 런던으로 가서 정착한다. 이후로 많은 작품을 발표하며 문단의 주목을 받는다. 2007년 노벨상 위원회는 "분열된 문명을 정밀하게 조사하여 제시한, 회의론과 활발한 상상력과 상상력의 힘을 지닌 여성 경험의 서사시인에게 이 상을 드립니다."라는 이유로 그녀에게 노벨 문학상을 수여한다.

도리스 레싱의 대표작 〈풀잎은 노래한다〉는 그녀가 어릴 적 살았던 남아프리카를 배경으로 어느 시골 마을에서 일어난 살인 사건을 중심으로 한 식민지 사회의 흑백 갈등을 다룬 작품이다.

소설의 여주인공 메리는 결혼할 나이가 지났는데도 결혼을 하지 못하자 이에 대한 주위의 시선을 버티지 못하고 극장에서 우연히 만난 리처드와 결혼을 한다. 하지만 사랑이 없는 결혼이 모든 불행의 시작이 될 것이라는 생각을 하지 못했다. 메리와 리처드는 결혼은 하였지만 너무나 가난한 현실에 메리는 집을 뛰쳐나온다. 하지만 혼자 살아가기 더욱 힘들었기에 메리는 다시 리처드에게 돌아온다. 이때부터 그녀의 내면은 급격히 붕괴되기 시작한다.

메리는 성격이 갈수록 거칠어지고 신경질적으로 화를 내면서 이것이 집에서 일하던 흑인 하인에게 향하게 된다. 그녀의 하인에게 대한 학대와 모멸은 한계에 이르게 된다. 아무리 하인이지만 그들도 사람이었던 것이다.

"다음 날 점심시간에 새로 온 하인은 긴장한 나머지 접시를 떨어뜨리고 말았는데, 메리는 그 즉시 그를 해고해 버렸다. 집안일은 다시 메리가 할 도리밖에 없었다. 그러나 이번에는 공연히 짜증만 나고 집안일이 하기 싫어졌으며, 그냥 퇴짜를 놓아 버린 멍청이 같은 그 하인이 죽일 놈처럼 여겨졌다. 마치 흑인의 얼굴을 박박 문질러서 피부를 벗겨 내려는 듯, 식탁과 의자와 접시들을 사정없이 문질러 댔다. 분노에 사로잡혀 제정신이 아니었던 것이다."

리처드 또한 메리와의 관계가 점점 나빠지자 결혼에 대한 회의감을 갖는다. 결국 메리는 새로 온 흑인 하인 모세에 의해 죽임을 당하고 리처드 또한 아내와의 갈등으로 인해 폐인이 되면서 말라리아에 걸리게 되고 약해진 심신으로 인해 리처드도 사망하게 되면서 그들의 삶은 그렇게 어이없이 마감되어 버리고 만다.

우리의 삶은 진정으로 예상하지 못하는 일들로 가득하다. 조그마한 잘못이 별것이 아닌 것 같아도 그러한 잘못에서 문제가 되기 시작하면 그것이 어떻게 삶 전체를 바꾸어 놓게 될지는 아무도 모른다.

메리는 어릴 적 부모들의 가난하고 비참했던 생활, 부모의 불화로 인한 부모에 대한 경멸을 가지고 있었으나 이를 심리적으로 치유받지 못한 채 사랑이 없는 결혼까지 하기에 이른다. 이것이 그녀와 그녀 남편의 삶을 붕괴시켜 버리게 된 것이다. 자신의 내면 속에 존재하는 부정적인 감정과 화를 스스로 해결하지 못한 채 다른 힘없는 이들에게 폭발시켜 버리면서 극단의 길을 갈 수밖에 없었다. 삶은 그래서 모든 것이 물리고 물리는 그러한 원리를 벗어나지 못하는 것인지도 모른다.

# 108. 장마리 귀스타브 르 클레지오
## (프랑스, 2008)

〈황금 물고기〉

르 클레지오의 소설 〈황금 물고기〉는 주인공 라일라가 겪는 파란만장한 삶의 역정을 다룬 이야기이다. 이 소설은 현존하는 가장 위대한 프랑스 작가로 인정받는 르 클레지오의 작품이다. 그는 한국 문단과의 교류에도 활발하게 참여하고 있으며 2007년부터 약 1년 정도 한국에 살기도 한 지한파이다. 제주를 배경으로 쓴 〈폭풍우〉와 서울을 배경으로 한 〈빛나 : 서울 하늘 아래〉도 있다. 2008년 노벨 문학상을 수상하였다.

"예닐곱 살 무렵에 나는 유괴당했다. 그때 일은 잘 기억나지 않는데, 너무 어렸던데다가 그 후에 살아온 모든 나날이 그 기억을 지워버렸기 때문이다. 그 일은 차라리 꿈이랄까, 아득하면서도 끔찍한 악몽처럼 밤마다 되살아나고 때로는 낮에도 나를 괴롭힌다. 햇살에 눈이 부시고 먼지가 날리는 텅 빈 거리, 푸른 하늘, 검은 새의 고통스런 울음소리, 그때 갑자기 한 남자의 손이 나를 잡아 커다란 자루 속에 던져 넣고, 나는 숨이 막혀 버둥거린다. 나를 산 사람은 랄라 아스마이다."

아프리카에서 태어난 라일라는 어린 시절 인신매매를 당해 아랍과 프랑스, 미국을 거쳐 다시 자신의 고향인 아프리카로 돌아온다. 그녀의 삶은 이슬람 문명과 전통적인 유럽, 신대륙인 미국을 그렇게 물고기처럼 표류하다 다시 자신이 태어난 곳으로 돌아오는 운명이었다.

"오랫동안 나는 거리를 두려워했다. 마당을 벗어날 엄두를 내지 못했다. 거리 쪽으로 열려 있는 푸른색 대문 밖으로 한 발짝도 나서려 하지 않았고, 사람들이 나를 밖으로 데려나가려 하면, 소리 지르고 울면서 벽에 매달렸다. 때로는 도망쳐서 가구 밑에 숨기도 했다. 나는 극심한 두통에 시달렸으며, 하늘에서 쏟아져 내리는 빛은 내 두 눈을 헤집으며 내 몸 깊숙이 찌르고 들어왔다. 시멘트를 다루느라 거칠어진 그의 두 손은 마치 내 옷 밑으로 파고든 두 마리의 차갑고 건조한 동물 같은 느낌을 주었다. 나는 너무도 두려워서 내 심장이 거칠게 뛰는 것을 생생히 느낄 수 있었다. 그때 갑자기 그 모든 것들, 눈부시던 거리, 검은색 자루, 머리에 받은 타격이 되살아났다. 그 뒤로 느껴진 것은 나를 만지는 손, 나의 배를 누르는 손, 나를 아프게 하는 손이었다. 나는 내가 어떻게 했는지 알지 못한다. 아마도 너무 두려운 나머지 암캐처럼 오줌을 쌌다고 생각한다. 그러자 그가 몸을 떼고 손을 거두었으며, 순간 나는 그의 뒤로 몸을 빼서 짐승처럼 날렵하게 빠져나와, 소리를 지르며 마당을 가로질러 달려서 욕실 안으로 숨어들었다. 그곳이 열쇠로 잠그는 유일한 방이었기 때문이다."

그녀 앞에 주어진 세상은 자신을 물고기처럼 생각하고 발걸음이 닿는 세상의 모든 곳에서 그녀를 잡아먹으려 했다. 그러한 거친 세상에 그녀는 준비도 없었고 숨으며 도망 다녀야만 했다.

"나는 내가 곧 죽으리라고 믿었다. 내게는 먹을 것이 없었다. 조라는 약간 누르스름한 흰색의 긴 털을 가진 시추 종의 작은 개를 기르고 있었는데, 나는 그 개를 위해 쌀을 끓여야 했다. 그녀는 그 쌀 위에 닭국물을 끼얹었고, 그것이 그녀가 내게 주는 전부였다. 나는 그녀의 작은 개보다도 먹을 것이 없었다. 때때로 나는 부엌에서 과일을 훔쳤다. 들킬 경우에 일어날 일이 두렵기는 했다. 내 다리와 팔은 그녀의 허리띠에 맞아 퍼런 멍으로 덮여 있었다. 그러나 나는 너무도 배가 고파 부엌 찬장에서 설탕과 비스킷과 과일을 계속해서 훔쳐 먹었다."

주인공 라일라에게 삶은 너무나 비참했다. 개만도 못한 삶을 살아갈 수밖에 없는 절망적인 상황이었다. 차라리 죽는 것이 더 나을지도 몰랐다. 하지만 그녀는 생존의 본능으로 버텼다. 삶의 끝까지는 가봐야 할 것 같아서.

"그들은 내 바로 옆을 지나쳤는데, 내가 보도 가장자리에 못 박힌 듯 서 있자, 역시 가죽옷을 입은 한 사내가 손으로 나를 밀쳤다. 나는 잔뜩 찡그린 그의 얼굴과 입술과, 잠깐 동안 나를 노려보던 두 눈, 도마뱀의 눈처럼 경직되고 삭막한 그 눈을 보았다. 나는 길가 하수도 앞에 무릎을 꿇은 채 꼼짝도 할 수 없었다. 그 때 경찰차의 경적이 들렸고, 나는 아슬아슬하게 마예르 부인의 하숙집 건물 문 앞까지 달려갈 수 있었다."

주인공 라일라는 프랑스 파리로 도피를 하지만, 그곳도 역시 마찬가지였다. 또 다른 삶의 고통만 존재할 뿐이었다. 삶의 아픔과 어려움은 우리가 살아가는 동안 계속되는 것일까?

"더 이상 멀리 갈 필요가 없다. 이제 나는 마침내 내 여행의 끝에 다다랐음을 안다. 어느 다른 곳이 아니라 바로 이곳이다. 말라붙은 소금처럼 새하얀 거리, 부동의 벽돌, 까마귀 울음소리. 십오 년 전에, 영겁의 시간 전에, 물 때문에 생긴 분쟁, 우물을 놓고 벌인 싸움, 복수를 위하여 힐랄 부족의 적인 크리우이가 부족의 누군가가 나를 유괴해간 곳이 바로 이곳이다. 바닷물에 손을 담그면 물살을 거슬러 올라가 어느 강의 물을 만지게 되는 것이다. 이곳에서 사막 먼지에 손을 올려놓으며, 나는 내가 태어난 땅을 만진다. 내 어머니의 손을 만진다."

라일라는 세상 속에 힘없이 온갖 일들을 겪으며 돌고 돌았던 연약한 물고기였지만, 그 모든 것을 경험하고 자신의 고향으로 돌아온다. 그리고 그곳에서 자신은 황금 물고기였음을 인식한다. 세상은 그녀를 얽매려 했지만 그녀는 본래 강한 생명력과 자유로운 마음을 가지고 태어난 황금 물고기였던 것이다.

하킴의 할아버지는 라일라에게 말한다.

"아무 가치가 없는 사람이라 해도 신의 눈에는 보석처럼 보인다는 사실이지."

# 109. 헤르타 뮐러 (독일, 2009)

〈저지대〉

　1953년 루마니아 니츠키로르프에서 태어난 헤르타 뮐러는 어린 시절 나치의 몰락과 루마니아 독재 권력의 강압 통치를 아무 힘없이 지켜볼 수밖에 없었다. 그녀는 루마니아에서 독일계 소수 민족이었고, 그녀의 아버지는 2차 대전 때 나치 무장 친위대에 징집되었었다. 어머니는 우크라이나 강제 수용소에서 5년 동안 강제 노역을 했다. 어린 시절 그녀는 정체 모를 공포와 불안 속에서 성장해야 했다. 그것은 그녀의 내면에 그대로 남아 그녀의 문학 작품에 고스란히 스며있을 수밖에 없었다.

　헤르타 뮐러는 대학에서 문학을 전공한 후 차우셰스크 독재 정권에 대항하는 작가들의 모임인 '악티온스그루페 바나트'에 유일한 여성으로 참가한다. 이때 그녀가 쓴 작품이 바로 〈저지대〉이다. 루마니아 비밀경찰의 감시와 압박에 견디지 못하고 1987년 독일로 망명한다. 그 후 전체주의의 공포를 묘사한 소설을 잇달아 발표하게 된다. 노벨상 위원회는 2009년 "솔직한 산문과 서정성에 집중한 이 사람은, 좌절한 사람들의 모습을 묘사하였습니다

"라는 이유로 그녀에게 노벨 문학상을 수여한다.

그녀의 작품 〈저지대〉는 시 같으면서도 산문 같은 느낌의 상당히 응축된 단편소설이다. 이 작품에는 억압과 공포에 억눌려 살고 있는 한 소녀의 시점에서 당시의 사회상을 고발하고 있다.

거짓과 폭력, 무관심과 가난이 일상을 지배했고 힘든 생활의 연속에서 삶의 기쁨과 즐거움을 느낄 수 없는 아픈 현실이 작품 속에 적나라하게 묘사되어 있다. 삶의 감정조차 표현하기 힘든 현실은 살아남기 위한 투쟁에 불과했다.

"마을 변두리에 낡은 살림살이들이 버려져 있다. 밑이 빠지고 우그러져 폐기처분된 냄비, 녹슨 양동이, 판때기가 깨지고 밑받침이 떨어져 나간 화덕, 구멍 숭숭 뚫린 난로 연통, 밑이 빠진 세숫대야에서 풀이 자라나 노랗게 빛나는 꽃을 피운다."

그들의 삶은 버려진 삶이었다. 삶 자체가 온전할 수가 없는 현실이었다. 행복이나 기쁨은 그들의 세계에는 존재하지 않았다. 폐기처분된 살림살이처럼 그들의 삶도 그렇게 내버려지고 있었다.

"명절이면 늘 그랬듯이, 그날도 우리 집 분위기는 엉망이었다. 이 사진에서도 그걸 알 수 있다. 설탕물을 묻혀 말아 올린 내 삐딱한 곱슬머리와 내 삐딱한 미소에서.

나는 머리를 다 빗고 옷을 입고서 뒷마당으로 나갔다. 변소에 들어가 문을 걸어 잠그고는, 바지를 내리고 구린내 나는 변소에 앉아 엉엉 울었다. 아무한테도 들키지 않고 싶었다. 밖에서 사람

소리가 나면 얼른 울음을 그쳤다. 집안에서 이유 없이 울어서는 안 되는 걸 잘 알고 있었기 때문이다. 이따금 어머니는 우는 나를 매로 때리면서 말했다. 자, 이제 너한테도 실컷 울 이유가 생겼다."

어린 소녀는 우는 것도 맘대로 울 수가 없었다. 숨어서 우는 수밖에 없었고, 엄마의 손찌검은 실컷 울 수 있는 변명이 될 정도였다. 삶의 고달픔은 나이하고도 상관없었다. 그곳에서 살아가야만 하는 그들의 운명이었다.

"두꺼비가 포석 위를 폴짝폴짝 뛰어갔다. 두꺼비 살갗은 지나치게 늘어진데다가 온통 주름이 자글자글했다. 두꺼비는 딸기 사이로 기어들어갔다. 생기 없이 늘어진 살갗 덕분에 딸기 이파리 하나 바스락거리지 않았다.

할머니의 양귀비는 마을에서 가장 예뻤다. 할머니의 양귀비는 울타리보다 높이 자라 하얀 꽃을 탐스럽게 피웠다. 바람이 불면 긴 줄기들이 서로 맞부딪쳤고 꽃들이 파르르 떨었다. 하지만 꽃잎은 한 장도 땅에 떨어지지 않았다."

소설에서는 화자인 어린 소녀가 자연, 식물, 동물에 대한 꿈을 꾸는 듯한 장면들이 나온다. 이는 그녀가 암울하고 숨을 쉬기조차 힘든 현실에서 도피하고자 발버둥 치는 것이 아닐까 싶다. 현실을 잊기 위해 그리고 조금이라도 삶의 기쁨이라도 맛보기 위해 환상을 꿈꾸는 것인지도 모른다. 그렇지 않다면 현실에서 그러한 것을 느낄 수 있는 다른 방법이 없기 때문이다.

우리의 삶에는 항상 어려움이 존재하고 있는 것인지도 모른다. 그것이 어느 정도로 우리에게 아픔과 고통을 줄지라도 우리는 살아가야 할 수밖에 없다. 현실을 외면한 삶은 존재할 수가 없기 때문이다. 비록 우리는 현실에 발붙이고 있지만, 현실 너머에 존재하는 삶과 죽음의 진정한 모습을 볼 수 있는 안목도 필요하다. 그러한 안목을 가지고 있다면 환상을 꿈꿀지라도 현실을 버텨내고 이겨낼 수 있다. 언젠간 좋은 날도 오리라는 꿈마저 없다면 우리의 삶은 너무나 비참할 수밖에 없기 때문이다.

# 110. 마리오 바르가스 요사 (페루, 2010)

〈까떼드랄 주점에서의 대화〉

1936년 페루의 아레끼빠에서 태어난 마리오 바르가스 요사는 1950년 리마이 레온시오 쁘라도 군사학교에 진학했으나 중퇴하고 신문과 잡지사에 글을 기고하며 작품 활동을 한다. 1963년 군사학교 시절이 경험을 바탕으로 쓴 소설 〈도시와 개들〉을 발표하며 주목받기 시작했다. 어어 1966년 〈녹색의 집〉을 발표했고 작가로서의 세계적 명성을 얻는다. 2010년 "그의 권력 구조 지도와 개인의 저항, 반란, 패배에 대한 그의 강력한 이미지들 때문에 이 상을 드립니다." 라는 이유로 노벨 문학상을 수상하였다.

〈까떼드랄 주점에서의 대화〉는 그가 1969년에 쓴 소설이다. 이 소설은 신문사 기자인 산티아고 싸발라와 운전사인 쌈보인 암브로시오가 가난한 노동자들이 드나드는 '까데드랄'이라는 주점에서 당시 페루에서의 도덕적 타락과 정치적 탄압에 대해 대화를 하는 것이 주된 내용이다. 주인공인 산티아고 싸발라는 대학에 입한한 후 반독재 공산주의 학생운동에 참여했다가 경찰에 연행

된다.

"그런 와중에도 내 또래의 페루인들은 어린 아이에서 청년으로, 그리고 청년에서 장년으로 변해갔다. 그러나 독재 정권이 자행하던 각종 범죄와 인권유린보다 더 심각했던 건 사회의 해묵은 부정부패였다. 권력의 중심부에서 비롯한 부패가 사회의 모든 부문과 기관으로 퍼져나감에 따라 우리의 삶은 나락으로 떨어지고 말았다."

이 소설의 시대적 배경은 페루에서 마누엘 아뽈리나리오 오드리아가 이끄는 군사 독재 정권하인 1948년부터 1956년 약 8년 동안의 기간이다. 당시의 시대의 암울함 속에서 청년들은 암흑의 시대를 살아가야 했다. 권력의 중심뿐만 아니라 사회 전체의 어두운 모습에서 젊은이들은 그러한 절망의 구렁텅이에서 헤어나오기 위해 몸부림칠 수밖에 없었다.

"산티아고가 끄로니까 신문사 현관에서 무심히 따끄나 대로를 바라보고 있다. 거리를 빠르게 지나가는 자동차들, 높이가 들쑥날쑥한 빛바랜 건물들, 뿌연 안개 속을 떠다니는 현란한 포스터의 잔해들 그리고 잿빛으로 물든 하늘. 언제부터 페루가 이 꼴로 변해버린 걸까? 신문팔이들은 방금 나온 석간신문을 흔들어대며 윌슨 대로의 신호등 앞에 멈춰 선 차량들 사이를 돌아다닌다. 그는 꼴메나가를 향해 천천히 걸음을 옮기기 시작한다. 두 손을 주머니에 찔러 넣고 고개를 푹 숙인 채, 싼마르띤 광장으로 향하는 행인들 틈에 파묻힌다. 페루나 다름없는 처지야. 그의 삶도 언젠가부터 엉망이 되고 말았다. 그는 생각에 잠긴다. 어디서부터 잘 못된 것일까? 끄리욘 호텔 앞에 이르자, 개 한 마리가 그에게 다 가와 발을 핥으려고 한다. 이 놈이, 어디 광견병을 옮기려고! 어 서 저리 가지 못해? 페루도 썩어빠졌지만, 그는 생각한다. 까를 리또스라고 나을 것도 없어. 온 나라가 죄다 개판이라고. 아무리 머리를 쥐어짜도 마땅한 해결책이 떠오르질 않는군. 그는 미라플 로레스의 승합 택시 정거장에 길게 늘어선 줄을 물끄러미 바라본 다."

당시 사회 상황은 한마디로 모두 개판이었다. 모든 것이 어딘지 모르게 잘못된 길로 가고 있는 듯 했다. 그 이유와 원인이 무엇인 지도 몰랐고, 앞으로 그 사회가 어디로 가게 될지 알 수도 없었 다. 그런 상황에서 그들은 어떤 선택을 해야 하는 것일까? 단 몇 명의 힘으로 사회를 바꿀 수도 없고, 단 기간에 그 사회의 문제들 을 해결할 수도 없는 일이었다. 모든 사람에게 책임이 있었고 모 든 사람이 피해자였다. 주인공 산티아고 싸발라는 공산주의 학생 운동에 적극적으로 가담한다. 사회적 정의에 대한 열망, 지식에 대한 욕망, 그리고 신념으로 뭉친 동지들과 함께 학생 운동을 하 지만 경찰에 의해 그러한 희망은 한 순간의 물거품이 되어 버리 고 만다.

"도련님, 이젠 여기도 너무 짜증이 나는구먼요. 하긴 그날 고향 에 가서는 짜증뿐만이 아니라 제가 너무 늙어버렸다는 기분까지 들더라고요. 암브리시오, 광견병이 수그러들면 자네가 일하고 있는 유기견 보호소 일자리가 없어지겠지? 그렇겠지요, 도련님. 그럼 뭘 할 생각인가? 잘은 모르겠지만, 빤끄라스한테 저를 불러오라고 한 그 공무원이 일자리를 주기 전에 하던 일을 또 하겠지요. 그러니까 증명서가 없어도 며칠은 버틸 수 있는 그런 일자리 말입니다요. 아마 또 여기저기를 떠돌아다니면서 일을 해야 하겠죠. 그러다 시간이 좀 지나면 다시 광견병이 도질 테고, 그러면 또 저를 부르지 않겠습니까요? 그 다음에는 여기, 그 다음에는 또 저기. 그러다보면 언젠가는 이 세상을 하직하지 않겠습니까요? 도련님, 안 그렇습니까요?"

소설에 나오는 사람들의 삶의 여정은 그들의 의지를 뛰어넘는 우연에 의해 지배되고 있었다. 그 시대를 살았던 사람들의 삶은 그래서 고단하고 암울했으며 체념적 삶을 살아갈 수밖에 없었다.

# 111. 토마스 트란스트뢰메르 (스웨덴, 2011)

 

토마스 트란스트뢰메르는 스웨덴 스톡홀름 출신으로 13세부터 시를 쓰기 시작했다. 군 복무를 마치고 발표한 첫 시집 〈17편의 시〉가 주목을 받기 시작했고, 이후 50여 년간 시작 활동을 계속했다. 노벨상 위원회는 "그의 작품이 간결하면서도 투명한 이미지를 통해 현실에 대한 새로운 접근법을 제시했다."라는 이유로 2011년 그에게 노벨 문학상을 수여한다.

〈비가(悲歌)〉

그가 펜을 치웠다.
펜이 탁자 위에서 조용히 쉬고 있다.
펜이 텅 빈 방에서 조용히 쉬고 있다.
그가 펜을 치웠다.

쓸 수도 침묵할 수도 없는 일들이 이토록 많다니!
멋진 여행 가방이 심장처럼 고동치지만,
그의 몸은 먼 곳에서 일어나는 무슨 일로 뻣뻣해진다.

밖은 초여름.
초목에서 들려오는 휘파람 소리, 사람인가, 새인가?
꽃핀 벚나무가 집에 돌아온 짐차를 껴안는다.

몇 주가 지나간다.
밤이 서서히 다가온다.
나방들이 창유리에 자리 잡는다.
세상이 보내온 조그만 창백한 전보들

 살아가다 보면 마음 아픈 일들이 전해진다. 내 마음속에 자리 잡고 있었던 사람의 소식이기에, 하지만 그 소식으로 나의 마음이 너무 아프기에 해야 할 일도 제대로 하지 못한 채 일이 손에 잡히지 않는다.

 나의 마음을 나누었던 사람들은 누구일까? 그 사람들이 아무런 문제나 어려움 없이 잘 지내야 나의 마음도 편하건만, 삶은 그렇지 못하다.

 일상을 회복하는 것이 매우 힘들다. 해야 할 일이 있음에도, 어렵지 않은 일을 하지도 못하고 있다. 그 사람이 그만큼 나의 마음속 깊은 곳에 자리 잡고 있었기 때문이었다.

 시간이 지나도 나의 마음을 추스르지 못하고 밤이 깊어가도록 창밖만 바라볼 뿐이다. 슬픈 날은 우리에게 너무나 많다.

〈늦은 오월〉

사과나무 벚나무 꽃피어 마을이 날아오른다.
하얀 구명의(求命依) 같은 아름답고 지저분한 오월 밤,
나의 생각들이 바깥을 떠돈다.
고요하고 완강하게 날갯짓하는 풀잎들 잡초들.
편지함이 침착하게 반짝인다.
쓰여진 것은 되돌릴 수 없다.

부드럽고 서늘한 바람이 셔츠 속으로 들어와 가슴을 더듬는다.
사과나무 벚나무, 그들은 말없이 솔로몬을 비웃는다.
그들은 나의 터널 속에서 꽃핀다.
나는 그들이 필요하다.
잊지 않고 기억하기 위해.

 늦은 오월이다. 봄이 다 지나가고 있다. 활짝 폈던 꽃들도 이제
는 곧 지고 말 것이다. 아쉽게 봄이 가고 있기에 생각이 많아진
다. 마음속에 있는 그리운 사람에게 편지를 쓴다.
 내가 진정으로 좋아했던 사람, 나의 추억 속에 있는 사람으로 인
해 나는 솔로몬의 부나 명예, 권력도 부럽지 않다. 마음속에 존재
하는 나의 사람으로 충분하다.
 그에게 이 늦은 봄소식을 전하고자 한다. 봄이 가기 전 그들로부

터 답도 올 것이다. 그렇게 소식을 주고받으며 그들을 기억한다.
나의 마음속에서 영원토록.

# 112. 모옌 (중국, 2012)

〈붉은 수수밭〉

붉은 수수밭은 중국 작가 모옌이 삼십 대 초반 쓴 소설로 1920~30년대 중국 역사의 한 모퉁이에서 그 시대의 고통과 모순을 온몸으로 체험하며 겪어낸 이야기이다.

모옌은 필명이며 그의 본명은 관모예이다. 초등학교 시절 문화대혁명 이후 학업을 포기하고 노동자로 생활하다가 인민해방 군에 입대한다. 군대에서 문학에 눈을 떠 제대 후 대학에 진학해 문학을 본격적으로 공부하였다. 그는 중국인 최초로 2012년 노벨문학상을 수상하였다.

"천리지간의 인연이 한 줄로 꿰어지고, 한평생의 인연은 모두 하늘과 땅이 맺어주는 것이라는 건 누구도 부인할 수 없는 진리인 것 같다. 위잔아오는 바로 우리 할머니의 발을 한번 잡은 것 때문에 자신이 새로운 생활을 창조하게 될 것이라는 위대한 예감을 가지게 된 것이다. 이때부터 그의 인생은 완전히 달라지게 되었고, 우리 할머니의 일생도 백팔십도로 달라지게 되었다."

붉은 수수밭은 1900년대 당시의 중국인의 삶을 대변한다. 그 수수밭을 배경으로 그들은 사랑을 하고 인연을 맺으며 그리고 가족을 이루어 갔다. 한없이 넓은 수수밭으로 그들은 생계를 유지했고 붉은 수수밭과 더불어 역사를 함께 했다.

"강 위에는 본래 작은 나무다리 하나밖에 없었는데 일본 놈들은 거기에다 커다란 돌다리를 하나 놓으려고 했다. 그 바람에 큰길 양쪽에 펼쳐져 있는 널따란 수수밭이 온통 짓밟혀서 마치 땅바닥에 푸른 담요를 한 장 깔아놓은 것 같은 형색이었다. 강 북쪽의 수수밭 안에는 검은 흙이 눌러서 윤곽이 드러난 길과 그 양편으로 수십 마리의 노새들이 굴림돌을 끌고 돌아다니면서 바다 같던 수수밭을 납작하게 깔아뭉개서 만들어 놓은 큼직한 공터가 하나 생겨나 있었다. 공사장 부근의 푸른 비단 휘장들은 모두 망가져 있었다. 노새나 말은 저마다 사람이 하나씩 달린 채로 수수밭 안을 오락가락하고 있었다. 신선하고 부드러운 수수들이 쇠발굽 아래서 끊어지고 찢어지고 엎어지고 넘어졌다."

끝없이 펼쳐진 붉은 수수밭, 그로 인해 풍요로웠던 중국인들의 삶은 일본군에 의해 완전히 뭉개져 갔다. 그들이 사랑했던 사람도, 가족도, 생계도 일본에 의해 모조리 사라져 버렸다.

"껍질을 벗겨라, 이 씨를 말릴 놈, 벗겨! 순씨네 다섯째는 칼을 들고 루어한 아저씨의 머리 위에 난 상처에서부터 으스슥 하는 소리를 내며 껍질을 벗기기 시작했다. 그가 껍질을 바르는 솜씨는 무척 정교했다. 루어한 아저씨의 두피가 벗겨졌고, 시퍼런 눈망울이 드러났고, 울퉁불퉁한 살덩어리가 드러났다. 아버지는 내게 말했다. 루어한 아저씨의 얼굴 가죽이 벗겨지고 형상을 알아볼 수 없게 된 뒤에도 그의 입에서는 여전히 중얼중얼거리는 소리가 났고, 선홍색의 작은 핏방울들이 그의 간장빛 두피 위에서 줄줄 흘러내렸다고."

일본군은 인간이 아닌 잔인한 악마였다. 살아있는 사람을 허공에 매단 뒤, 산 채로 사람의 생가죽을 모든 사람들이 보는 앞에서 벗기게 만들었다. 자신의 강함을 보여주기 위하여, 모든 것을 전부 복종하게 만들기 위하여.

순응과 복종이 답은 아니었다. 더 이상 사랑하는 사람을 잃지 않기 위하여, 그리고 꺾여진 붉은 수수를 다시 일으켜 세우려 그들은 투쟁의 길로 들어선다.

"형제들아 싸우자. 할아버지가 이렇게 외치며 팡팡팡 하고 연방 세 발을 쏘자 자동차 꼭대기에 엎드려 있던 일본병 둘이 차의 앞 대가리에 검은 피를 뿌리며 쓰러졌다. 할아버지의 총성을 좇아 길 동서쪽의 강둑 뒤에서 몇십 발의 총성이 드문드문 울렸고 다시 예닐곱 명 가량의 일본병이 고꾸라졌다. 일본병 둘은 팔과 다리를 버둥거리면서 차 밖으로 고꾸라지더니 다리 양쪽의 시커먼 물속으로 곧장 틀어박혔다."

강력한 일본에 맞서 싸우는 것은 결코 쉬운 일은 아니었다. 하지만 모두가 한마음이 되어 남녀노소 가릴 것 없이 투쟁하였다. 사랑하는 사람을 지키기 위해, 자신이 살아온 삶의 터전인 붉은 수수밭을 지키기 위해 그들은 불가능함을 알면서도 저항의 길로 들어선 것이다.

"아버지는 달렸다. 아버지의 발소리가 낮고 부드러운 속삭임으로 변하고, 방금 들었던 천국에서 들려오는 음악으로 변했다. 할머니는 우주의 소리를 들었다. 그 소리는 한자루 한자루의 붉은 수수들 쪽으로 들려왔다. 할머니는 붉은 수수를 응시하고 있었다. 그녀의 몽롱한 눈에 비친 수수는 너무나 매력적이고, 너무나 괴이했다. 수수는 신음하고 몸을 비틀고, 고함을 지르고 휘돌아 감기면서 때로는 마귀처럼, 때로는 사랑하는 이의 모습처럼 보였다. 수수는 또 또아리를 틀고 앉아 있던 뱀이 후루룩하며 고개를 쳐들고 일어나는 모습으로 보이기도 했다. 할머니는 또 이루 다 표현할 수가 없는 갖가지 광채를 발하면서 빛나는 수수를 보았다. 붉은빛, 푸른 빛, 흰빛, 검은빛, 초록빛 등 갖가지 빛의 수수들이 큰소리로 웃기도 하고, 큰소리로 통곡하기도 했다. 통곡 속에서 흘러내린 눈물들이 빗방울처럼 할머니의 가슴을, 그 외로운 모래밭 위를 때렸다. 수수의 틈 사이로 푸른 하늘이 조각조각 박혀 있었다. 하늘은 너무나 높았고 또 너무나 낮았다."

투쟁으로 인해 가장 사랑하는 사람을 잃었다. 삶의 터전을 지키기 위해 저항하다 가장 소중한 것들을 잃었다. 하지만 그러한 희생이 헛된 것은 아니었다. 푸르른 하늘과 붉은 수수밭을 다음 세대에게 물려줄 수만 있다면.

# 113. 앨리스 먼로 (캐나다, 2013)

〈행복한 그림자의 춤〉

앨리스 먼로는 캐나다 출신으로 그녀가 1950년부터 약 15년 동안 쓴 단편소설을 모아 1968년에 펴낸 단편집이 바로 〈행복한 그림자의 춤〉이다. 이 책은 그녀가 완성한 후 몇 년 동안 많은 출판사에게 퇴짜를 맞았다. 하지만 후에 캐나다에서 가장 권위 있는 캐나다 총독상을 받게 된다. 그리고 그녀는 단편 작가로는 처음으로 2013년 노벨 문학상을 수상한다.

이 소설은 삶의 여러 모습을 탐색할 기회의 문이 막힌 현실에서 아이들은 물질만능주의에 물들고 사회의 부조리에 익숙해지면서 순수했던 마음을 잃어버리게 되는 우리의 현재 사회상을 보여준다. 하지만 아이들의 내면은 그럼에도 불구하고 선할 수밖에 없다. 아이들을 가르치는 마살레스 할머니의 가치관은 이러한 아이들의 심성을 굳게 믿고 있다.

어린 시절을 거쳐 자신도 모르게 사회의 분위기에 편승하여 오염되고 그러한 사회에서의 삶을 오히려 편하게 여기는 어른들의 세계는 부끄러울 뿐이다. 하지만 그러한 어른들도 한때는 순수했던 아이였던 시기가 있었다. 우리의 내면에는 그러한 어린 시절의 행복한 그림자가 어디에선가 춤을 추고 있는지도 모른다. 그 춤을 우리는 눈이 어두워 보고 있지 못할 뿐이다.

우리의 순수함을 찾을 수 있는 방법은 없는 것일까? 왜 어른이 되면 돈이나 권력, 명예에 빠져 우리의 순수함을 잃는 것일까?

"마살레스 선생님은 당신이 어린이의 마음속을 들여다볼 수 있고 거기에서 착한 마음씨와 선한 것이면 무엇이든 다 좋아하는 천성을 간직한 보물고를 찾아낼 수 있다고 철석같이 믿는 사람이다. 독신 여성의 감상성과 아이들은 선하다고 믿는 본래의 아동관이 접목된 그 미혹은 어마어마한 전설 같다."

세상이 어떻게 흘러가든 자신을 지키는 것만큼 중요한 것은 없다. 마살레스 선생님은 그것을 믿고 있었다. 우리의 삶은 거창할 필요가 없다. 순수함이라는 조그마한 것으로도 충분히 행복한 춤을 출 수 있는 것이다. 어른이 되어서도 순수함을 지키는 사람이 진정한 삶의 깊이를 아는 사람이 아닐까?

# 114. 파트릭 모디아노 (프랑스)

〈어두운 상점들의 거리〉

파트릭 모디아노는 2차 대전이 끝나는 1945년에 태어나 열여덟 살 때부터 소설을 쓰기 시작했다. 33세에 프랑스의 가장 권위 있는 콩쿠르상을 수상하였고 2014년 노벨 문학상을 받는다.

그의 소설 〈어두운 상점들의 거리〉는 기억 상실증에 걸린 어느 남성이 자신의 과거를 찾아 나서는 여정을 담은 이야기이다. 잃어버린 시간을 찾아 나선 그는 과연 무엇을 만날 수 있을까?

"나는 아무것도 아니다. 그날 저녁 어느 카페의 테라스에서 나는 한낱 환한 실루엣에 지나지 않았다. 나는 비가 멈추기를 기다리고 있었다. 위트와 헤어지는 순간부터 소나기가 쏟아지기 시작했던 것이다."

20세기 초 두 번에 걸친 세계 대전은 그것을 겪은 모든 사람에게는 기억조차 하기 싫은 악몽이었는지 모른다. 차라리 없어도 좋을 시간이었다. 무엇을 위해 우리에게 시간이 주어지는 것일까? 기억을 하지 못하는 것이 오히려 도움이 되는 것인지도 모른다. 그 시절엔 인간의 자아마저 의미가 사라진 잃어버린 시간이었다.

"나는 침대 위에 몸을 뻗고 누워서 천장을 응시했다. 그리고 벽지의 무늬를 바라보았다. 나는 거의 벽에 얼굴을 붙이다시피 하고서 그 세세한 부분들을 샅샅이 들여다보았다. 시골 풍경, 복잡한 가발을 쓰고 그네를 타고 있는 처녀들, 헐렁한 바지를 입고 만돌린을 켜고 있는 목동들, 달빛에 비친 큰 숲, 그 모든 것은 나에게 아무 추억도 일깨워주지 않았다. 그렇지만 그 그림들은 내가 그 침대에서 잠잘 때 나에게 익숙한 것이었을 텐데, 나는 천장에서, 벽에서, 문 쪽에서, 무엇인지 자세히 알 수는 없지만 어떤 흔적, 어떤 표적을 찾아보려고 애를 썼다. 그러나 내 눈에 짚이는 것은 아무것도 없었다."

주인공은 왜 기억을 찾으려 노력하는 것일까? 그것은 바로 잊고 싶지 않은 시간을 만들고 싶어서 발버둥 치는 것은 아닐까 싶다. 기억을 찾기 위해 헤매는 동안 그가 발견하는 과거는 암울함도 있었지만 아름다움도 있었다. 삶은 모든 것을 포함한다. 어느 일방적인 하나로 채워지는 것이 아니다. 잊고 싶은 것도 있지만 기억하고 싶은 것도 있기 마련이다. 과거가 잊고 싶은 것으로 가득하다면 그것을 다시 반복하지 말아야 한다.

"그 건물의 입구에서는 아직도 옛날에 습관적으로 그곳을 드나들다가 그 후 사라져 버린 사람들이 남긴 발소리의 메아리가 들릴 것 같다. 그들이 지나간 뒤에도 무엇인가가 계속 진동하고 있는 것이다. 점점 더 약해져 가는 어떤 파동, 주의하여 귀를 기울이면 포착할 수 있는 어떤 파동이. 따지고 보면 나는 한 번도 그 페드로 맥케부아였던 적이 없었는지도 모른다. 나는 아무것도 아니었었다. 그러나 그 파동들이 때로는 먼 곳에서, 때로는 더 세게, 나를 뚫고 지나가고 있었다. 그러다 차츰차츰 허공을 떠돌고 있던 그 모든 흩어진 메아리들이 결정체를 이룬 것이다. 그것이 바로 나였다."

나를 잃어버렸다면 다시 그 잃어버린 나를 찾아야 한다. 어느 시대가 암울했다면 그 소멸된 과거를 반복하지 않는 것이 그 과거를 찾는 것이다. 잃어버린 내 삶을 가만히 두고만 있을 수는 없다. 우리는 그러한 존재로 이생을 마치고 싶지 않기 때문이다.

인간이라는 존재는 기억으로 남는다. 그 기억이 어떠냐에 따라 그 존재의 가치가 달라진다. 우리는 어떤 기억을 남겨야 할까? 남아있는 시간만이라도 아름다운 기억으로 남을 그러한 존재가 되어야 하지 않을까 싶다.

# 115. 스베틀라나 알렉시예비치(벨라루스, 2015)

〈체르노빌의 목소리〉

스베틀라나 알렉시예비치는 우크라이나 스타니슬라브에서 1948년 태어났다. 벨라루스 국립대학을 졸업하고 기자로 활동했다. 제2차 세계 대전, 소련-아프카니스탄 전쟁, 체르노빌 사고 등에 대한 목격자들의 인터뷰를 모으고 기술했다. 체르노빌 원전 폭발 사고에 대한 기록을 20년 넘게 집필하여 〈체르노빌의 목소리〉라는 제목으로 출간하였다. 2015년 노벨 문학상을 수상하였다.

"1986년 4월 26일 밤, 하룻밤 사이에 우리는 새로운 역사적 공간으로 이동했다. 새로운 현실로 건너왔고, 그 현실은 우리의 지식뿐만 아니라 우리의 관념보다도 더 거대한 것으로 나타났다. 시간의 고리가 끊어졌다. 순식간에 모든 과거가 힘을 잃어, 과거에 의존할 수 없게 되었고, 어디에나 있는, 혹은 그렇다고 믿은 인류 기록보관소의 문을 여는 열쇠가 사라졌다. 당시에 많은 사람이 이런 말을 했다. 내가 보고 겪은 것을 설명할 말을 떠올리지 못하겠다.

사고 결과, 5천만 퀴리의 방사성 핵종이 방출됐고, 그 중 70퍼센트가 벨라루스에 도달했다. 국토의 23퍼센트가 1제곱킬로미터당 1퀴리 이상의 세슘-137로 오염됐다. 180만 헥타르가 넘는 경작지가 1제곱킬로미터당 1퀴리 또는 그 이상으로 오염됐고, 1제곱킬로미터당 0.3퀴리 이상의 스트론튬 90으로 오염된 땅은 50만 헥타르에 달한다. 26만 4천 헥타르의 농지가 쓸 수 없게 되었다. 산림의 26퍼센트와 강가에 있는 저습지 초원의 반 이상이 방사선 오염 지대로 분류된다."

체르노빌 원전 폭발 사고는 단순히 사람이 죽고 다치는 그러한 사건이 아니다. 생명체가 발 디디고 서 있는 땅마저 죽이는 재앙이었다. 어떤 생명체도 그 땅을 토대로 살아갈 수가 없는 악몽 같은 재난이었다. 인간에 의해 비롯된 종말론적 사건인 것이다.

"죽음이 주위 모든 것을 덮쳤는데, 뭔가 다른 죽음이었다. 새로운 얼굴을 하고 있었다. 익숙지 않은 모습을 하고 있었다. 사람이 준비되지 않은 상태로 갑자기 당한 것이다. 보고, 듣고, 만지기 위해 존재하는 자연적 도구를 잘 활용하지 못하는 생물 종처럼 무방비 상태였다. 하지만 어차피 방사선은 보이지도 않고 들리지도 않고 냄새도 없기에, 눈, 귀, 손가락도 더는 쓸모없어졌다. 방사선은 형체가 없다. 새로운 적이 나타났다. 땅에서 뽑힌 풀이 우리를 죽일 수도 있다. 낚아 올린 물고기가, 사냥한 들새가, 사과가…."

방사능은 보이지도 않은 채 우리의 몸에 쌓이게 된다. 언제 어디서 얼마나 우리 몸에 그것이 스며드는 것인지 알 수조차 없다. 심지어 공기 중에도 존재한다. 우리는 죽음을 호흡하고, 죽음을 마시고, 죽음을 먹는 것이다. 그렇게 서서히 죽어가는 것이다.

"가끔 그의 목소리가 들리는 것 같다. 살아 있는 목소리. 사진 속 모습보다도 더 진짜 같은 목소리. 하지만, 절대로 그가 먼저 나를 부르지 않는다. 꿈속에서도. 내가 그를 부른다. 아무도 나를 그에게서 떼어낼 수 없었다. 정장을 입히고 모자를 가슴 위에 올려놨다. 발이 부어 신발을 신길 수 없었다. 발이 아니라 폭탄이었다. 그의 팔을 들어 올리면 뼈가 흔들리고 움직였다. 피부조직이 떨어져 나갔다. 폐와 간의 조각이 목구멍으로 타고 올라와 숨을 못 쉬었다. 손에 붕대를 감아 입속에 있는 것을 다 긁어냈다. 그의 모든 것을 사랑했다. 맨발인 채로 그를 묻었다."

인류에게 있어서 공포와 악몽은 단지 악에 기초해서만 나타나는 것은 아니다. 진보를 위한 기술 또한 우리에게 재난의 원인이 될 수 있다. 뛰어난 기술일수록 이에 따른 재앙은 더 무시무시해질 수 있다.

체르노빌에서 들리는 목소리는 죽음의 목소리였다. 그것은 메아리가 되어 지구 어디에서나 들릴 수 있다는 것을 아는 사람이 몇 명이나 될까?

# 116. 밥 딜런 (미국, 2016)

〈바람만이 알고 있지〉

이 세상에서 우리가 알 수 있는 것은 그다지 많지가 않다. 그것이 바로 인간은 본질적으로 유한하다는 것이다. 우리가 무언가를 알게 된다는 것은 쉬운 일이 아니다. 또한, 그것을 알게 되기까지 많은 시간이 필요하다.

나는 누구일까? 삶이란 무엇일까? 진정한 자유란 어떤 것일까? 인류는 역사적으로 왜 전쟁을 계속해오고 있는 것일까? 그러한 전쟁에서 사람이 사람을 죽일 수밖에 없는 것일까?

누군가가 나를 알아주기는 하는 것일까? 사람 간의 관계에서는 왜 그리 복잡한 것들이 많은 것일까? 그냥 좋아해 주고 아껴주기만 하는 것이 어째서 그리 힘든 것일까? 상대의 허물을 덮어주는 것이 자신에게 커다란 불행을 되는 것일까?

우리 중에 이러한 질문 중의 몇 개라도 제대로 대답할 수 있는 사람은 없을 것이다. 그래서 시인은 이러한 모든 것을 바람만이 알고 있을 것이라 한다. 물론 바람은 신을 지칭할 수도 있을 것이다.

우리는 알 수 없는 세상에 던져져서 살아가고 있다. 비록 모든 것을 알 수는 없지만 그래도 오늘은 어제보다 낫고 내일은 오늘보다 나을 것임을 믿기에 하루하루를 살아갈 수 있는 것은 아닐까?

〈Blowing in the wind〉

Bob Dylan

How many roads must a man walk down
Before you call him a man?
How many seas must a white dove sail
Before she sleeps in the sand?
How many times must the cannon balls fly
Before they're forever banned?
The answer, my friend, is blowin' in the wind
The answer is blowin' in the wind.

How many years can can a mountain exist
Before it's washed to the sea?
Yes, 'n' how many years can some people exist
Before they're allowed to be free?
Yes, 'n' how many years can a man turn his head,

And pretend he just doesn't see?
The answer, my friend, is blowin' in the wind
The answer is blowin' in the wind.

How many times must a man look up
Before he can see the sky?
Yes, 'n' how many years must one man have
Before he can hear people cry?
Yes, 'n' how many deaths will it take till he knows
That too many people have died?
The answer, my friend, is blowin' in the wind
The answer is blowin' in the wind.

〈바람만이 알고 있지〉

얼마나 많은 길을 걸어야 그가 남자라 불릴 수 있을까?
하얀 비둘기는 얼마나 많이 바다 위를 날아 보아야
백사장에서 편히 잠들 수 있을까?
얼마나 많은 포탄이 날아가야 영원히 쏠 수 없게 될까?
친구여, 그 답은 불어오는 바람만이 알고 있지.

산은 몇 년 동안 존재할 수 있을까,

바닷물로 씻겨지기 전에?
사람들은 몇 년이나 존재할 수 있을까,
그들이 자유롭기 전에?
사람은 몇 번이나 외면할 수 있을까,
그리고 못 본척 하는 걸까?
친구여, 그 답은 불어오는 바람만이 알고 있지.

남자는 몇 번이나 고개를 들어야 할까,
그가 하늘을 보기 전에?
한 사람이 몇 개의 귀를 가져야 할까,
사람들이 우는 소리를 듣기 전에?
그가 알 때까지 얼마의 시간이 걸릴까,
얼마나 많은 죽음이 있는지?
친구여, 그 답은 불어오는 바람만이 알고 있지.

〈천국의 문을 두드리며〉

주위가 너무나 어둡고 희망이 보이지 않는다. 우리의 삶은 좋은 일만 일어나기에도 시간이 부족할 터인데 왜 이리 좋지 않은 일들이 많이 일어나는 것일까? 다른 사람을 위해 살지는 못할망정 그들을 힘들게 하고 목숨까지 앗아가게 하는 원인은 무엇일까?

많은 사람들이 원하지 않은 전쟁을 수행해야 하는 이유는 무엇일까? 사람을 총으로 쏘아 죽여야만 하는 것은 무엇 때문인가? 차라리 모든 것을 거부하고 천국으로 갔으면 하는 마음 뿐이다.

우리 주위를 감싸고 있는 어둠은 언제쯤 물러갈까? 밝은 빛을 맞으며 웃는 모습으로 하루를 즐겁게 살아가야 할텐데 그런 날들은 그리 쉽게 오지 않는다.

인간을 고통의 지옥으로 빠뜨리게 하는 것은 무엇으로 인해서일까? 누구의 책임인 것인지조차 알 수가 없다. 우리가 천국을 소망하는 이유는 그만큼 아픔이 크기 때문이다. 인간의 힘은 너무 미약하여 이 자리에서 천국에서와 같은 생활은 불가능하다는 것을 너무나 잘 안다. 그래서 오늘 천국의 문을 두드리는 것이다. 혹시 그 문이 열릴지도 모르니.

〈knockin' on heaven's door〉

Bob Dylan

Momma, take this badge off of me
I can't use it anymore
It's gettin' dark, too dark to see
I feel I'm knocking on heaven's door

Knock knock knockin' on heaven's door

Momma, put my guns in the ground
I can't shoot them anymore
That long black cloud is coming down
I feel I'm knocking on heaven's door

Knock knock knockin' on heaven's door


〈천국의 문을 두드려요〉

엄마, 이 배지를 내게서 떼어 주세요.
난 더 이상 사용할 수 없어요
어두워지고 있네요. 너무 어두워서 볼 수가 없어요.
난 천국 문을 두드리는 듯한 기분이 들어요.

두드려요, 두드려요, 천국의 문을 두드려요.

엄마, 내 총을 땅에다 내려 놓아줘요.
난 더 이상 그들을 쏠 수 없어요.
저 길고 어두운 구름이 몰려오고 있어요.

난 천국 문을 두드리는 듯한 기분이 들어요.

두드려요, 두드려요, 천국의 문을 두드려요.

# 117. 가즈오 이시구로 (영국, 2017)

〈남아있는 나날〉

인생은 유한하다. 우리는 영원히 살지 못한다. 또한 인생은 한 번뿐이다. 나는 지나온 시절을 어떻게 살아왔던 것일까? 앞으로 나에게 주어진 시간은 얼마나 될까? 나에게 남겨진 시간 동안 나는 무엇을 해야 하는 것일까?

가즈오 이시구로의 〈남아있는 나날〉은 삶의 여정이 얼마 남지 않은 어느 중년 남자의 이야기를 담은 책이다. 주인공은 영국 귀족 집안의 집사로 세계 대전 이후 귀족의 저택에서 일어나는 일들을 통해 전쟁 후의 유럽의 모습을 담담하게 담아내고 있다. 이시구로는 일본계 영국인 작가로 2017년 노벨 문학상을 받았다.

"사방에서 여름 소리가 들려오는 가운데 가벼운 미풍을 얼굴에 받으며 서 있으니 정말 기분이 좋았다. 내 앞에 놓인 여행길에 어울리는 기분을 처음으로 받아들인 것도 거기에서 그렇게 경치를 구경하고 있을 때였던 것 같다. 분명 오래전부터 나를 기다리고 있었을 여러 가지 흥미로운 경험들에 대한 건강한 기대감이 왈칵 치솟는 것을 처음으로 느꼈으니까 말이다."

주인공 스티븐슨은 영국 귀족 집안의 집사로 평생을 어느 귀족 집안을 돌보는 데만 보냈다. 어느 날 우연히 그는 여행의 기회를 얻게 된다. 지나온 시절 동안 한 번도 여행 같은 여행을 해 본 적이 없었던 스티븐슨, 그의 눈에 보이는 풍경은 너무나 아름답고 귀해 보일 수밖에 없었다.

우리는 살아가면서 얼마나 많은 곳을 보며 자연을 접하고 세상이 아름답다는 것을 느끼며 살아가고 있는 것일까? 죽을 때까지 우리는 일만 하다가 세월을 다 보내고 있는 것은 아닐까? 삶의 여유를 우리는 얼마나 누리면서 살아가고 있는 것일까?

"마치 어떤 초자연적인 힘이 그분을 사로잡아 이십 년의 세월을 벗어던지게 만든 듯했다. 우선 최근까지 부친의 얼굴에 드리워졌던 초췌한 기색이 대부분 사라졌고, 얼마나 젊고 활기차게 여기저기 돌아다니며 일하시는지 사정을 모르는 사람이라면 달링턴 홀에는 손수레를 끌고 복도를 돌아다니는 사람이 한둘이 아닌가 보다 했을 것이다."

주인공은 부친의 말년을 가까이에서 지켜본다. 삶은 유한하다. 언젠가 끝나는 날이 다가오기 마련이다. 우리는 젊은 시절을 보람되게 보냈던 것일까? 지금 주어진 시간을 의미 있게 사용하고 있는 것일까?

"따라서 진정으로 저명한 가문과의 연계야말로 위대함의 필요조건이라는 사실이 생각하면 생각할수록 명백해지는 것 같다. 자신이 봉사해 온 세월을 돌아보며 나는 위대한 신사에게 내 재능을 바쳤노라고, 그래서 그 신사를 통해 인류에 봉사했노라고 말할 수 있는 사람, 그런 사람만이 위대한 집사가 될 수 있다."

주인공 스티븐슨의 직업은 한 귀족 집안의 집사였다. 그는 자신에게 주어진 시간에 무엇을 해야 하는지 알고 있는 사람이었다. 그가 보낸 시간은 그래서 의미가 있었던 것이다.

그는 자신이 해야 할 의무에 열중하느라 그에게 다가온 사랑을 놓치고 만다. 사랑은 그렇게 어긋났고, 세월은 흘러, 나중에야 그것이 진실된 마음이었다는 것을 깨닫는다. 그는 지나온 많은 시간들을 오직 다른 위를 위해 사는 집사였기에 자신의 속마음을 솔직하게 표현하는 것을 몰랐다. 그렇게 사랑의 아픔은 그의 삶에 깊은 아픔을 남겼다. 그는 자신의 인생의 남아있는 시간 동안 다시는 그녀를 만나기조차 힘들게 되었다. 인연은 그렇게 스쳐 지나가 버렸다.

우리는 살아가면서 우리 삶에서 중요한 것이 다가온 것도, 지나가는 것도 모른 채 살아가고 있는지도 모른다. 남아있는 시간엔 그것을 돌이킬 수도 없으며 그와 같은 일을 바보처럼 반복하며 살게 될 수도 있다.

사람은 살아가다 보면 수많은 일들을 겪게 된다. 중요한 것은 우리에게 지금이라는 오늘과 앞으로 얼마나 주어질지 모르는 남아있는 날들이다.

지나온 시간에 어떤 일이 있었는지와는 상관없이 남아있는 시간은 찬란하기를 희망해 본다.

# 118. 올가 토카르추크 (폴란드, 2018)


〈태고의 시간들〉

  올가 토카르추크의 〈태고의 시간들〉은 '태고'라는 작은 마을에서 살아가는 니에비에스키 가족 3대가 살아가는 모습을 그리고 있다. 태고라는 공간에서 사람들은 안정되고 조화로운 삶을 살아가지만, 그 경계 너머에는 혼란이 가득하다. 이것이 의미하는 바는 우리의 삶에는 항상 선과 악같이 질서와 혼란이라는 두 개의 세계가 존재할 수밖에 없는데 이러한 상황에서 어떻게 질서와 조화를 스스로 찾아가면서 삶을 살아내야 하는지를 생각하게 해 준다.

  '태고'라는 공간의 시대적 배경은 세계 대전, 유대인 학살, 폴란드의 공산화, 사유재산의 국유화, 전후 냉전 체제, 폴란드 자유 노조에 의한 민주화에 이르기까지 올가 토카르추크의 조국인 폴란드의 사회상을 모두 담았다. 이러한 파란만장한 시대적 상황에서 최선의 삶을 살아갈 수 있는 길은 어디에 있었던 것일까?

  "미하우는 병들어 쇠약했고, 더러웠다. 검은 수염이 얼굴을 뒤덮었고, 머리에는 이가 득실댔다. 패전국의 찢긴 군복이 막대기에 걸린 것처럼 몸에 걸쳐 있었다. 미하우는 차르의 독수리 문양이 새겨진 번쩍거리는 단추를 빵과 맞바꾸었다. 또한 열병과 설사에 시달렸으며, 자신이 떠나온 세계가 더는 존재하지 않을지도 모른다는 불안과 근심에 지칠 대로 지쳐 있었다."

전쟁이란 현실은 인간다운 삶을 포기할 수밖에 없게 만든다. 내가 상대를 죽이지 않으며 내가 죽을 뿐이다. 인간이 아니어야 생존할 수 있다. 그 속에서 살아남을 수 있는 것만도 기적일 뿐이다.

"플로렌틴카는 별다른 사유도 없이 광기에 사로잡혔고, 이유 없이 미쳐버렸다. 한때 그녀에게도 광기의 원인이 될 만한 일들이 있었다. 술 취한 남편이 백강에서 익사했을 때, 아홉 자녀 중 일곱을 잃었을 때, 유산에 유산을 거듭했을 때, 유산하지 않은 아이를 지웠을 때, 두 번의 유산의 위험으로부터 가까스로 아이를 지켰을 때, 헛간이 모조리 불탔을 때, 그녀에게 남은 두 아이가 그녀를 버리고 세상 어딘가로 사라졌을 때 말이다."

미치지 않고서는 살아갈 수 없는 세상이었다. 그것이 현실이었다. 그렇지 않고는 생명을 유지하기조차 힘들었다. 삶은 우리에게 좋은 것만을 제공하지 않는다. 그래도 살아가야만 하는 인간은 도대체 어떤 잘못을 저질렀기에 그러한 운명을 짊어져야만 하는 것일까?

"게이머는 얼음판 위에 갈라져 있는 금을 보듯 자신의 길을 본다. 그 길은 마치 어지러운 속도로 사방을 향해 뻗어나가고, 구부러지고, 이리저리 방황을 바꾸는 선과 같다. 아니면 예기치 못한 방법으로 대기 속에서 자신의 길을 찾아 나서는 번개와도 같다. 신을 믿는 게이머는 그 길을 가리켜 '신의 판결' 또는 '신의 손가락'이라 말한다. 전능하고 위대한 창조주의 손끝이 여행자를 이끌어준다고 생각하는 것이다. 그렇지만 신을 신봉하지 않는 자라면 '우발적인 사고' 또는 '우연의 일치'라고 말할 것이다. 게이머는 종종 '나의 자발적인 선택'이라고 주장하기도 하지만, 분명 작은 목소리로, 혹은 확신 없이 말할 것이다."

삶은 우연에 의해 결정되는 경우도 분명히 존재한다. 나의 의지와는 상관없이 삶은 그렇게 운명처럼 나에게 다가오기도 한다. 인간은 이러한 운명이라는 굴레에 구속될 수밖에 없는 숙명을 타고난 것인지도 모른다.

"SS 부대가 예수코틀레에서 유대인들을 소탕하는 것을 그의 부대원들도 도왔다. 쿠르트는 유대인들을 트럭에 태우는 것을 감시했다. 그들이 더 나은 곳으로 간다는 사실을 확신하고 있었음에도 불쌍하다는 생각이 들었다. 지하실이나 다락방 숨어 있는 유대인 도피자들을 수색하고 공유지에서 공포에 질린 여인들을 쫓아가 아이를 잡은 손을 떼어놓는 것은 결코 유쾌한 일이 아니었다. 쿠르트는 유대인들에게 총을 쏘라고 명령했다. 다른 방도가 없었다. 때로는 직접 총을 발사하기도 했다."

아무런 잘못이 없는데도 유대인이라는 이유 하나만으로 무참히 학살을 당해야 하는 것이 현실이었다. 하지만 이러한 무서운 현실을 바꿀 수 있는 사람도 없었다. 죽음의 날만 기다려야 하는 것이 힘없는 그들의 운명이었다.

"얼마 뒤 숲이 국유화되는 바람에 아버지의 사업이 실패했다. 아바는 외국으로 떠났다. 작별 인사를 하러 보스키를 찾아왔고, 두 사내는 형제처럼 서로를 부둥켜안았다. 파베우 보스키는 인생에서 새로운 국면이 시작되었음을 깨달았다. 이제는 모든 걸 혼자서 감당해야 했다. 주변 환경 또한 완전히 바뀌었다. 주사를 놓는 일만 해서는 가족을 먹여 살릴 수가 없었다."

국가는 깡패인지도 모른다. 이데올로기라는 명목 아래 국가의 권력으로 개인의 삶을 완전히 무너뜨릴 수 있기 때문이다. 누가 국가에게 권력을 부여했는가? 그 권력의 오만함이 언젠가는 파멸에 이르게 되리라는 것을 그들은 몰랐다. 하지만 당한 사람은 생존이 걸린 문제였다. 아무런 힘도 없이 모든 것을 빼앗기고 이제는 하루하루를 살아내기도 벅찰 뿐이었다.

커다란 역사의 흐름에서 개인의 삶은 어떤 의미가 있는 것일까? 역사의 뒤안길에서 우리 인간은 어쩌면 희생양에 불과할지도 모른다. 인간이 역사의 주인이 아닌 역사의 부속품 정도의 존재일지도 모른다. 태고의 시간들은 그래서 슬픈 순간들로만 이루어져 있었다.

# 119. 페터 한트케 (오스트리아)

〈소망 없는 불행〉

불행의 끝은 어디일까? 소망이 없다면 우리는 불행을 버티고 이겨낼 수 있을까? 페터 한트케의 〈소망 없는 불행〉의 자살을 한 어머니의 죽음을 아들이 회상하면서 인간의 내적 성장 과정에 대해 이해하게 되는 이야기이다.

"정치는 무엇이었나? 그건 단어였을 뿐 어떤 개념도 아니었다. 왜냐하면 학교 교과서에서부터 정치와 관련된 모든 것이 무언가를 포착할 수 있는 현실과 관계없는 표어가 되어버렸고, 지금까지 사용되던 이미지들도 그림으로는 나타나도 인간적인 내용을 상실했기 때문이었다. 즉 억압은 사슬이나 장화 굽으로, 자유는 산의 정상으로, 경제 체제는 유유히 연기를 내뿜는 공장의 굴뚝이나 하루의 일을 끝내고 피는 파이프 담배로, 사회체제는 등급으로 표현되었다."

사회 현실에 대해 눈을 떠야 진정한 내적 성장이 가능하다. 학교 교과서에서만 배워왔던 것들이 현실과 너무 많이 동떨어져 있다는 사실은 어린 나이에 충격이지만 이를 받아들임으로써 비로

소 어른으로 성장해 나간다.

"그와 같은 상황에서 그녀의 첫사랑도 있었다. 독일 나치 당원으로 전쟁이 일어나기 전에는 은행원이었지만 전쟁 중에는 경리 담당 장교로 복무했으며 약간 특별한 데가 있는 남자였다. 그녀는 곧 임신하게 되었다. 그는 유부남이었지만 그녀는 그를 매우 사랑했다. 그가 무슨 말을 해도 그녀에겐 상관이 없었다."

사랑을 경험함으로 진정한 인간으로 다시 태어난다. 어린아이 같았던 마음이 성인의 마음을 성장한다. 사랑의 아픔 또한 그의 내적 성장의 영양분이 된다.

"어쨌든 그녀는 아무것도 되지 못했고, 될 수도 없었다. 그건 너무도 분명한 사실이어서 그녀에게 말할 필요조차 없었다. 그녀는 나이 서른이 안 되었을 때도 벌써 '그 당시에는'이라고 말하곤 했다. 그때까지도 그녀는 자신의 운명을 받아들이지 않았던 것이다. 하나 이제 생활 형편이 너무도 어려워져 그녀는 처음으로 이성에 귀 기울이지 않을 수 없었다. 그러나 이성에 귀를 기울였지만, 아무것도 이해하지 못했다."

자신이 운명을 거슬러 모든 것을 할 수 있다고 생각하는 것은 아직 삶의 진정한 모습이 어떤 것인지를 모르기 때문에 하는 이야기이다. 시간이 지나고 많은 것을 겪으며 내면의 성장이 이루어지게 됨에 따라 운명을 받아들일 수밖에 없다는 것을 이해한다.

"그녀는 모든 책이 자신의 삶을 묘사한 것이라고 생각하면서 읽었고 독서를 하면서 생기를 얻었다. 독서를 함으로써 그녀는 처음으로 자신을 감싼 껍데기로부터 벗어났고 자기 자신에 대해 이야기하는 법을 배웠다. 책을 읽을 때마다 그녀는 더욱더 많은 생각을 떠올렸다."

우리는 무언가를 알아야 우리 자신을 성장시킬 수 있다. 아는 만큼 세상이 보이는 것이다. 따라서 최대한 많이 알려고 노력해야 한다. 모르면 항상 그 자리일 뿐이다.

"그녀는 남편에게 관대해졌고 그가 변명을 늘어놓아도 그대로 놔두었다. 심하게 고개를 흔들어서 첫 마디부터 남편의 말을 잘라버려 그가 말을 꿀꺽 삼키게 하는 짓은 더 이상 하지 않았다. 그녀는 그에게 연민을 느꼈고 그 순수한 연민 때문에 종종 아주 무기력해졌다. 자신이 겪는 과거의 절망감을 아주 뚜렷하게 보여주는 어떤 사물, 예를 들어 에나멜 칠이 벗겨진 세숫대야나 우유가 늘 흘러넘쳐 새까맣게 되는 아주 작은 전기냄비 같은 것들이 있는 곳에서만 상대방을 상기한다는 점에 대해 상대방이 전혀 괴로워하지 않아서 생기는 연민 말이다."

내면으로 성장할수록 마음이 관대해지기 마련이다. 삶이 무언가를 알게 되면서 많은 것을 받아들일 수 있게 된다. 점점 더 성숙해지면서 모든 것을 포용할 수 있다.

우리 삶에 있어서 불행은 어느 정도까지기를 바란다. 소망을 가지지 못할 정도의 불행이라면 그 사람의 인생은 정말 너무 가련할 수밖에 없다. 모든 사람에게 불행은 존재하기 마련이다. 이러한 불행을 버티어내고 극복해서 행복으로 만들려는 소망이 필요하다. 암흑 같은 시대에서도 그러한 것을 노력하여 성공한 사람은 너무나 많다. 바로 그러한 것이 우리의 삶을 변화시킬 수 있을 것이다.

# 120. 루이즈 글릭 (미국, 2020)


〈눈풀꽃〉

  20~30cm 정도의 꽃대 끝에 조그맣고 하얗게 피는 눈풀꽃, 이 꽃은 겨울이 가고 봄이 오는 시기에 가장 빨리 피는 꽃 중의 하나이다. 눈이 오는 중에도 필 수가 있어 설강화(雪降花)라고도 한다.

  눈풀꽃이 눈이 내리는 속에서도 빨리 피어나고 싶은 이유는 무엇일까? 왜 그리 따스한 봄을 기다리는 것일까? 얼마나 겨울이 지나가기를 바라면, 눈이 오는 속에도 피어나려 하는 것일까? 아직은 춥고 바람도 찬데 혹시 피어났다가 바로 추위로 죽을지도 모르는데 조금 더 기다려 따뜻한 햇볕이 화사한 날에 피어도 될 것을 왜 그리 서둘러 피는 것일까?

  그 이유는 어서 겨울이 가기를 너무나 바라기 때문이 아닐까 싶다. 자신에게는 춥고 긴 겨울이 어서 끝나기를 원하기에, 하루라도 빨리 피고 싶은 그 내면의 마음을 더 이상 감출 수 없기 때문이 아닐까 싶다. 비록 아직은 춥고 눈도 있어 두렵기는 하지만 그래도 용기를 내서 추운 대지를 뚫고 피어나는 눈풀꽃, 눈처럼 하얀 그 꽃이 유난히도 예쁘게 보이는 이유는 무엇일까?

⟨Snowdrops⟩

　Louise Gluck

Do you know what I was, how I lived? You know
what despair is; then
winter should have meaning for you.

I did not expect to survive,
earth suppressing me. I didn't expect
to waken again, to feel
in damp earth my body
able to respond again, remembering
after so long how to open again
in the cold light
of earliest spring

afraid, yes, but among you again
crying yes risk joy
in the raw wind of the new world.

〈눈풀꽃〉

　　　루이즈 글릭


내가 어떠했는지, 어떻게 살았는지 아는가.
절망이 무엇인지 안다면 당신은
분명 겨울의 의미를 이해하리라.

나 자신이 살아남으리라고 기대하지 않았었다,
대지가 나를 내리눌렀기에.
내가 다시 깨어날 것이라고는
예상하지 못했었다.
축축한 흙 속에서 내 몸이
다시 반응하는 걸 느끼리라고는.
그토록 긴 시간이 흐른 후에
가장 이른 봄의
차가운 빛 속에서
다시 자신을 여는 법을
기억해 내면서.

나는 지금 두려운가, 그렇다. 하지만
당신과 함께 다시
외친다.
'좋아, 기쁨에 모험을 걸자.'
새로운 세상의 살을 에는 바람 속에서.


  춥고 기나긴 겨울은 언제야 끝나는 것일까? 살아 있으나 살아
있는 것 같지도 않고, 숨을 쉬고 있으나 숨 쉬고 있는 것 같지도
않은 그 힘든 기간은 언제나 끝나게 될까? 왜 나에게는 이런 혹
독하게 추운 시간들이 주어지는 것일까? 따스한 봄이 얼른 오기
를 그렇게 기다리고 있건만, 왜 그리 봄은 더디 오는 것인가? 오
늘 햇빛을 보니, 봄이 곧 올 것 같기도 한데, 다시 추운 바람이 불
며 눈이 흩날리는 이유는 무엇일까?
  얼어붙은 땅속에서 그 추운 겨울을 얼마나 힘들게 버티어 왔는
지 그 누구도 나의 아픔을 모른다. 절망은 나에게 삶의 무게만 더
해주어 무릎이 꺾이고 의지마저 앗아가 버렸다. 더 이상의 희망
은 보이지 않았고, 살아가야 할 이유마저 잃었다. 그냥 그 추운
땅속에서 삶을 끝내고 그만두고 싶은 유혹을 참아낼 수 없었다.
나에겐 손을 내미는 사람도 없고, 함께 아픔을 나눌 이도 없었다.
다시 살아갈 수 있을 것 같은 기대도, 새로운 삶에 대한 희망도
잃어버린 것 같았다.

하지만 어느날 갑자기 살고 싶어졌다. 따스한 봄 햇살을 다시 한 번만이라도 느끼고 싶었다. 대지의 바람의 숨결도, 누군가의 다가오는 발자국 소리도 듣고 싶었다. 다시 용기를 내어 땅속을 뚫고 피어올랐다. 아직은 추운 바람이 남아 있지만, 언젠가는 따스한 봄을 느낄 수 있으리라. 나의 생명은 이제 따스함 봄바람 속에서 한 많은 숨결을 토해내리라.

# 노벨 문학상을 읽으며

정 태 성  수필집 (10)        값 15,000원

초판발행  2021년 12월 15일
지 은 이   정태성
펴 낸 이   도서출판 코스모스
펴 낸 곳   도서출판 코스모스
등록번호   414-94-09586
주     소   충북 청주시 서원구 신율로 13
대표전화   043-234-7027
팩     스   050-7535-7027

ISBN  979-11-91926-17-0